贾平凹　苏童　李一鸣　徐则臣　等——著

卜毓方——主编

Beijing United Publishing Co.,Ltd
北京联合出版公司

U0600371

目录

（伍） 各有渡口，各有归舟

（壹）　昨日种种，皆成今我

我从不喜欢过度美化童年的生活，但我绝不忍心抛弃童年时代那水缸的记忆。这么多年来，我其实一直在写作生活中重复那个揭开水缸的动作，从一只水缸中看不见人生，却可以看见那只河蚌，从河蚌里看不见钻出蚌壳的仙女，却可以看见奇迹的光芒。

六十年后观我记

贾平凹 / 文

一、书案上时常就发现一根头发。这头发是自己的，却不知是什么时候掉的。摸着秃顶说：草长在高山巅上到底还是草，冬一来，就枯了！

二、听人说，突然地打一个喷嚏定是谁在想念，打两个喷嚏是谁在咒骂，连打三个喷嚏就是感冒呀。唉，宁愿感冒，也不去追究情人和仇人了，心脏已经平庸，经不住悲，经不住喜，跳动的节奏一乱，就得出一身的冷汗。

三、一直以为身子里装着一台机器，没想到还似乎住了个别的，或许是肠胃里，或许是喉咙里和鼻腔里，总觉得有说话声。说些什么，又听不懂。

四、脚老是冷，尤其怕风，睡觉首先得把被角窝好，但弄不明白往往脚上不舒服了，牙咋就疼。疼得拔掉了四颗，从此少了四块骨头，再不吃肉。

五、自感新添了一种本事，能在人里认出哪一个是狼变的，哪一个是鬼托生。但不去说破。开始能与高官处得，与乞丐也处得，凡是来家都是客，走时要送到楼道的电梯口了，说：这是村口啊！

六、花不了多少钱了，钱就是纸，喝不了多少酒了，酒就是水。不再上台站，就不再看风景，不在其位，就不再作声。钟不悬，看钟就是一疙瘩铁么。

七、吃的越来越简单，每顿就是一碗饭，却过生日不告诉人了，自己给自己写一条幅：补粮。并题款：寿之长短在于吃粮多少，故今日补粮三百担。

八、是相信着有神，为了受命神的安排而沉着，一是在家里摆许多玉，因为古书上有神食玉的记载，二是继续多聚精神写作，聚精才能会神。

九、肯花大量的精力和钱去收购佛像了，为的是不让它成为商品在市场上反复流转。每日都焚香礼佛了，然后坐下来吃纸烟，吃纸烟自敬。

十、啥都能耐烦了。

十一、不再使用最字。晓得了生活中没有什么是最好，也没有什么是最坏。不再说谎，即使是没恶意，说一个谎就需要十个谎来圆，得不偿失，又太累人。

十二、没有了见到新土地就想着去撒种子的冲动，也戒了在雪上踩泥脚印子的习惯。但美人还是爱的，而且乐意与其照相，想着怎样去衬出人家的美。

十三、早晚都喜欢开窗看天，天气就是天意，该热了减衫，该冷了着棉。养两盆绿萝，多注目绿萝，叶子就繁，像涂了蜡一样光亮。养一只大尾巴猫，猫尾大了懒，会整日地卧在桌前打鼾，倒觉得坦然。

十四、劈自家的柴生自家的火吧。火小时一碗水就浇灭了，不怨水；火大了泼一桶水都是油，感谢油。

十五、蜂酿蜜如果是在遣天毒，自己几十年也是积毒太多，就不拒绝任何人任何事了，包括吃亏、受骗、委屈和被诽谤，自我遣毒着，别人也替代着遣毒。

十六、每到大年三十夜里，肯定回老家去父母坟头点灯，知道自己是从哪儿来的。大年初一早上，肯定拿出规划来补充，六十五到七十，七十到八十九十一百，哪一年都干啥，哪一月都干啥，越具体越好。生命是以有价值而存在的，有那么多的事情往前做，阎王就不来招呼，身体也会只有小病不致有大病了。

水缸里的文学

苏童 / 文

　　我始终认为，我的文学梦，最初是从那口水缸里萌芽的。我幼年时期一条街道上的居民共用一个水龙头，因此家家户户都有一口储水的水缸。记得去水站挑水的大多是我的两个姐姐，她们用两只白铁皮水桶接满水，歪着肩膀把水挑回家，带着一种非主动性劳动常有的怒气，把水哗哗地倒入缸中，我自然是袖手旁观，看见水缸里的水转眼之间涨起来，清水吞没了褐色的缸壁，便有一种莫名的亢奋。现在回忆起来，亢奋是因为我有秘密，秘密的核心事关水缸深处的一只河蚌。

　　请原谅我向大人们重复一遍这个过于天真的故事，故事说一个贫穷而善良的青年在河边捡到一只被人丢弃的河蚌，他怜惜地把它带回家，养在唯一的水缸里。按照童话的讲述规则，那河蚌自然不是一只普通的河蚌，蚌里住着人，是一个仙女！不知是报知遇之恩，还是一下堕入了情网，仙女每天在青年外出劳作的时候从水缸里跳出来，变成一个能干的女子，给青年做好了饭菜放在桌上，然后回到水缸钻进蚌里去。而那贫穷的吃了上顿没下顿的青年，从此丰衣足食，在莫名其妙中摆脱了贫困。

我现在还羞于分析，小时候听大人们说了那么多光怪陆离的童话故事，为什么独独对那个蚌壳里的仙女的故事那么钟情？如果不是天性中有好逸恶劳的基因，就可能有等待天上掉馅饼的庸众心理。我至今还在怀念打开水缸盖的那些瞬间，缸盖揭开的时候，一个虚妄而热烈的梦想也展开了，水缸里的河蚌呢，河蚌里的仙女呢？我盼望看见河蚌在缸底打开，那个仙女从蚌壳里钻出来，一开始像一颗珍珠那么大，在水缸里上升，上升，渐渐变大，爬出来的时候已经是一个正规仙女的模样了。然后是一个动人而实惠的细节，那仙女直奔我家的八仙桌，简单清扫一下，她开始来往于桌子和水缸之间，从水里搬出了一盘盘美味佳肴，一盘鸡，一盘鸭，一盘炒猪肝，还有一大碗酱汁四溢香喷喷的红烧肉！（仙女的菜肴中没有鱼，因为我从小就不爱吃鱼。）

　　很显然，凝视水缸是我最早的阅读方式，也是我至今最怀念的阅读方式。这样的阅读一方面充满诗意，另一方面充满空虚，无论是诗意和空虚，都要用时间去体会。我从来没有在我家的水缸里看见童话的再现，去别人家揭别人家的水缸也一样，除了水，都没有蚌壳，更不见仙女。

　　我童年时代仅有的科学幻想都局限于各种飞行器，从没有幻想过今天的互联网帮助人们飞越了时空。我渴望阅读，但是身边没有多少适合少年儿童的书，我的家庭只能提供我简陋贫困的物质生活。这样的先天不足是我青少年生活的基本写照，今天反过来看，恰好也是一种特别的恩赐，因为一无所有，所以我们格外好奇。我们家家都有水缸，一只水缸足以让一个孩子的梦想在其中畅游，像一条鱼。孩子眼里的世界与孩子的身体一样有待发育，现实是未知的，如同未来一样，刺激性腺，刺激想象，刺激智力，什么样的刺激最利于孩子的成长？我不清楚，但我感激那只水缸对我的刺激。

不仅是水缸，我也感激那个年代流传在街头的其他所有浪漫神秘或者恐怖的故事，童话有各种各样的讲述方法，在无人讲述的时候，就去听听水缸说了些什么。我一直相信，所有成人一本正经的艺术创作与童年生活的好奇心可能是互动的。所谓作家，他们阅读，多半是出于对别人的好奇，他们创作，多半是出于对自己的好奇。他们的好奇心包罗万象，因为没有实用价值和具体方向而略显模糊，凭借一颗模糊的好奇心，却要对现实世界做出最锋利的解剖和说明，因此这职业有时让我觉得是宿命，是挑战，更是一个奇迹。

一个奇迹般的职业是需要奇迹支撑的，我童年时期对奇迹的向往都维系在一只水缸上了，时光流逝，带走了水缸，也带走了一部分奇迹。我从不喜欢过度美化童年的生活，但我绝不忍心抛弃童年时代那水缸的记忆。这么多年来，我其实一直在写作生活中重复那个揭开水缸的动作，从一只水缸中看不见人生，却可以看见那只河蚌，从河蚌里看不见钻出蚌壳的仙女，却可以看见奇迹的光芒。

走向远山

李一鸣 / 文

走向远山，在秋天一个有月亮的夜晚。

月光如雪，纷纷扬扬落满深密的森林、沉沉醉卧的山峦。就这样，在沁凉的月色里，告别狭窄拥挤、灯光起落的城市，走出错落起伏的大厦和被座座高楼挤出的一线天空背景，走向朦胧的远山、星群旋转的原野和自由的风。

城市在身后喘息着，无数的汽车塞满街道，这里那里到处是刺耳的鸣笛声、滚滚升腾的嘈杂的市声。哪里的打桩机正从黑烟里憋足劲痛苦呐喊，遥远处一声尖锐的汽笛直刺霄汉……而一座座巍巍的大楼，一扇扇窗子或明或暗，远远望去，就如一个个竹编的鸟笼被苍穹提着。

走出城市，就如脱下一件沉重的衣服。多少年了，生活把你的脊梁压得很重，心很沉。每天一睁眼就囚禁于那个灰暗沉闷的房间，没完没了的电话，迎来送往的笑脸，伏案冥思无用的文稿，口中嗫嚅千篇一律的语言，东奔西走的苦旅，自言自语的呢喃。当初锋利的语言迟钝了，蓬勃的感觉掩埋了，第一位的灵感麻木了，第二种生活方式搁浅了，第三只眼睛盲了，第一万次尝试只在想象中了。没有了独立的思想，丧失了兴趣爱好，甚而忘记了自己的性别，人仿佛成了一架机器，早上上足了弦，便一直机械地不停转下去。如果仅仅是劳点力还能忍，那劳心的滋味更难承受：永远不可测的人际关系，无休止的你争我斗，率直热情的微笑后面可能是咬碎的牙齿，平平静静的窗帘里面也许正隐藏着一场阴谋。处在纠缠不休的关系中，你感到自己就是一条鱼，一条被变种的奇形怪状大眼泡的鱼，莽莽撞撞地在乱草中东寻西碰找不到方向。缺氧的你，不得不艰难地浮出水面，张开大嘴，急切地呼吸一点新鲜空气。于是，你选择了逃离，和，寻找！

深秋的风如此清冽痛快，荡涤着郁闷的情怀。回首那一座座大厦，朦胧的扇扇窗子里人影幢幢，远远看去就如上演着一幕幕皮影。哪个房间的灯突然灭了，过了一会儿，又亮了，其中演绎了多少故事？而大厦之下，道路两旁，挂满尘土的树们已不堪重负，一个个将影子扑倒于大地，任粗粗细细的车轮、大大小小的鞋，碾过来，踏过去，终于零落成泥，将大道点缀得如此斑驳陆离……

而秋月正从那丛山峦里徐徐上升，圆圆的，冷冷的，朗朗的，月光如水倾泻下来，仿佛每一块朴素的石头都泛起暗暗玉色，每棵树梢都镶上银光。山坳里似有一句两句的话语，沉睡多时的草们梦中感到缕缕濡湿。月升到中天，天更是蓝得出奇，偶有几朵白云悄悄散步过来，又无声无息离去，更远更高处，几排星子挽起胳膊，唱着明明灭灭的缥缈歌曲。伤感的是风，清冽如酒，凉凉像恋人的手，抚过你的头发、鼻翼、脸颊、耳际，突然间，捧起一把月光，从你脖颈灌下去……

此后，过不了几个月，冬天就会来到山中。那时松涛阵阵，山风呼啸，厚厚的积雪覆盖了山石、乱枝和枯草，山披银装，树如琼枝，空气凛冽，透人心脾。几年前，在山下那个小酒馆，你曾经和几个好友倾诉苦闷和失落，和着泪水灌下酒水咽着苦水，醉倒在大门口……而今那小栈、那栅栏、那柴扉，连同那些朋友已渐渐走远、渐渐变淡，仿佛已经隐在浩浩月光的背面、茫茫岁月的那端……

而夏天像一只白白的大绵羊，慵懒温顺地卧在山下的阳光里。山上的树透出深绿，那树叶绿得如此的肥，如此的厚，如此的旺，如此的狂。棵棵树干仿佛包着满身的绿汁，轻轻一掐，就会淌出绿来。绿草长疯了，盖过石子，盖过小兔，盖过小羊，还要盖过那边坐着的情侣。阳光被树林上下颠簸，筛下星星点点形状各异的光，匍匐在草地上，跃动在树干上，一直走到很深很远。林子中散发着青草味、树香味、腐叶味，各种清新的味道。各式各样的鸟儿扑闪扑闪地飞来飞去，玲珑娇小的圆如子弹，体形巨大的翅大如扇。那鸟声，有的圆润如雨滴，有的苍老如枯木，有的细小如针，有的壮如吠犬。天，飘动着几朵云彩，远处的山头，在阳光下闪着奇异的光亮，就像冒出白炽蓬松的烟。这和谐美好的一切，都让你留恋。

当然比较起来，你还是更爱山的春天。踏着冬天后退的脚步，春天肯定是从第一粒爆在枝头上的小芽芽开始赶来的。突然之间，山就润了，草就嫩了，泉就笑了，空气就温馨了，风像一群活泼的小鹿，在山下跳跃，往山上奔跑。就那样，向着山走了很久很久，放眼是青青的朦胧，而心就蓬勃地绿了。上大学那会儿，你就喜欢应绿树的邀请，和伙伴们去登山。"山东的山是大汉的山。"在山涧的那块平地上，你挺起胸膛，高声朗诵着对山的理解和青春的梦想，那群野餐的中学生尖叫着欢呼着为你鼓掌，群山为你送来阵阵回响。那时，你年轻的心向着未来，奔流的血液在身体汇成宏大的交响。

援步而上，登上更高的山坡，回头看月光中你白日工作的大楼，它已融进九万九千座楼宇，融进灿灿灯火。那一瞬间，你突然感到大山的冷峻，秋月的清泠，家的温馨，生活的沸腾，你的心不由得一热，大踏步走向那团温暖，你要在暗夜里开出一片光明。

我的文学十年

徐则臣 / 文

一

对我来说，21世纪的第二个十年始于2010年10月的一个后半夜。那天晚上我在艾奥瓦大学寓所的床上辗转反侧，满脑子都是对《耶路撒冷》结构的设想。想多了容易兴奋，兴奋了就会失眠。那些异国的夜晚我总是睡得很晚，除了偶尔的讲座、讨论和外出，我们没有别的规定动作，参加艾奥瓦大学国际写作计划的三十二个国家的三十八个作家可以随意安排自己的时间，看书、写作、吹牛、到市中心的酒吧里喝一杯、外出旅行，总之，我们都习惯了搞得很晚才休息。

那天晚上我合上书，已经是第二天凌晨了，躺下来又想起《耶路撒冷》的结构。计划中的这部长篇小说在我头脑里转得有些年头，与之相关的素材积累了一大本。我知道写什么，但不知道怎么写，在翻来覆去地推敲结构中两年多就过去了。

艾奥瓦小城的灯光混着月光透过窗帘洇染进来，橘黄色的光一直让我有人在他乡之感；窗外是条河，只有在夜晚才能听见水流的声音。我把读过的长篇小说在脑子里又过了一遍，还是没一个结构能帮得上忙。我想把我所理解的20世纪70年代出生的同龄人的生活做一个彻底的清理。要表达的东西很多，那些溢出的、人物和故事不堪重负的部分怎么办？

我在床上翻烙饼，越想越兴奋，头脑里开始像月光一样清明。突然火花一闪，真的火花一闪，我几乎看见了那道光，听见了"啪"的一声，一道光直冲脑门：为什么非得从既有的长篇结构找启示？为什么非得写得"像"那些被认可的长篇？量体裁衣，因地制宜；只要最好的，不要最贵的。两年多里我一直在最"贵"的经典中寻找合适的结构与借鉴，忘了我要做的其实跟它们不同。

一旦从某个思维定式中解放出来，新鲜的想法就如同月光和水声一样涌进房间。我从床上起来，在美国中西部10月的后半夜重新坐到书桌前，开始像建筑师一样在白纸上画小说的结构图。

小说主体部分，也就是完整的故事章节，以奇数为序呈对称式讲述，偶数章节以专栏形式呈现出来。专栏可以是短篇小说，也可以是散文随笔，也可以是问卷调查，总之，一切适宜最高效地表达的形式都来者不拒。结构图画好，天差不多亮了。

后来我跟朋友说起这结构，不少人反对：这不像小说啊。像不像对我已经不重要了，既然大撒把，就来个痛快的。就我所要表达的，反正我找不到比这更合适有效的结构了。再说，谁规定小说就得那样写，不能这样写？

这个美国10月的后半夜于我如此清晰，因为它标示出了我的长篇小说《耶路撒冷》的一个重要的节点。此后三年，《耶路撒冷》

的写作基本上就是一个蚂蚁搬家式的体力活儿，按部就班就可以了。但它依然主导了我的生活。对一个作家而言，写作如果无法主导他的生活，那也是够奇怪的。

二

毫无疑问，写作是贯穿我生活的最清晰的一条线索。我以写作纪年。过去的这个十年，粗线条地说，被两部小说瓜分了：《耶路撒冷》和《北上》。

前者其实在2010年之前就已经准备了很久，确定结构之后，从美国回来我就着手把它落到纸面上。2011年花了一年时间，先行写好了小说需要的十个专栏。虚构一个系列专栏，比现实中开始一个系列专栏要艰难得多。且不说专栏的形式、探讨的问题要有足够的代表性，我还得把每个专栏可能置于小说中的位置揣摩清楚，尽力让每一个专栏与故事的上下文产生某种张力。

现在回头想想，那一年真是够勤奋的，十个专栏的创作量要远远大于十个同样篇幅的短篇小说。一年里我是无论如何写不出十个短篇小说的。而那一年，从3月到7月，我还在鲁迅文学院学习。下了课就去单位干活儿，然后从单位直接回家，每天晚上陪着正在孕期的太太到中国人民大学的操场上散步；到十点，坐地铁再转公交车去鲁院。必须头天晚上到宿舍，要不第二天早高峰可能赶不上公交车。从惠新西街南口去鲁院的公交车极少，经常半小时都等不来一辆。那时候要有共享单车就好了，可以从地铁10号线出来，扫辆车子就走。

这一年写出的专栏，有一个最终弃用。小说开头初平阳回到花街，我觉得应该在专栏里把这一节的故事再往前推一推，于是临时写了《到世界去》，替换了原定的专栏。

接下来两年，业余时间都花在了小说的主体部分。我在步行十分钟远的小泥湾租了一间房子，不上班的时候，我像上班一样准时去小屋写作。一套两居室的房子，房东是个小伙子，自己住一间，另一间北向的房子租给我。我们俩都是那种除了上厕所基本不出门的人，所以极少见到对方。他上班，下了班喜欢踢球，回到家脏衣服往客厅里一扔，哪儿有空哪儿扔。客厅里常年飘荡着一股踢过球的臭袜子味，既纯正又醇厚。我相信这家伙的脚下功夫一定很好。

儿子出生后，老人过来看孩子，五十平米的小家一下子满满当当，原来偏安房间一角的书桌也不太平了。我拉了一道帘子，还是不行，赶上写作状态比较好的时候，晚上我也开始去小泥湾。写累了，就睡在那间充满陈腐霉味的房子里。感谢那间没有网络的小屋，不写作的时候我就读书。偶尔写写字，写完了贴到墙上自己端详，看腻了就撕掉重写。那是一段纯粹的作家生活，《耶路撒冷》绝大部分内容都是在小屋里写出的。现在想起小泥湾那些安静的夜晚，依然心动不已。

除了《耶路撒冷》和美好的回忆，小屋还给我留了个后遗症，胃寒。早上和下午到小屋，打开电脑之前先冲一杯速溶咖啡，喝完了开始写作。咖啡之后就进入绿茶时间。这也是前辈们的忠告：写作的时候一定要多喝水。因为喝多了水会逼着你上厕所，一来一去的那几分钟可以让你加速血液循环，活动一下生锈的身子骨，务必小心你那脆弱的颈椎和腰间盘，作家的职业病。那时候我只喝绿茶，刚从冰箱里取出的茶叶，沏得足够浓酽。我喜欢那种清新峻朗的味儿。咖啡和绿茶持久地刺激，坐下来又很少动，毛病来了，中医叫胃寒，稍微凉一点的东西都入不了口。那一年去土耳其，热得穿短袖，常温矿泉水喝不了，喝了就想吐，只能把矿泉水瓶放在酒店的洗澡水里烫热了再喝。回国后去医院做胃镜，医生说，祝贺你，年纪轻轻都养出了一个老年人的胃，蠕动太慢。还有胃寒，冷得大概可以做冰箱了；还经不起刺激，喝了咖啡就犯恶心。

《耶路撒冷》之后，我的口号是：远离绿茶，远离咖啡。

三

2013年3月《耶路撒冷》初稿毕，断断续续修改，11月定稿。2014年3月出版。小说评价还不错，卖得也挺好，很多人喜欢小说里的那几个年轻人，还有运河。他们的故乡花街，在运河边上。这一年的某个午后，北京十月文艺出版社总编辑韩敬群兄、朋友和我在小泥湾旁边的一家咖啡馆聚，朋友说，小说里的运河读着还不过瘾，为什么不单独写一写运河呢？

写了十几年小说，运河一直作为故事背景，我对这条河不可谓不熟悉，边边角角真看了不少，但极少想过让它从背景走到前台来。现在，它借朋友之口提出了担纲主角的要求。必须承认，朋友的提议如同一声召唤，一条绵延1797公里的大河从我过去的小说、认知和想象中奔凑而来，在那家咖啡馆里，我确信我看见了整条京杭大运河。敬群兄也觉得是个好主意。我说，那就这么定了。回到家我就开始草拟提纲。

这部小说就是《北上》。从2014年的这一天开始，一直到21世纪的第二个十年结束，每一天它都跟我在一起。

提纲列出来，进入细节落实阶段，傻了，认真想哪段运河我都一知半解。过去我只是在用望远镜看运河，大致轮廓起伏有致就以为自己看清楚了；现在要写它，需用的是显微镜和放大镜，可镜子底下何曾看见一条绵密详尽、跨越2500年的长河。过去的都不能算，必须从头开始。古人说，读万卷书，行万里路，我要做的只能是下笨功夫，相关的书籍资料要恶补，运河从南到北还得再一寸寸地走上一遍。

阅读和田野调查这两项工作其实一直进行到小说完稿。某一段感觉没问题了，下笔发现还是虚弱，只好再读资料，把走过去的河段再走一遍。粗略地数一下，前后阅读的专业书籍也该有六七十本吧，从杭州到北京，能走的河段基本上也都走了。这也是小说写得艰难和时间漫长的重要原因。

列出《北上》提纲前，我已经开始写一个童话。欠儿子的债。带娃少，心中有持久的愧疚，一直想给娃写本书，也算给自己的安慰。《耶路撒冷》刚写完，一块实实在在的大砖头，正好来点轻巧的换换思路，就开始了《青云谷童话》。不到一万字停下了，停下就没续上火，一个烂尾工程就这么放着。在时间上，它给新小说让了路，但《北上》没能力搭理它。细部落实是个问题，更大的问题还是结构。跟《耶路撒冷》一样，也跟其后的《王城如海》一样，每一个长篇的写作，都有一半时间耗在了寻找满意的结构上。我想找一种合适的结构，让它处理114年和1797公里这样辽阔的时空跨度时不那么笨拙，也避免把小说写成一个时空的流水账。找不到。

四

《青云谷童话》烂着尾，《北上》又下不了笔，晃晃悠悠就到了2015年底，《王城如海》不速而至。这个小说于我几等于意外怀孕，突然就冒了出来。作家的生活如果说还有那么一点意思，那么之一，我认为就是常有不期之遇。有心栽花花不开，无心插柳柳成荫。我一直以为《王城如海》离我还很远。

还在21世纪的第一个十年里，有位搞先锋戏剧的导演朋友请我写一部关于北京的话剧，为此请我在小区里的一家重庆烤鱼店吃了好几条鱼（那是我在北京吃到的最好的烤鱼，可惜后来关张了）。因为担心我不会写剧本，还送了好几部世界经典话剧剧本集供我研读学习。很惭愧，鱼吃了，书也看了，心里依然没底，最终还是有负重托。

后来我想，不会写话剧，写小说总可以吧。还是难产，找不到能跟我想表达的那个北京相匹配的长篇结构。小说就搁置下来。那会儿想的题目还不叫《王城如海》，这题目是后来韩敬群兄帮忙参谋的。他说你看，苏东坡的诗：惟有王城最堪隐，万人如海一身藏。上下各取两个字，王城如海。那时候我还在为题目叫《大都市》还是《大都会》犹豫。《大都会》美国作家唐·德里罗已经用了，他写的是纽约，全世界人都称纽约是大都会。

搁置下来我也就不着急，头脑里每天转着就是了。然后是《耶路撒冷》。然后是《青云谷童话》和《北上》。然后《青云谷童话》和《北上》都停摆了。停摆了也在脑子里转着。忘了是不是"突然有一天头脑中电闪雷鸣"，《王城如海》的结构有了。反正在2015年底，元旦之前好一阵子，我已经知道这个活儿该怎么干了。但那段时间毫无斗志，北京的雾霾来了去去了来，整个人深陷灰色的低气压中，头脑也总不清明，好像雾霾也进了脑袋里。

就这么晃悠，到了2016年元旦。各种新闻和社交媒体上都在描绘新年如何新气象，一年之计在于春，良好的开端等于成功的一半。满屏的励志和正能量让我觉得，再不开工我就是这世上唯一的罪人。

元旦那天上午，我抱着一叠八开的大稿纸到了十八楼。因为双方老人轮流帮忙带孩子，我们在楼上租了一个单间，老人只是晚上去休息，白天不上班，那里就成了我的书房。我把稿子铺开，拉上窗帘，否则我会忍不住去看窗外阴魂不散的雾霾。"王城如海"。我习惯在稿纸背面写，一张纸七百字左右。这一天，我写了不到两页纸。一千多字，我很满意这个开端。对我来说，每一个小说都是开头最费愁肠，我要积蓄出巨大的勇气和肺活量才能写下开头第一句。我对每部小说写作第一天的工作量从来都不敢要求太高，能完整地写出第一段，就可以收工了。如果还能接着写出第二段，那完全可以奖励自己一点加班费。开了头，剩下的就是在惯性里埋头苦干，直到水到渠成。

在小泥湾北向的小屋里写出了《耶路撒冷》，在1804的北向的房间里写出了《王城如海》。还有后来的《青云谷童话》。《王城如海》是手写的，我喜欢笔落在稿纸背面的感觉。因为手写，出差时去机场，不必在安检人员的提醒下慌忙地取出电脑了。根据出差时间，大致推算能在空闲时间里写多少字，然后带双倍的稿纸，以便写错了撕掉重来。敬惜字纸，尽量不浪费，就这样，《王城如海》写下来，还是用了三百多页稿纸。在这个逐渐无纸化的时代，手写长篇算古董了吧。台湾出版此书时，还借了部分手稿去展览。大陆的简体字版和台湾的繁体字版在封面和版式设计时，也都用上了手稿的影印件。

五

《王城如海》2016年10月定稿，其实5月份三稿出来就大局已定。写作时间不算长。十二万字，小长篇，体量也不算大。跟前后花了六年的四十五万字的《耶路撒冷》和花了四年的三十万字的《北上》比，时间和篇幅都可以忽略不计，但写作中我所经受的煎熬，是前两者捆在一块儿也无法比拟的。我数度以为它永远也写不完了。

在小说的后记里我详细地记述了整个写作过程。现在网上常见一个热词叫"暗黑时期"，写这部小说的那段时间就是我的暗黑时期。祖父在老家病重，一次次送往医院，我远在千里之外，每天只能通过电话随时了解情况。小时候我一直跟祖父祖母生活在一起。祖父是个旧文人，对我的影响极大，感情也极深。有一阵子病情不太好，十天内我回了三次老家。在北京或者到外地出差，每天我都迫不及待要打电话，又担心电话里传来不好的消息，整个人纠结得不行。祖父后来还是放弃了。他不愿待在医院，说梦见我奶奶站在风里叫他，头发都被大风吹乱了。有一天在医院醒来，他惝惝懂懂地问，这是什么房子，屋顶都是白的。他要回家。回到家的第六天去世。

那天我在社科院外文所参加阿摩司·奥兹的小说集《乡村生活图景》新书发布会，行李箱在隔壁房间，准备会后去机场，到成都出差。会议中间，看了一眼静音的手机，六个未接电话，都是老家的号。我知道出事了。但我不能立时打回去，接下来是我发言，如果跟家里通过电话，那言肯定发不了，我怕控制不了自己。奥兹坐在斜对面会议桌一角，头发花白，面带微笑。发言开头我说，看见奥兹先生像文学老祖父一样安坐在这里，我备感笃定、安慰和感动。可能有人会觉得我的开场奇怪，用了"老祖父"这个词。可我知道，我必须用上这个词。全世界的老人长到最后都很像，全世界老人的安稳与微笑也都很像。发完言，我私下跟钟志清老师他们请了假，我得先离会。

出了门就打电话，果然。

祖父一直清醒，最后说："我可能要不行了。"半小时后停止呼吸，享年九十七岁。那天6月24日，故乡大雨滂沱。

写作《王城如海》的后半程，每天坐下来写第一个字之前，我都要花好一阵子才能专注到眼前的小说上。而这个召唤专注力的仪式时间越来越长。我仿佛在跟死神打一场拉锯战，争夺一个祖父。

雾霾。那五个月可能是北京历史上的雾霾之最。环境治理主要靠风，每天自媒体上都在传播一个虚构的好消息：大风已到张家口。可它们最后都停在了张家口。蓝天白云如史前一样遥远，那五个月里我就没看见过星星。孩子们脆弱的呼吸道开始不利索，医院儿科每天都人满为患。我带孩子去过多次，打点滴的娃娃们连个座都找不到，好容易挤出块空地站着，家长在一边给举着输液瓶。那五个月里北京有一批年轻的父母辞职，为了把孩子带到白天能看见云朵，夜晚能看见繁星的地方去。迁居厦门的朋友跟我说，娃要落下个毛病，我挣下再多有什么意义？我挣得不多，没勇气辞职，也迁不出去，所以必须接受孩子的问责。四岁的儿子其实啥也不明白，无边无际的雾蒙蒙、霾苍苍的世界大概已经让他忘了窗明几净的生活了。他像小说中的孩子雨果，除了呼吸，每天做得最多的事就是咳嗽，呕心沥血一般地咳。可以想象，在一个父亲听来，那一声声该多么惊天动地、惊心动魄。每一声都让我产生作为父亲的无力感和愧疚感。

小说构思之初，我真没打算如此大规模地触及雾霾，但是雾霾锁城的日常生活让笔不听使唤，直奔雾霾而去。双层玻璃也挡不住浓重的霾，它们理所当然地飘进了小说里。这时候我才意识到韩敬群兄建议的题目如此恰切，王城之大，不仅人流如海，雾霾也让北京四顾茫茫，如潮如海。雾霾持续了四个多月，儿子也咳嗽了四个多月。

何谓人到中年？中年根本不是个生理年龄概念，而是个心理问题。这五个月，我真正体味到了上有老下有小的中年心态。

六

写作中常有意外之喜。《王城如海》完稿后，之前写不下去的《青云谷童话》突然苏醒了。也许是《王城如海》中那只来自印度的小猴子激活了童话里的古里和古怪，也可能是《王城如海》中对雾霾的思考重启了青云谷的问题意识，放下《王城如海》，我顺利地进入了《青云谷童话》。

时不我待了，儿子下了指示，"必须"在幼儿园毕业之前拿到成书，他要送给老师和小朋友做毕业礼物。写出来，再出版，我扒拉一下周期，紧赶慢赶的事儿。不上班的时候我继续上十八楼。还好，赶上了。儿子毕业前，抱着一堆书到幼儿园，你有我有全都有。过两天放学回来，他开心地跟我说："我们李老师说了，这本书写得好！"他认为这是世界上最高的赞誉。我也这么认为——既然儿子高兴。

这是我写的第一个"儿童文学"。一晃三年过去，很多朋友和读者问我，还会不会继续写。我也不知道。曹文轩老师说，我是到"儿童文学"里放了一把火就跑了。会不会有第二把、第三把火呢？顺其自然吧。这里的"儿童文学"四个字加了引号，源于我对儿童文学的看法。我不认为儿童文学就只能给孩子看，好的儿童文学应该少长咸宜。我也不认为一写儿童文学就得捏着嗓子奶声奶气地说话，然后把腰弯到孩子的高度。在《青云谷童话》里，我写了雾霾，写了环境污染，还涉及了现代化和城市化。有识之士对此曾有所质疑：

孩子们都能看得懂吗？

为什么要让他们一下子全看懂？为什么不能让他们先懂一部分，另一部分必须踮起脚来够一够才能懂，还有一部分作为悬念和好奇留待下一次阅读时再懂？为什么不能让他们在五岁时看懂五岁可以看懂的部分，八岁时看懂八岁可以看懂的部分，十二岁和十六岁分别看懂十二岁和十六岁可以看懂的部分？常看常新、不断会有新发现，不正是一部好作品的题中应有之义吗？至于《青云谷童话》中触及的现实和问题意识，那也正是我所希望的：儿童文学有责任和义务给孩子们铺设一条从"楚门的世界"一样的温室花房过渡到广阔现实世界的道路。所以，我在此书的后记中说：

"理想中的童话是什么样，我就怎样往苍茫的目标逼近。撞碎楚门头顶美丽却虚假的天空，也打破成人文学与儿童文学的界限，放阳光和阴霾同时进来，让它们照亮一张张真实的脸。"

七

《北上》还在继续。《北上》一直在继续，尽管正文一个字没有。写作《王城如海》和《青云谷童话》的过程中，《北上》一直在后台运行。构思、积累、阅读、田野调查，跟工作、写作和生活同步进行。一个作家，一天二十四小时都在写作，包括在睡梦中。日有所思，夜有所梦，梦境也在参与你的创作。

记不清《北上》的旅程哪天起航的，懒得查日记了。只记得最后的定稿中，晚清那段故事的开头是在重庆一家单位的卫生间里想出来的。2017年下半年的某一天，在南岸区的那家单位调研，中途去洗手间，在充满各种光鲜明亮的现代化陶瓷的公共空间里，我突然觉得一百多年前的故事应该这样开讲：

"很难说他们的故事应该从哪里开始，谢平遥意识到这就是他要找的人时，他们已经见过两次。第三次，小波罗坐在城门前的吊篮里，上不着天下不着地，用意大利语对他喊：'哥们儿，行个好，五文钱的事。'……"

写作的过程没什么好说的，就是写。多时有一天写过四千字的，这样的光辉业绩屈指可数；也有少的时候一天只留下三十个字；大部分的工作日一无所出。下班坐地铁回家，单在密不透风的地铁上挤一个半钟头就已经让我筋疲力尽了。我不着急。有耗时六年的《耶路撒冷》在前头，我知道这小说写得再慢也总有结束的那一天。慢和漫长再不能让我绝望。

2018年7月23日，稿毕。放了一周，又改。改完又放，再改。然后我跟十月文艺出版社的责编陈玉成说，兄弟，明天我儿子生日，彻底放下，不改了。交了稿。交稿那天晚上，一个人在水边散步，感到了长久的忧伤。

跟其他小说不同，《北上》留下了很多线头。在过去，一部作品写完了就写完了，出版后我几乎都不会重读，《北上》不同。运河太长，也太古老，边边角角的故事和写作过程中溢出的那些思考无处安放。这部小说甚至部分地改变了我的历史观，所以还有话要说。比如单说跟这部小说相关的历史人物，隋炀帝、马可·波罗、龚自珍、慈禧、光绪、康有为、梁启超……这个名单可以列出一串，不找个机会把他们弄清楚，总觉得这件事没干完。在一次访谈里，记者问《北上》写完了写什么？我说，《南下》。当时纯属开玩笑，但后来觉得是该有一部《南下》，把我一次次从北京出发沿着运河向南行进看见的、听见的、想见的做一个梳理，岂不就是"南下"？于是我也隐隐地开始期待这本书了。

但写作总是计划没有变化快，何时《南下》尚不可知，姑且立此存照。

八

作家的生活轨迹由他的作品绘就。平日里回想某时某事，想大了脑袋也理不出个头绪，一旦将其时其事附着上某部作品，往事纷至沓来。作品经纬着我们的生活。扭头看到手边的《北京西郊故事集》，刚出版的主题短篇小说集，还热乎乎的。又是一条线。

这十年，整体上是被《耶路撒冷》和《北上》瓜分了，两部小说的间隙，忙里偷闲出版了《王城如海》和《青云谷童话》。而弥散在这四部作品之外的空白时间里，能够作为一个整体打捞出来的，就是这本《北京西郊故事集》了。

2011年末，身陷《耶路撒冷》写作中，漫无尽头的无望感迫切需要一点虚荣心和成就感来平衡，我决定写几个短篇小说垫垫底。岁末加上2012年春节，我跟往常一样去小泥湾，开始写在头脑里转了很久的几个短篇。2010年写过两个，《屋顶上》和《轮子是圆的》，后者写于美国。前者为中日青年作家论坛而作，遗憾的是，论坛召开时，我因参加艾奥瓦国际写作计划去了美国；后者写于艾奥瓦。那个时候就想着写一个短篇小说系列。我对系列小说一直怀有莫名的激情：因为某种割舍不断的联系，那几个小说是一家人，每一个小说都是其他小说的镜像，它们可以作互文式阅读；它们的关系不是一加一加一等于三，而是一加一加一大于三，互文阅读之后它们能够产生核聚变般的威力。

这个短篇小说系列，主要人物是固定三四个年轻人，他们租住在北京西郊，题目就叫《北京西郊故事集》。《耶路撒冷》开始后，《故事集》就放下了。现在重新拾起来。那个岁末年初过得叫一个充实，两个月内写了四个短篇。后来获得鲁迅文学奖的《如果大雪封门》就是那时候写的。

有四个短篇垫底，又回到《耶路撒冷》。心心念念长篇一结束，再续西郊故事，没承想，下一篇已然到了2015年。时间都去哪儿了？想不清楚。但对一个主要人物相对固定的小说系列，的确越写越难了。人物性格、事件发展、时间对位，限定越来越多，虚构的负担也越来越重。2015年写了两篇。最末一篇写完，已经是2017年底了。这个小说叫《兄弟》。

从2012年春节我就想写这个故事：一个人到北京来寻找另一个"自己"。不是开玩笑，也不是魔幻的"空中楼阁"。所以必须让这件匪夷所思的事充分地接地气，确保它是从现实的土壤里开出的花。断断续续想了多种方案，都说服不了自己。2017年底，北京所谓的"驱赶低端人口"事件被炒得沸沸扬扬，我突然想起多年前居住在北京西郊的朋友，因为没有暂住证，半夜里经常要东躲西藏。

历时六年，《兄弟》终于找到它的物质外壳。我用三天写完了这个小说。

《兄弟》是第九个。当初想得美，十二个短篇，至少十个，一本集子就挺像样的。可是《兄弟》写完，实在写不动了。我决定再等等，没准勇气和灵感会像淘空的井水一样再蓄出来，蓄出一篇也好。

2018年过去，2019年也要结束了，苍井依旧空着。那就随缘。我把书稿发给责编陈玉成。耗了十年，也对得起它了。玉成问，书名还叫《北京西郊故事集》？我想了想，还叫。十年前筹划这个集子时，"故事集"还是个稀罕物，土得没人叫；十年后叫"啥啥故事集"的漫山遍野。漫山遍野也叫，也算不忘初心。2019年末集子编辑完成，2020年初面世，结结实实的十年，一点折扣都没打。

云中谁寄锦书来

章武 / 文

多媒体时代，亲笔信是越来越稀罕了。

退休那年，我曾把留存的1000多封来信，集成一袋放置床头，想利用夜间难眠时重读一遍，再决定其取舍。不料，十多年过去，反复筛选之后，居然还剩下近300封，似已成为我肌体的一部分，再也无法剥离与切割了。

挖掉签名的名家

我最珍贵的一叠来信，是年轻时在《福建文学》当散文编辑时，向全国名家邀稿后所获得的馈赠。其中，1982年是大丰收之年，那年，遵照郭风先生的提议，我们先后推出两期散文特辑，一时，名家佳作云集，蔚为大观。其中，巴金的《干扰》、冰心的《祖父和灯火管制》、萧乾的《家乡味》、柯灵的《椰风蕉雨试品文》这几篇压卷之作是郭风亲自约来的，宗璞的《紫藤萝瀑布》是庄东贤出差北京时登门拜访当面讨来的。而其余多数作品，则是我在郭老的鼓励下，以"初生牛犊不怕虎"的勇气，斗胆向散文界老前辈或后起之秀写信求来的，他们之中，有孙犁、郑敏、端木蕻良、袁鹰、姜德明、何为、郑朝宗、白刃、单复、邵燕祥、张守仁、贾平凹、韩静霆、彦火、陶然等，倒也洋洋大观，令人喜出望外。

选发在特辑中的作品，皆为短文。正如郭风先生在"辑前小语"所言："文长未必不好。看来读者乃是对于那些冗长乏味的文章，对于那些空洞无物、拖泥带水的文章有所不满。文短而写得不精彩，也不足取。本刊本期所发作品，文长均在千字左右，纪事、言志、抒情，或各有其独到之处，有其发人深思、引人振作之处，似可一读。"

其实，专辑中的精品，对我来说，绝不仅仅只是"似可一读"。例如其中最短的两篇——郑敏的《水仙花》，500多字，邵燕祥的《教堂一隅》，300多字，因为太喜欢了，我就读到了几乎能背诵的地步。

都说散文是最能体现作家个性的一种文体，果然，名家们连来信的信笺、来稿的稿纸乃至签名的方式，都往往与众不同。其中，我印象最深的是贾平凹，他把文章用他的平凹体毛笔字端端正正抄写在没有框格的白纸上，写完了，把白纸往最后一行文字的底下一裁，也就大功告成了。因此，他这白纸的长度，即等同于文章的长度，比其他人所用的各式方格稿纸长多了，长出了两倍多。更让我感动的是，他还十分客气地称我为"老师"，并连抄两篇文章任我从中选一采用，如此谦恭有礼，委实让我受宠若惊。此外，他在附信中还很诚恳地阐述了自己的散文观，即有意追求一种"古拙"

的风格，努力在中国传统文化中寻找与西方现代主义息息相通的东西。他的这种探索精神，不能不让我肃然起敬。

但令人啼笑皆非的是：如此一批珍贵的名家书信，其签名处，全都挖了"天窗"。原来，作为责任编辑的我，为拉近名家与读者的距离，增加刊物版面的美感，决定每篇文章的署名，均采用作者本人在信中的题签加以制版。但当年编辑部尚无复印机、扫描仪，也没人提醒我可用相机拍照制版，傻傻的我，居然就用剪刀把名家的签名全剪了下来，贴在一大张白纸上，交给编务黄锦铭，到印刷厂制成锌板。如此一来，刊物的版面大放光芒，而我这些挖了"天窗"的名家书信，其收藏价值自然就大打折扣了。后来，我虽然给那些"天窗"补贴上衬纸，还模仿名家手迹代为签名，但毕竟已是赝品，不敢出手示人，以免有鱼目混珠之嫌，只能自我保存、自我观赏、自我安慰罢了。

但我对此，却一直无怨无悔。当年，作为一名好不容易从闽南山区下放地举家调进省城的小编辑，能以此为自己心爱的刊物献一份孝心，机不可失，时不我待，何乐而不为！

如今，我已垂垂老矣，因下肢乏力，好几次站立不稳瘫坐在书房的地板上，适逢家人不在，四顾茫茫，无可奈何。但只要我抬头仰望一整排书架最顶层的《福建文学》合订本——以绿皮精装的各年度合订本，犹如绿色长城顶着天花板时，便觉得我当年没有虚度青春年华，此生足矣！

一片枫叶、两封回信与13年后的72行诗

与诗人通信是最合算的，因为你不但能收到回信，有时还能喜得赠诗，吟之诵之，手舞足蹈，实乃平生一大快事也。

我老伴汪兰是闽北浦城人。浦城誉称"中国丹桂之乡"，按其娘家风俗，每逢正月新春，凡有贵客光临，必沏一杯桂花茶招待。所谓"桂花茶"，乃是当地乡亲收集盛开的桂花，摊在桌上，用鹅毛细细挑出其最优者，再用开水烫过，晒干，加白糖腌渍而成。食用时，取一小勺冲入滚烫的开水，犹如丹红色的桂花在瞬间重新开放，满室飘香，满口清甜。来自美国夏威夷的诗人、我的大学同窗黄河浪就为此赠我一诗，题为《丹桂茶》。诗中，他把丹桂比作"仙霞岭的晚霞"，说是：

　　缓缓搅动杯中的晚霞
　　看小小丹桂花旋转成
　　一朵一朵香亮的回忆
　　十年二十年见一次面
　　一杯茶溶解着多少日子

当然，更让我惊喜的，还有大诗人李瑛的赠诗。众所周知，他是诗人，又是将军，且誉称中国诗坛的"常青树"，在国内外具有很高的声望。1992年，他率领中国文联代表团访问日本，我是他的一名团员。开头，难免感到拘束。但他的平易近人、和蔼可亲，

很快拉近了彼此的距离。当飞机从东京飞往九州，途经富士山时，他特地让出靠窗的位子，要我坐下好好观赏。不料，这却引起日方陪同小暮贵代小姐的恐慌，花容失色的她，先向李瑛鞠了一躬，再转身对我说："对不起陈先生，这是李团长的位子，您坐错了。"我满脸尴尬地站了起来，幸好李瑛又把我按了下去，并为我当面解释，贵代小姐这才如释重负。回国后，我先后写了十几篇访日游记，分批寄往北京求教。李瑛总是每信必复，鼓励有加，其中，凡是写到他的段落，他都表示感谢。

李瑛最喜爱的诗人诗作是美国惠特曼及其《草叶集》。他曾亲口告诉我，他最大的业余爱好是收藏树叶，收藏祖国各地五颜六色的各种树叶。于是，2001年秋我出访美国时，就在梭罗小木屋旁的瓦尔登湖畔，捡起一片霜冻过后呈绛红色的枫叶寄给了他。他当即驰函致谢："这是大自然的杰作，似比绘画更美。"

我本以为，我以一枚枫叶，换来大诗人的一封亲笔信，此等美事理应到此为止。万万没想到，再过13年，即2014年11月17日，他又寄来一信，信中附一剪报，是他刚在《光明日报》上发表的一首新诗，题为《一片枫叶》，洋洋洒洒，总共72行。诗题之下，还附有小序，小序一开头，就提及："我的福建朋友、作家陈章武访美，从梭罗故里波士顿寄我一片采自瓦尔登湖畔的枫叶。"诗中写道：

朋友啊，感谢你
送我这片深情的叶子
……

像云，像风，是一则寓言

要引我沿它的叶脉

到淳朴的大自然中去么

……

寻找心灵所应享的诗情

……

一片美丽的在自由中

歌唱了一生的叶子

在新的觉醒中引我们思考

从大地呼吸里

领悟生命

在浩渺时空中

追索人生

当然，李瑛的这首诗，所抒发的情怀，涉及大自然、生命、人生与自由等重大命题，我那一小片枫叶只是点燃他灵感的一朵火星而已，但对于我来说，一片枫叶能换回两封信再加72行诗，且前后时隔13年之久，这自然是我平生通信史上最美妙的一章了。

需要特别说明的是，李瑛将军写字时，右手指不断颤抖，且其颤抖程度与年岁俱增。因此，他信封和信笺上的笔画，总是歪歪扭扭，显得十分吃力。也正因为如此，我不敢太常给他写信，以免一向平等待人、每信必复的他，为此耗费精神，累及手指。但尽管如此，李瑛将军先后写给我的信件已多达16封。我想，我应该把它们全部捐献给冰心文学馆珍藏之。

最短的，最长的，最让我警醒的

在我珍存的信件中，最短的，只有5个字。那是我50岁那年，做胆囊摘除手术，意外发现十二指肠穿孔并已引发腹膜炎，于是，外科医生不得不在我肚皮上补开一刀……6小时过后，与死神擦肩而过、刚醒过来的我，就接到比我年长24岁的郭风先生捎来的短简：

"我为你祝福！郭风。"

全信虽然只有寥寥5个字，加上签名也不过7个字，却如同暑日沙漠上的一股清泉，雪夜荒原中的一堆篝火，让我顿感人间的真情与温暖，有了死里逃生、否极泰来的巨大力量与喜悦。

在我一生中，与我通信时间最长、数量最多的，当数李圣穆老师。他是我的中学母校——福清市虞阳中学的教导主任，常把我在报刊上发表的习作挂在图书馆大门口广而告之，使我深受鼓舞，并由此走上迷恋缪斯女神的不归之路。我中学毕业后，他还不断给我写信，直到病逝为止，前后历时46年，来信138封，总字数约20万字。其中，最让我难忘的，是我大学毕业前夕，因时常在报刊上发表文章而不得不公开检讨"资产阶级成名成家思想"，消息传回中学母校，竟变成我因学业不及格而被取消分配工作的资格。尽管谣言止于智者，李老师当然不会相信，但毕竟接二连三传闻"曾参杀人"，就连孔夫子也深感人言可畏。作为恩师的他，自然备受煎熬。直到后来，我被分配到某高校中文系任助教，他才来信说："事实证明，为师者没有看错自己的学生。今天，我终于放心了。"寥寥数言，毫无保留的信任，对于在逆境中挣扎的年轻人来说，是多么重要的精神救助！你说，像这样珍贵的恩师来信，我有何资格能把它忍心丢弃呢！

当然，在来信中，不光有循循教诲、殷殷寄望与脉脉温情，也有坦率的指责与尖锐的批评，有的，甚至让我大吃一惊，且惊出一身冷汗来！

例一，连江县某位我从未谋面的中学老教师。他在信中毫不客气指出我刚发表的一篇文章，"不尽符史实"，是以讹传讹的不负责任之作。文中提及某海岛上的"八贤祠"，所谓"八贤"，虽有郑和、戚继光、林则徐等民族精英，但其中也夹杂有一个欺世盗名的庸才和贪官。"你把村叟老妪的讹传"，不加鉴别地"加以转述"，日后"附和认同者必像蜂拥蝇聚，所起负面作用可不一般了"。读到这里，我已吓出一身冷汗，深为自己的无知与草率懊悔不已，好在他又补上一句："但纠正错误也只能靠你自己，相信你是明白人，老头子啰唆了。"看来，他对我能否纠错还有点信心，给我留下一条退路。于是，我心头又一热，立马回信向他致谢，接着，又查阅有关史料，向发表拙作的杂志专函恳请更正并向读者致歉。

例二，我在某报上撰文怀念一位大学老师。不料，老师的一位公子却给我发来一封抗议信。原来，我仅凭传闻，就把老教授的不幸离世，写成是老舍式的"溺水自沉"。但真实的情况却是："红卫兵把他推入家门口的小池塘进行批斗，并用皮带和木棍打得他皮开肉绽，浑身浮肿，血迹斑斑。等批斗会结束时，他已口不能言，肢不能动，奄奄一息了。第二天，他就蒙冤受屈，与世长辞了。"

读到这里，我已心焦如焚，坐立不安，此乃人命关天之大事，我怎能以道听途说取代其受尽折磨、蒙冤屈死呢！这是对老师最大的不敬与亵渎！为此，我很快以《来函照登》的方式在报上更正，并另作一文《遥远的星辰》，详细转述知情者的有关回忆，还历史以本来面目，以此表达对老师的谢罪与怀念，终于得到其后人的认可与谅解。

以上两信，皆乃诤友之诤言，而一句诤言，胜过一万句溢美之词！沉痛的教训告诫我：为人为文，均须慎之又慎，尤其是以真人真事为写作对象的散文与纪实文学，一定要经得起读者与时间的双重检验。我珍存此二信，是为自己敲响警钟，终身受益！

此外，还有一封来信，也不能不提。那是我大学同窗、福安农校老校长陈敏寄来的，他居然为我的一本新书编制出"勘误表"，内列我没校对出来的15个错别字，让我又羞愧又钦佩又感激！古人尝有"一字师"之说，而我这位师兄，理当让我磕15次响头，行15次拜师礼了。

情书，但只剩下信封

本文写到这里，想必会有读者发问：情书，你年轻时的情书呢？其实，这个问题，孩子们从小就感到好奇了。

情书，当然有。可惜只剩下几个信封，其内囊，却早已沉没在岁月深处，再也无从寻觅了。

先让我展示一下信封吧！白色道林纸，自制。右下角，有我用红蓝双色圆珠笔手绘的图案：蓝色的海浪、海燕，红色的珊瑚树……

当时，我是福建第二师范学院中文系的年轻助教，她是应届毕业生，虽然我只比她大两岁，但毕竟是师生，属于社会上并不认可的"师生恋"。大学里男生多女生少，听说每一位女生背后，都有一批追慕者和保护者，我若不小心，很容易成为众矢之的。更何况，当时我因在课堂上推介邓拓的《燕山夜话》，被大字报点名，为此惶惶然如惊弓之鸟。但年轻人的爱火是难以扑灭的，它总有办法在地底下继续燃烧。不久，就有一对热心的老教师，让出家门口的木质邮箱，供我俩鸿雁传书。只是凡事追求完美的我，嫌当年邮局卖的信封，纸质太差，且装饰图案相当拙劣，便自购白色道林纸，自制信封，自绘图案。图案的内容，自然就是我俩的定情物——产自东山岛的红珊瑚了。不仅如此，红珊瑚的"珊"字，后来还成为我俩第一个宝贝女儿的名字。

秘密通信一段时间之后，需要秘密约会了。可在"文革"岁月，哪里还有花香鸟语的伊甸园？几经实地考察之后，我终于发现，最公开的场所，往往也是最安全、最不引人注目之处。于是，在夜色朦胧的漳州市人民广场大草坪上，散坐在各个角落的100多对情人中，也就静悄悄地多了我们一对。上苍保佑，我俩的幽会从未被熟人发现。

但最终，这一秘密还是公开了，且公开者，不是别人，正是女主人公自己。那是她毕业后分配到福清某军垦农场参加劳动锻炼不久。有一天，轮到她休息，便到邻近的莆田江口闲逛。对她来说，

"江口镇大岭村"这六个字太亲切了,她不知多少次听我说过,那就是我的家乡啊!今天,她已经来到了江口镇,想必大岭村也就不远。于是,年少气盛的她,当场做出一个勇敢的决定:找上门去!有道是"人有善愿,天必佑之",她独自一人走了8华里山路,边走边问,终于推开了未来婆家的大门。喜从天降!当年,我还健在的老祖母一见到没过门的孙媳妇,就笑得合不拢嘴,她还按莆田人的礼节,亲自动手,给她煮了一碗热腾腾、甜蜜蜜的鸡蛋汤。消息立马传遍小山村:章武家来了一位女兵,说是他的未婚妻,独自提前来认亲啦!几天过后,我在漳州收到她的报喜信,信封上,依然有我手绘的红珊瑚图案。

然而,信封虽然留下来了,但信笺,却在动荡岁月里被我们忍痛处理掉了。好在人世间最纯真、最无畏、最珍贵的记忆,是烈火中的凤凰,永生!

如今,我愿能与我此生唯一的未婚妻、新娘、妻子和老伴,共庆50周年金婚盛典!

杜甫埋伏在中年等我

潘向黎 / 文

上苍厚我，从初中开始，听父亲在日常中聊古诗，后来渐渐和他一起谈论，这样的好时光有二十多年。

父女两人看法一致的很多，比如都特别推崇王维、李后主，特别佩服苏东坡；也很欣赏三曹、辛弃疾；也都特别喜欢"孤篇横绝"的《春江花月夜》……也有一些是同中有异，比如刘禹锡和柳宗元，我们都喜欢，但是我更喜欢刘禹锡，父亲更喜欢柳宗元；同样的，小李和小杜，我都狂热地喜欢过，最终绝对地偏向了李商隐，而父亲始终觉得他们两个都好，不太认同我对李商隐的几乎至高无上的推崇。

最大的差异是对杜甫的看法。父亲觉得老杜是诗圣，唐诗巅峰，毋庸置疑。而当年的我，作为20世纪80年代读中文系、满心是蔷薇色梦幻的少女，怎么会早早喜欢杜甫呢？

父亲对此流露出轻微的面对"无知妇孺"的表情，但从不说服，更不以家长权威压服，而是自顾自享受他作为"杜粉"的快乐。他们那一代，许多人的人生楷模都是诸葛亮，所以父亲时常来一句"诸葛大名垂宇宙""万古云霄一羽毛"，或者"三顾频烦天下计，两朝开济老臣心"，然后由衷地赞叹："写的是好。"

他读书读到击节处，会来一句："语不惊人死不休！"——这是杜诗。看报读刊，难免遇到常识学理俱无还耍无赖的，他会怒极反笑，来一句："尔曹身与名俱灭，不废江河万古流。"——这也是杜诗。看电视里不论哪国的天灾人祸，他会叹一声："眼枯即见骨，天地终无情！"——这还是杜诗。而收到朋友的新书，他有时候读完了会等不得写信而给作者打电话，如果他的评价是以杜甫的一句"庾信文章老更成"开头，那么说明他这次激动了，也说明这个电话通常会打一个小时以上。

父亲喜欢马，又喜欢徐悲鸿的马，看画册上徐悲鸿的马，有时会赞一句："一洗万古凡马空，是好。"——我知道"一洗万古凡马空"是杜甫《丹青引赠曹将军霸》中的一句，可是我总觉得老杜这样夸曹霸和父亲这样夸徐悲鸿，都有点夸张。我在心里嘀咕：人家老杜是诗人，他有权夸张，那是人家的专业需要，你是学者，夸张就不太好了吧？

有时对着另一幅徐悲鸿，他又说："所向无空阔，真堪托死生。着实好。""所向无空阔，真堪托死生"——杜甫《房兵曹胡马》中的这两句，极其传神而人马不分，感情深挚，倒是令我心服口服。我也特别喜欢马，但不喜欢徐悲鸿的画，觉得他画得"破破烂烂的"（我曾当着爸爸的面这样说过一次，马上被他"逐出"书房），而人家杜甫的诗虽然也色调深暗，但是写得工整精丽，我因此曾经腹诽父亲褒贬不当；后来听多了他的以杜赞徐，又想：他这"着实好"，到底是在赞谁？好像还是赞杜甫更多。

父亲有时没来由就说起杜甫来，用的是他表示极其赞叹时专用的"天下竟有这等事，你来评评这个理"的语气——"你说说看，都已经'一舞剑器动四方'了，他居然还要'天地为之久低昂'。"我说："嗯，是不错。"父亲没有介意我有些敷衍的态度，或者说他根本无视我这个唯一听众的反应，他右手平伸，食指和中指并拢，在空中用力地比画了几个"之"，也不知是在体会公孙氏舞剑的感觉还是杜甫挥毫的气势。然后，我的父亲摇头叹息了："他居然还要'天地为之久低昂'！着实好！"我暗暗想：这就叫"心折"了吧。

晚餐后父亲常常独自在书房里喝酒，喝了酒，带着酒意在厅里踱步，有时候踱着步，就念起诗来了。《琵琶行》《长恨歌》父亲背得很顺畅，但是不常念——他总是说白居易"写得太多，太随便"，所以大约不愿给白居易太大面子。如果是"春江潮水连海平"，父亲背不太顺，有时会漏掉两句，有时会磕磕绊绊，我便在自己房间偷偷翻书看，发现他的"事故多发地段"多半是在"可怜楼上月徘徊，应照离人妆镜台。玉户帘中卷不去，捣衣砧上拂还来。此时相望不相闻，愿逐月华流照君……"这一带。（奇怪的是，后来我自己背诵《春江花月夜》也是在这一带磕磕绊绊。）若是杜甫，父亲就都"有始有终"了，最常听到的是"车辚辚，马萧萧，行人弓箭各在腰。耶娘妻子走相送，尘埃不见咸阳桥。牵衣顿足拦道哭，哭声直上干云霄。……"他总是把"哭"念成"阔"的音。有时候夜深了，我不得不打断他的"牵衣顿足拦道'阔'"，说"妈妈睡了，你和杜甫都轻一点"。

有一次，听到他在书房里打电话，居然大声说："这篇文章，老杜看过了，他认为——"我闻言大惊：什么？杜甫看过了？他们居然能请到杜甫审读文章？！这一惊非同小可。却原来此老杜非彼老杜，而是父亲那些年研究的当代作家杜鹏程，长篇小说《保卫延安》的作者。有一些父亲的学生和读者，后来议论过父亲花了那么多时间和心血研究杜鹏程是否值得，我也曾经问过父亲对当初的选择时过境迁后作何感想，父亲的回答大致是：一个时代的作品还是要放在那个时代去看它的价值，杜鹏程是个部队里出来的知识分子，他一直在思考时代和自我反思，他这个人很正派很真诚。

有一天，我突发奇想，有了一个"大胆假设"：杜甫是"老杜"，杜鹏程也是"老杜"，父亲选择研究杜鹏程，有没有一点多年酷爱杜甫的"移情作用"呢？说不定哦！

"庾信平生最萧瑟，暮年诗赋动江关"，怎奈去日苦多，人生苦短。"儒术于我何有哉，孔丘盗跖俱尘埃"，可叹智者死去，与愚者无异。十年前，父亲去世，我真正懂得"莫自使眼枯，收汝泪纵横。眼枯即见骨，天地终无情"这几句的含义。可是我宁可不懂，永远都不懂。

父亲是如此喜欢杜诗，于是，安葬他的时候，我和妹妹将那本他大学时代用省下来的伙食费买的、又黄又脆的《杜甫诗选》一页一页撕下来，仔仔细细地烧了给他。

不过这时，我已经喜欢杜甫了。少年时不喜欢他，那是我涉世太浅，也是我与这位大诗人的缘分还没有到。缘分的事情是急不来的，——又急什么呢？

改变来得非常彻底而轻捷。那是到了三十多岁，有一天我无意中重读了杜甫的《赠卫八处士》：

> 人生不相见，动如参与商。今夕复何夕，共此灯烛光。
> 少壮能几时？鬓发各已苍！访旧半为鬼，惊呼热中肠。
> 焉知二十载，重上君子堂。昔别君未婚，儿女忽成行。
> 怡然敬父执，问我来何方。问答乃未已，驱儿罗酒浆。
> 夜雨剪春韭，新炊间黄粱。主称会面难，一举累十觞。
> 十觞亦不醉，感子故意长。明日隔山岳，世事两茫茫。

这不是杜甫，简直就是我自己，亲历了那五味杂陈的一幕——二十年不见的老朋友蓦然相见，不免感慨：你说人这一辈子，怎么动不动就像参星和商星那样不得相见呢？今天是什么日子啊，能让同一片灯烛光照着！可都不年轻喽，彼此都白了头发。再叙起老朋友，竟然死了一半，不由得失声惊呼心里火烧似的疼；没想到二十年了，我们还能活着在这里见面。再想起分别以来的变化有多大啊，当年你还没结婚呢，如今都儿女成行了。这些孩子又懂事又可爱，对父亲的朋友这么亲切有礼，围着我问从哪儿来。你打断了我和孩子的问答，催孩子们去备酒。你准备吃的自然是倾其所有，冒着夜雨剪来的春韭肥嫩鲜香，还有刚煮出来的掺了黄粱米的饭格外可口。你说见一面实在不容易，自己先喝，而且一喝就是好多杯。多少杯也仍然不醉，这就是故人之情啊！今晚就好好共饮吧，明天就要再分别，世事难料，命运如何，便两不相知了。

这样的诗，杜甫只管如话家常一般写出来，我却有如冰炭置肠，倒海翻江。

就在那个秋天的黄昏，读完这首诗，我流下了眼泪，我甚至没有觉得我心酸我感慨，眼泪就流下来了。奇怪，我从未为无数次击节的李白、王维流过眼泪，却在那一天，独自为杜甫流下了眼泪。却原来，杜甫的诗不动声色地埋伏在中年里等我，等我风尘仆仆地进入中年，等我懂得了人世的冷和暖，来到那一天。

我在心里对梁启超点头：您说得对，杜甫确实是"情圣"！我更对父亲由衷地点头：你说得对，老杜"着实好"！

那一瞬间，一定要用语言表达，大概只能是"心会"二字。

也许父亲会啼笑皆非吧？总是这样，父母对儿女多年施加影响却无效的一件事，时间不动声色、轻而易举就做到了。

此刻的我，突然担心：父亲在世的时候，已经知道我也喜欢杜甫了吗？我品读古诗词的随笔集《看诗不分明》在三联书店出版，已经是2011年，父亲离开快五年了。赶紧去翻保存剪报的文件夹，看到了自己第一次赞美杜甫的短文，是2004年发表的。那么，父亲是知道了的——知道在杜甫这个问题上，我也终于和他一致了。真是太好了。

岁月匆匆！父亲离开已经十年。童年时的唐诗书签也已不知去向。幸亏有这些真心喜欢的古诗词，依然陪着我。它们就像一颗颗和田玉籽料，在岁月的逝波中沉积下来，并且因为水流的冲刷而越发光洁莹润，令人爱不释手。

北面山河

杨海蒂 / 文

第一次到陕北时，瞬间被击中了：脚下是世界上最广最深的黄土，地球上最大的黄土高原，被鬼斧天工切割得千沟万壑，气势磅礴地伸向天空；中华民族母亲河黄河，狂怒咆哮一泻万丈，浩浩荡荡泥沙俱下……

而当我来到陕北偏北的榆林横山，目睹"龙隐之脉"横山山脉穿过黄土高原横亘天际，亲见无定河淌过塞北沙漠漫延横山全境，我对这片土地充满了敬畏。当得知在这片神奇辽阔的黄土地上，一代代帝王将相大展雄才伟略，一位位英雄豪杰泼洒热血，一曲曲历史交响激越昂扬，一首首壮丽诗篇千古流传，我对"龙兴之地"横山高山仰止。

一

"欲知塞上千秋事，唯有横山古银州。"

陕北的深冬季节，让我感觉犹如置身于西伯利亚般寒冷，昔日沙漠与高原相接的横山，经过长期植树造林，早已被层层绿色覆盖，看不到我期待的塞外风光，但在寒冬腊月里，郊外峁塬上也还是衰草枯黄。刺骨寒风将我的脸抽打得生疼，我瑟缩在超厚的大棉袍里，循着时间的线索，探听古银州废墟下的历史回响。

古银州林茂粮丰马壮羊肥，是漠北游牧民族活动的历史舞台，也是他们进犯关中的跳板。汉人、匈奴人、鲜卑人、突厥人、回纥人、契丹人、蒙古人，曾在这儿龙争虎斗，绝大部分又像天上的神鹰一样不知所终。

银州城势扼中央、总绾南北，分为"上城""下城"两座城池。上城始置于南北朝周武帝三年，即古银州遗址所在地，为全国重点文物保护单位；秦朝增建的下城，为上郡肤施城，是秦始皇迷信"亡秦者胡也"而修筑的军事防御城堡。

隋朝战乱，银州城被废；隋末唐初，横山人梁师都建立梁国，大举重建。

举旗抗宋的党项族英雄李继迁，就是古银州人。但凡历史上的重要人物，总是奇人异相。《宋史·李继迁传》记载："继迁生于银州之无定河，生而有齿。"《辽史》说，李继迁本是北魏皇族拓跋氏的后裔。

文献资料称："横山天堑，下临平夏，夏国存亡所系"，"夏国素恃横山诸族帐劲强善战，用以抗衡中国"。北宋大将种谔、沈括联名上书皇帝，对横山有过一段高论："横山延袤千里，多马宜稼，人物劲悍善战，且有盐铁之利，夏人恃以为生。其城垒皆控险，足以守御。今之兴功，当自银州始。其次迁宥州于乌延，又其次修夏州，三郡鼎峙，则横山之地已囊括其中。又其次修盐州，则横山强兵、战马、山泽之利，尽归中国。其势居高，俯视兴、灵，可以直覆巢穴。"

横山是党项人的根据地，银州是西夏政权的发祥地。

北宋国策崇文抑武，漠北游牧民族趁机坐大。战争是最有效的征服方式。李继迁招兵买马，银州南山寨是他的练兵场。当羽翼日丰，他拥兵自重封疆自立，建立起割据王朝：夏国。他练兵的山寨得名李继迁寨。李继迁长子李德明"为人深沉有气度，多权谋，幼晓佛书"，守着父亲遗下的小金銮殿韬光养晦，"深挖洞、广积粮、不称霸"。公元1003年，李继迁长孙李元昊，也在银州呱呱落地，甫一亮相就不同凡响，"坠地啼声英异，两目奕奕有光，众人异之。"元昊果然非慈眉善目之辈，少时"喜兵书，甚英武"，成年后"性雄毅，多大略"，心雄万夫觊觎天下，八方劫掠四处扩张，三十五岁时终于如愿称帝建国，史称西夏。他大兴文教，创建西夏文字，强令所有文书、佛经以之书写；他大举改革振衰起弱，发展农牧鼓励垦荒，促使国力日益雄厚，自有底气先后与宋、辽、金鼎立。

两军对垒，无论哪一方，"得横山之利以为资，恃横山之险以为固"。银州地势险峻、群山拱卫，更是易守难攻，成为宋兵北进的屏障。党项人当然知道银州的重要性，一直严防死守，双方激烈争夺，拉锯战中各有胜败。种谔谋划占据横山，无奈始终不得，有次终于得胜回朝，北宋满朝文武弹冠相庆，苏轼以诗咏之："闻说官军取乞阆，将军旗鼓捷如神。故知无定河边柳，得共中原雪絮春。"此时的苏氏之作，与"谪居于黄，杜门深居，驰骋翰墨，其文一变，如川之方至"后的东坡诗词，真不可同日而语。

无定河边柳，俗称"断头柳"，枝条昂扬向上，越是被砍越是长得粗壮，是陕北独有的特殊景观，其顽强坚韧的生命像极了陕北汉子。

于政治、军事、外交、科学、文学无所不能的全才沈括，因揭发文友苏轼诗文"愚弄朝廷"，成为"乌台诗案"的始作俑者。苏轼连遭贬谪——"问汝平生功业，黄州惠州儋州"，沈括则借此官运亨通。"君子难敌小人"，古今皆然。"天威卷地过黄河，万里羌人尽汉歌。莫堰横山倒流水，从教西去作恩波"，是"知延州，兼任鄜延路经略安抚使"沈括在横山写下的战歌，那时春风得意的他，何曾料到日后横山会成为自己的滑铁卢。西夏出兵二十万侵宋，兵败如山倒的"永乐之战"，成为他跌落的悬崖，加上背叛旧主王安石，他令皇帝不齿，被弹劾遭贬谪，也是现世现报。他心灰意冷，专心治学，在著述《梦溪笔谈》中回忆道："余尝过无定河，度活沙，人马履之，百步之外皆动，涿涿如人行幕上，其下足处虽甚坚，若遇其一陷，则人马蹄车，应时皆没，至有数百人平陷无孑遗者。"寥寥数语，生动描述出无定河的漂浮无定，可见北宋时期的无定河，已不复赫连勃勃所赞叹的"美哉斯阜，临广泽而带清流，吾行地多矣，自马岭以南，大河以北，未有若斯之壮丽者"。正是因为无定河甚美，赫连勃勃以横山为根据地建立大夏国，定都无定河畔统万城。

为除心头之患，大宋先后派狄青、夏竦、韩琦、范仲淹、韩世忠等重臣名将，在塞北重镇横山戍边，以抵御和征讨西夏。狄青旗开得胜的峁塬"狄青塬"，在县城西南四十公里处，现入选"横山新八景"。年过半百的范仲淹,于横山边境作《春思》《秋思》,"人不寐,将军白发征夫泪"一句,最是动人心弦。因大败西夏沙场建功,直言上谏一再遭贬的范仲淹,终于得以回到京城。

古人尚武,文人大多是热血男儿,"宁为百夫长,胜作一书生";反过来,很多武将也文采过人,岳飞的《满江红》横绝古今。颜真卿、高适、岑参、王昌龄、谢安、文天祥、范仲淹、辛弃疾、陆游、岳飞、王阳明,这一串在中国文化史上熠熠生辉的名字,这些"上马能杀贼,下马能草檄"的才俊英杰,个个剑卷长虹笔挟风雷,人人刚直忠烈视死如归,是真正的国家栋梁、时代脊梁。

对西夏来说,虎患未除狼祸又起:横山防线被破,本已进退失据,漠北蒙古又正崛起,成吉思汗所向披靡。银州被屠城,龙兴寺、皇宫王陵被毁,党项被屠戮几百万人。要彻底灭亡一个民族,必灭其语言文字,"灭其国而并灭其史"。虎踞西北近二百年,对中华民族历史发展产生过深远影响的西夏王朝,湮没于蒙古铁骑飞扬的滚滚黄尘里;灿烂迷人的西夏文化,消失于历史的云谲波诡中。

"国破山河在,城春草木深。"古银州渐渐被人遗忘,直到李自成逃难而至绝地逢生,才刷了一次存在感。民国时期,由本地进士邀请临时大总统徐世昌书写"古银州"三字、时任县长主持勒石的摩崖石刻,至今悬于无定河南岸,无言地诉说着这片古老土地的昔日辉煌。

虽然遭到无休止的破坏,古银州也还是留下了可观的历史遗存,从石器时代以降,几乎每个历史时期的物器都有。党项人留下的历史遗迹更多:肃穆寂寞的王陵,党项贵族的墓志,琳琅满目的壁画，粗犷拙朴的石刻，形状各异的陶罐，精雕细琢的玉饰，制作精美的青铜器……这些珍贵的历史文物，曾零落于荒野蔓草间，经历过漫长的等待，尘封着西夏的荣光，而今就陈设在古银州城遗址上的几间民房里。

古银州民间博物馆，是我见过的最简陋的博物馆。

二

西夏亡国三百多年后，李自成出生于李继迁寨。

旧县志写道，李自成降生时，家里土窑"洞壁现蛟蛇奇纹，层剥不没"。我钻进过他家窑洞，没有看到"蛟蛇奇纹"，或许因为我俗人凡眼吧。土窑下方有一个被淤的隧洞，据说是李继迁的兵器库，民国时村民从洞中掘出过冷兵器。土窑前方地势平缓，是李继迁的练兵场，窑后梁峁相连的"蟠龙沟"，时而高挺时而平缓，犹如巨龙盘旋。登高四顾，千壑拱四周，万塬拜其下，的确风水宝地。

关于李自成，有很多民间传说、演义，最神乎其神的是说他乃天宫紫薇星下凡，他在仙界佩戴过的九龙宝刀，随之同时降世，落于李继迁兵器库。直到1946年，横山游击队员还拿着它攻过波罗围过榆林，此后宝刀不知下落。长峁塌留有"坐龙墩""坐朝峁""旗杆""饮马泉"等遗址，加上三代土龙碑的传说，还有"六月天冰冻黄河"的传奇，以及闯王台闯王显灵的传言等等，都神话着这位土生土长的"真龙天子"。民间最为津津乐道的是：崇祯皇帝让人挖了李自成的祖坟以断其龙脉，李自成攻入北京逼得崇祯皇帝上吊自尽，正所谓"天道好轮回，苍天饶过谁"；康熙御驾巡幸陕北，明察波罗城堡，暗访闯王故里……

话说李自成率起义军从陕北出发，威号闯王，一路攻城略地，好不威风。"剑光闪闪亘长虹，百怪惊逃竟避锋。点缀江山无限景，吟身疑在画图中。"这是闯王自题，何等意气风发。李闯王定陕西，灭明朝，龙袍加身，登上大位，国号"大顺"，建元"永昌"。当时的形势，对李自成及其大顺政权来说一派大好，谁也没有想到很快就翻了盘，真是"其兴也勃焉，其亡也忽焉"。这一曲历史悲歌，引得多少人扼腕。底层的人一旦掌权，难免把握不住自己，智识的盲点、道德的弱点、文化的缺点，使闯王和他的执政团队迅速忘掉了"初心"，权争、骄奢、腐败、急政四起，焉能不败。郭沫若在《甲申三百年祭》文中，将其剖析得淋漓尽致，新鼎初得的中国共产党，视其为前车之鉴。

大顺政权像一颗流星，在历史的天空划过，闪过一道短暂而耀眼的光芒，然而，它在世界农民战争史上留下了浓墨重彩的一笔，在中国历史长卷中写下了绚丽的篇章。"农民领袖"李自成仍不失其伟大，在我看来，李自成是一个革命家，是一个统治者，不是一位杰出的政治领袖。

中国堪舆祖师、风水宗师杨益说"自古英雄多出西北"，盖因"西北多山，得天地严凝正气，其龙最垂久远，形胜完全，上钟三垣吉气，宜英雄出于其中"。雄伟的高原，巍峨的横山，奔腾的无定河，养育了无数横山儿女，塑造了他们独特的精神气质。简直不可思议，以李继迁寨为中心，区区方圆几十里，横山竟然出现过大小八位帝王。这些枭雄豪杰，在黄土高原上搅起历史风云，在刀光剑影中书写铁血人生。

三

贝多芬说过："音乐是比一切智慧、一切哲学更高的启示，谁能参透我音乐的意义，便能超脱寻常人难以自拔的苦难。"理论终究是灰色的，而信天游是活色生香的。

谨遵孔老夫子谆谆教导的汉民族，"非礼勿视，非礼勿听，非礼勿言，非礼勿动"，多少人失了本心本性，唯有陕北人例外。"城头上跑马还嫌低，面对面睡下还想你"，"对面山的那个圪梁梁上那是一个谁，那就是咱们那要命的二妹妹"，"山挡不住云彩，树挡不住风，神仙挡不住人想人"，"你若是我的哥哥哟，招一招的那个手；哎哟你若不是我那哥哥哟，走你的那个路"……天真未凿，真挚热烈，大道至简，至纯至美。有时候听到它们，会全身像过了电，这样的歌曲，拥有摧毁人的力量。难怪王洛宾感慨："最美的旋律最美的诗就在西部，就在自己的国土上。大西北的民歌，有欧美音乐无法比拟的韵味和魅力！"

面对这样的艺术，今天的音乐家们，只能甘拜下风，承认自己无能为力。

不知为什么，陕北民歌总是让我感觉到苍凉，或许因为过美的事物，往往让人内心脆弱。旋律明快的管弦乐曲《春节序曲》，以陕北民歌、唢呐和秧歌音调为素材，用以表现人们喜气洋洋过佳节，然而在热闹欢腾的深处，我始终感受到一种隐隐的忧伤。"城头上跑马"的旋律，被马思聪演变成闻名中外的《思乡曲》，更是直抵我内心最柔软处，从中丝丝缕缕抽出难言的怅惘。

腰鼓、说书、信天游，陕北这三大文化遗产，全都源自横山。横山盲艺人韩起祥，曾在延安给中共"三巨头"说书，担任过新中国首任曲艺协会主席。

横山武镇老腰鼓又称"文腰鼓"，是现存唯一的老腰鼓，根据庙宇石碑的文字存证，它出现的年代可追溯到明代中期。古时戍守长城的士兵，身佩腰鼓作为报警工具，发现敌情即鸣鼓为号，一传十十传百传递消息。在骑兵阵战冲锋中，也以腰鼓助威，激发将士斗志。鼓角是冲锋的命令，鸣锣是收兵的号令。打了胜仗，将士击鼓起舞狂欢；鼓手行走的队列，诸如"黑驴滚昼""转九曲""十二莲灯"，便是作战阵图。边民久居塞上，也习而为之，于是腰鼓逐渐应用于民间娱乐，演变成激昂刚劲、带有军旅色彩的腰鼓艺术。

而横山武镇高家沟给我们展示的是"武腰鼓"，比老腰鼓还要威猛的武腰鼓，又一次带给我们绝大的惊喜。

苍天下，厚土上，一群强壮的农家汉子，带着憨厚的笑容，身着闯王起义服装，以黄土地为舞台，手中的鼓槌一飞扬，立刻龙腾虎跃，如万马奔腾，似狂飙突进。雄迈的鼓点、雄健的步伐、雄强的舞姿、雄壮的呐喊……令地动山摇，令目眩神迷。女子为数不多，在队伍中只是点缀，但牢牢抓着观者的眼睛。俏丽的花衣，动人的身姿，羞涩的神情，纯真的眼神，使她们清新妩媚得就像崖畔上的野山花，那种自带而不自知的风情，让我感叹有人煞费苦心装扮却只是徒劳。

这种反差强烈的混搭堪称极致。同行的各界大佬不住地赞叹："男是男，女是女，真好，真美！"我嚷嚷："还以为本宫已如老僧入定，刀枪不入百毒不侵了，今天又乱了芳心！"

我情不自禁哼唱起《赶牲灵》。听到"白脖子的那个哈巴哟朝南的那个咬"时，音乐界大神田青老师没好气地打断我："黄土高原上哪来的哈巴狗？原生态陕北民歌，怎么会出现这样的歌词？'白脖脖的那个下巴哟朝南的那个窑'，注意没有，陕北的窑洞全都是朝南的。"我弱弱地为自己辩护："我也一直纳闷，但看到歌本、影碟都这么写……""都这么写，就一定正确吗？"他丝毫不留情面。田老师特立独行，极力挖掘推广原生态民歌。

早在延安时期，红色文艺家已致力于搜集、整理、传承、创新陕北民歌，使信天游老树发新枝，成为革命艺术中的一枝奇异花朵。对延安艺术家来说，音乐不是殿堂艺术，不是沙龙风雅，而是信仰与奋斗的精神，是革命人格的象征。

"文字铭心，音乐刻骨"。朝代兴替，山河易主，一代人去了，一代人又来，陕北民歌生生不息，在天地间永远传唱。

四

横山古堡古寺很多，建筑艺术一脉相承。始建于明代的响水堡龙泉大寺，是横山规模最大的寺庙，其名源于寺内的龙井。响水堡盘龙寺名闻遐迩，史志记载，盘龙山"横江怪石，盘绕无定河边，远望若踞河中，石如盘龙，故名"，盘龙寺因石得名。寺门外九龙壁背面的回文诗"桥水响流双浪开，寺龙盘塔绕河来。迢迢路远岸垂柳，樵唱晚舟鱼钓台"，系本土人士、清朝吏部官员曹子正所作。

然而，比起大名鼎鼎的波罗堡接引寺，龙泉大寺和盘龙寺弱爆了。

波罗，山环水抱，万壑朝宗，秦直道纵贯其境，无定河流贯其境，古长城横贯全境；波罗，北魏建城，明初建堡，城堡雄踞大漠边关，崛立无定河畔，坐落长城脚下。波罗的来头不得了，《怀远县志》记述："波罗堡西山石峻起，上有足形，一显一晦，俗传为如来入东土返西天之所，故构波罗寺，供如来像于其中。"

"波罗"为佛经梵语，即"波罗蜜多"的简称，佛偈咒语"揭谛揭谛，波罗揭谛"，意为"去吧，去吧，快到彼岸去吧"。"死就是生"，是佛教教义真谛，眼前一座题刻"梦回天国"的巨大牌楼，让我恍兮惚兮不知天上人间。

黄云山上的波罗，弥漫着佛光紫气，乃"佛掌上的明珠""来自天国的地方"。

然而，波罗不只有香火，还有战火；不只有诵经，还有杀伐。所以，在凝紫、重光、凤翥、通顺这四座城门里，既建有玉帝楼、三官楼、魁星阁、城隍庙、老爷庙等佛道庙宇，也建有总兵关、中协署、参将府、守备署、炮台、箭楼、钟楼等军事设施。座座城门，气势恢宏；处处城楼，尽显峥嵘。

我非常喜欢波罗的建筑风格，不雕龙画凤，不金碧辉煌，大气不失精致，简约而又典雅。整座城堡呈灰色基调，有佛门静穆之气，宜于安放心灵。

无论手持玉帛者，还是手持干戈者，无论是无神论者，还是虔诚的佛教徒，这些帝王都有波罗情结：李继迁驻军于此，李德明常来拜佛；李元昊奉佛教为国教，将接引寺定为国寺，将波罗作为粮仓"金窖"；继位的李谅祚遵父元昊嘱前来行礼还愿，西夏三世李仁孝依祖训为国寺赐龙虎旗。李自成侄儿、大顺制将军李过，奉闯王命在接引寺立"闯王碑"。康熙大帝御驾亲征噶尔丹时，专程绕道波罗驻跸礼佛，御笔亲题"接引寺"；乾隆皇帝为接引寺御书"慈悲千古"，并特赐匾额；嘉庆皇帝钦遗御用红绸，上书"奇佛一座，万古留传"……

波罗还有一处名胜，也与帝王有关——马鞍山上的一个险要关隘，俗称"斩贼关"，因将士连续三年在此击退进犯的蒙古骑兵，万历皇帝龙颜大悦，且认定三战三捷有赖于当地关公庙保佑，将此地赐名"三捷关"。

横山佛塔和石窟也不少，以波罗的凌霄塔和准提寺石窟最为著名。唐代，波罗城里还有一座大雷音寺，相传寺内有一口神奇的水井，井水能照出来者的前世今生和善恶果报，老百姓称之为"前世井""来世井""三世井""劝世井"。可惜的是，因为它成了州官的照妖镜，被恼羞成怒的州官给填平了。

登上灵霄塔，远眺无定河，"可怜无定河边骨，犹是春闺梦里人"，这悲壮又凄美的诗句，立刻涌上心头。"无定河边暮角声，赫连台畔旅人情。函关归路千余里，一夕秋风白发生。"同样令我

"登高望远，心中生悲"。

几千年来，无定河日夜不息，流过匈奴人最后的都城，划分出游牧与农耕文明的界限，冲刷出黄土高原上的湿地绿洲。无定河，贯穿着横山的古往今来，记录着横山的沧海桑田。塞下、无定河，催生出多少流传后世的边塞诗。

从某种意义上来说，人类历史就是一部战争史，历史的车轮滚滚向前，有时是由鲜血来润滑的。"三国"之前，雄豪列强争夺天下，多在黄河流域开打。自夏、商、周始，从秦、汉、隋、唐到宋、元、明、清，无定河畔硝烟弥漫，连佛门净地波罗也不能幸免。战争舞台的背后，是佛家虚远的空门，对于饱经战乱者来说，倒不失为一种解脱之道——毕竟虚无里也有一点好的东西：超脱。

饱经战事的波罗，可谓一座铁血古城：宋朝，波罗是抗击西夏的前沿阵地。明朝，元军入侵波罗，闯王也打进过波罗。康熙年间，农民起义军攻占波罗城。同治七年，回民起义军攻下波罗堡。清末民初，"哥老会"占领过波罗城。1946年，国民党大军围困延安，双方力量极为悬殊，形势异常严峻。危难关头，中共西北局书记习仲勋策反驻守波罗的国民党将领胡景铎，胡率五千多官兵举行横山起义（波罗起义），为中共中央转战陕北打开了通道，为建立新中国做出了卓越贡献。

横山起义驻军司令部，系明清民居建筑，是波罗的红色地标。明清时波罗最为繁盛，为陕北军事政治要地，得名"小北京"，也是陕北经济文化交流中心，别名"小扬州"。

独特的边塞文化，丰富的军事文化，神秘的宗教文化，厚重的红色文化，交织出波罗城堡与众不同的迷人气质。走在波罗古镇上，随处可触摸到历史：每一段断垣残壁，都是历史的痕迹；每一片灰砖青瓦，都落满历史的尘埃；每一座古寺佛塔，都散发历史的华光。

一个地方就像一个人，难免盛极而衰。波罗显赫过，衰落过，现又金身重塑：波罗通用航空机场在建，波罗发电厂是陕西电力的股肱。波罗"千亿矿产"世人皆知，不知波罗还能给人带来多少惊奇。

横山，地底下埋藏着历史深层的奥秘，也埋藏着无比富饶的能源矿藏。而今的横山，是国家的一座宝库，是陕西能源走廊的核心地带，是"中国科威特"榆林的缩影，正创造着黄土高原上新的奇迹。

记忆躺在椅子上睡着了

吴佳骏 / 文

火

倘若不发生那场大火，小街的每个夜晚都是相同的——月光温柔地照亮铺着青石的路阶，屋顶上的残瓦蒙着一层夜露。风在左右两边的山崖上奔突，惊恐的猫躲在篱笆后面的草窝里哀鸣。伴着猫的哀鸣的，还有三条或五条狗的狂吠。它们的声音极具威慑力，能让在黑夜里醒着的一切胆战心惊。猫和狗，都是小街上的更夫。那些蜷缩在床上的人，只要听见更夫们的叫声，便知道今夜又将是一个平安夜，每个人都可以一觉睡到天明了。

然而，任何事都不是一成不变的。有时候就连人类都无法保护好人类，又怎能将人类对平安的期许寄托在那些弱小的动物们身上呢？待小街上的人悟透这个道理，已是在那场大火发生之后了。那是几天前的夜里。晚饭后，人们照例上床很早——对于一条只剩下老人和孩子，再也看不见有人聚集在院坝上仰望星空，谈论雨水和节气，聆听虫鸣和蛙声的寂寞的小街来说，不上床睡觉还能干什么？那夜一样有温柔的月光，一样有风在山崖上奔突，一样有猫的哀鸣和狗的狂吠。蜷缩在床上的人仍是很快就进入了梦乡。

他们在梦里做着各种各样的事情——有的打铁，有的磨刀，有的唱歌，有的放哨；还有的背着小孩在河边洗衣服，或叼着烟杆蹲在大树底下听报告；更有的在跟死去的亲人谈判，在哭喊着跟自己的疼痛和解……这些梦有旧梦，也有新梦。旧梦大多是黑色的、白色的和栗色的；新梦大多是粉色的、黄色的和蓝色的。他们就这样在梦的缤纷的色彩包裹中沉睡着，而将梦之外的世界统统交给了"值更"的猫和狗去看护。

那些猫和狗是十分忠于职守的。它们分别在上半夜和下半夜巡逻之后，也都疲倦地睡去了——它们已经用声音宣告了夜的平静和安全。但令猫和狗和人都没有想到的是，就在天快亮的时候，有间老房子失火了，一片火光冲天而起，照亮了整条小街。"值更"的猫和狗惊慌失措，拼命地狂吠，试图喊醒睡梦中的人们。可那些多彩的梦实在太缠人了，任凭猫狗们喊破了嗓子，也没能将他们从睡梦中催醒。眼看火势越燃越大，猫和狗都被吓慌了——它们从没见过这么大的灾难——它们料定再也拯救不了小街上的人，索性不再声嘶力竭地叫喊，纷纷逃命去了。

后来，还是一个起床小解的孩子，看到外面通红的火光，才匆忙叫醒了熟睡中的大人们。他们拖着老迈的身躯，拼尽全力去扑火。遗憾他们太力不从心了，根本靠不拢边，只能远远地站定，露出恓惶和颓废的表情看着那间房子慢慢化为灰烬。幸运的是，那房子并未与街上其他的房子相连接，而是单独建造在靠河边的一块瘠地上，才未使火势继续扩散和蔓延，造成更大的悲剧。

天在大伙的议论和喟叹声中放亮了，小街上到处都落满了暗黑色的焦灰。从县城迟迟赶来的消防车停在废墟前，闪动的红蓝色警示灯让人心悸。消防车的后面，是一辆白色的警车。它那警报器发出的响声，比消防车的警报声还要嘹亮，还要刺耳。围观的人都屏住呼吸，空气也顿时凝固了，仿佛有一出好戏马上就要开场。随后，从警车上走下来两个警官。一番盘问之后，其中一个警官掏出手铐，将藏在人堆里的一个双目失明的花甲老人拷走了。那一刻，人们才恍然大悟，原来昨夜的那场大火是那个盲人干的。

警车和消防车开走后，新的一轮议论爆发了。人们议论的焦点，自然从老房子转向了那个"盲人纵火犯"。据一个平时跟盲老人走得最近的另一个老人回忆，早在几十年前，他就发现了盲老人的异常——他特别怕见到火。就是平时煮饭和点烟时，他都会被火光吓得瑟瑟发抖。于是，人们大胆猜测，他在弱冠之年故意刺瞎自己的双目，大概也跟怕火有关。

事实上也没错，那个盲老人的怕火确凿是有缘由的。那时，他还只是个孩童。他根本不知道这个世界到底发生了什么事。突然的一天，他那当厂长的父亲被几个魁梧的壮汉给绑走了。他哭着追出去，想把父亲拽回来。可没有人理睬他的咆哮。他看见壮汉们先是将他父亲的半边头发剃掉，又在他的脖子上挂了一块写着墨字且打了红叉的纸牌子。然后，再将他拖到戏台上，双膝跪下，不停地揍他，捶他，踢他。他觉得父亲是个好人，并没有犯错，想不通那些可恶的人为何要那般对待一个本分人。那天上午，他一直守在戏台下。他以为他们羞辱完父亲后就会放他回家。谁知，那天下午，那几个壮汉又将他那奄奄一息的父亲拖到野地里，扒光了他的衣裤，将其周身都抹上稀泥，点燃稻草像烤红薯般慢慢地烘烤。直至将稀泥烤干后，再一块一块从他父亲的身上揭下来。整个过程，他的父亲都在尖叫、呻吟。当天晚上，他的父亲就死掉了。留给他的，除了悲痛和恐怖，还有一片血似的火光。从那以后，他便开始怕火，几乎夜夜都梦见他的父亲在火堆中惨叫。

听了那个老人的回忆，小街上的人突然对那个盲老人生出几分怜悯和宽恕。但他们实在想不通，一个因火而患上后遗症的人，又怎么会去纵火呢？而且，他又为啥要在踏上警车时抛下那句话："等着吧，你们谁也别想活着离开这条小街。"这更是让人百思不得其解。

凳

每天的向晚时分，他都会坐在小街的那条石凳子上，等待黑夜的降临。石凳子的旁侧，生长着一棵皂荚树。那棵树已然很老了，树干的一大半边都失去了水分。在他还是个孩子的时候，他就喜欢爬到树上去眺望远方。每次爬树，他都能感觉到树的水分在流失。他将这个秘密告诉在树上筑巢的鸟儿，劝它们迁徙到小街后山的更加繁茂的树上去定居。可那些鸟儿根本不听他的话，仍旧年年都飞来繁衍子嗣——它们比他还离不开这棵树。

几十年过去，现在的他跟那棵皂荚树一样老了，他身体里的水分也已流失，像血液一样流失。他再也爬不上树，对远方也失去了兴趣。他现在唯一能够做到的事情，就是坐在皂荚树下的石凳子上，成为一个让时间打不败的"常胜将军"。

大概是他坐的日子太长了吧，以致小街上的人都称呼他为"树中的老人"。树是他的灵魂，他是树的肉身。只要他们靠在一起，时间仿佛就是静止的，光阴就会停止流转。他和树都是小街上的孤独者。孤独者唯有孤独可以依靠。这不是残忍，而是规律和宿命。不管是树是人还是别的什么，都无法逃脱这规律和宿命，就像孤独无法逃脱孤独的幽禁、围剿和追杀。

那条石凳子是见证了树和他在孤独中的相互依偎的——它是孤独的第三者。仿佛它的存在，本就是为了接待他和他的孤独。向晚的风吹着逐渐来临的夜色。他坐在石凳上，用拐棍不停地敲击皂荚树的躯干。他每次都是以敲击的方式来替代抚摸。他知道树不会再疼痛，故敲击得十分用力。可从内心来说，他又极其希望树能感知到疼痛。有感知就说明树是醒着的，还能吸收到水分、空气和阳光，还能感觉到他这个老伙计的存在。如此一来，他的敲击就变成了召唤和祈福。梆梆梆的敲击声擦着夕阳、云朵和晚风，也擦着记忆、年轮和哀吊。

敲过一阵之后，他必然会对树展开滔滔不绝的诉说——在他的认识里，这棵皂荚树就是一个处于昏迷状态的病重的友人。他企图以回忆往事的方式，来帮助它重新长出绿叶。他从最最遥远的往事讲起——那时候，他还只是小街上一个不谙世事的少年。贫穷使他如一只燕子，只能在黄昏的边沿低低地、孤单地、迷惘地乱飞。他多次挣扎着想像其他鸟雀一样飞高飞远，但他的稚嫩的翅膀上总是沾满了煤灰和雾水，稍稍振翅，就会撕裂出血滴。他不愿意看到自己的青春被染成红色，孤苦难耐的时候，他就爬到皂荚树上去，用眺望去抵达他在现实中无法抵达的远方。

每次上树，他都会摘下一片树叶作为眺望远方的纪念。他房间的那个旧木抽屉里，藏满了大大小小的树叶。遇到阳光静好的天气，他会手拿那本当时唯一的，也是他最心爱的书跑去树底下反复地、忘我地阅读。他使用的书签就是他摘下的树叶。有时，他读得困倦了，浓浓的睡意征服了他，他就靠在树干上呼呼地打起鼾来。在睡梦中，他看见自己被一张巨大的树叶托着，在苍穹上漫无目的地飞翔。而那从书页里散落出来的密密麻麻的方块字，印满了天空的肚皮。

这一幕，被他那干活回家的父亲看到了。他的父亲没有文化，一个字都不认识，但却是小街上著名的石匠。他喜欢看儿子捧着书睡着的样子，也心疼儿子被树荫遮蔽住的窘相。那之后不久，他的父亲便凿出一条石凳子，安放在了皂荚树的下面。从此，他也就开始坐在那条石凳子上读书和遐想，顺便聆听树上的鸟鸣，观察树在一年四季中的变化。

有一天下午，他竟然清晰地听到皂荚树在嘤嘤地哭泣，哭声跟他那本书中的女主人卖掉女儿时的哭声酷似。他不知如何是好，他从未听见树哭过，心里非常恐慌。他曾将这个发现讲给树上的鸟儿听，讲给刮过树梢的风听，讲给白天的太阳和夜晚的月亮听，可它们都没当回事，将他的诉说当作一个无知孩童的天真的谎言。他想给树一点安慰，就天天跑去坐在石凳子上陪着树。

哪知道，他这一坐就坐了几十年，把自己从一个年轻小伙坐成了一个耄耋老人。这期间，发生了许多许多的事，他的父亲离开了这个世界，他的母亲离开了这个世界，他的姐姐离开了这个世界，连他的弟弟也离开了这个世界。当他在送走一个一个亲人的时候，他其实也在一天一天送走这棵树。一家人在树底下生活久了，家中的每个成员也都成了树的一部分，都是从树干上长出来的枝丫。因此一个人的死亡都是一棵树的死亡。

他还在继续着他的回忆。他企图以回忆的方式来帮助一棵病重的树生长出绿叶。只是他也已经很老很老了，而他的回忆太多又太漫长，他没有把握能否支撑到将回忆全部讲完的那一刻。他和树都是孤独的。孤独者唯有孤独可以依靠。这不是残忍，而是规律和宿命。讲着讲着，他慢慢地闭上了眼睛，像幼年时一样坐在石凳子上睡着了。黑夜已经降临。在他那或许醒来或许再不醒来的梦中，他终于把自己挂在了树上，把孤独挂在了树上，把死亡挂在了树上，把永恒挂在了树上。他成了名副其实的"树中的老人"。

椅

那间逼仄的、阴暗的房屋坐落在小街戏台的旁侧。在过去的许多年里，随便站在屋中的任意一个角落，都可以听到节奏铿锵的锣鼓声和婉转多情的唱戏声。也就是说，住在屋中的人即使不出门，也能感知世态炎凉，体察生、旦、净、末、丑的悲辛。听罢了戏，将房屋的后窗打开，还可一边眺望对面黛色的远山，一边继续聆听窗下河沟里潺湲地流淌的水声。这种闲适的、有味的日子是令人怀念和憧憬的。只可惜，那座上演过无数悲欢离合的故事的戏台早就废弃了，窗下日夜不息地流淌的河水也早已干涸，如今唯剩下这间老屋子，还在挽留着遥远的记忆和易逝的光阴。

　　或许在许多人眼里，这间房原本也并没有什么特别之处。在整条小街上，像这样装满了回忆的老房子还有很多，但问题恰恰也就出在这里。当很多装满回忆的老房子都没人住了，关了门窗了，唯独这间老房子的门却一年四季都开着。开着也不全开，两扇木门只开一扇，另一扇关着。这致使仍旧住在小街上的人们都在猜测，它关一扇门到底何故呢？是想挡住些什么吗？想挡住白昼和长夜，日光和月光；还是想挡住时间和冷风，孤独和落寞？

　　没有人能够猜得透彻。越是猜不透彻，人们就越是觉得那间老屋子的神秘。因了这神秘，凡是从这间老屋子门前路过的人，都习惯性要扭头朝那半开着的门里瞅。瞅过之后，又都非常失望。因为那间屋里除了摆放着两张旧藤椅外，什么也没有。两张藤椅，其中一张的四条腿上缠满了红布条，另一张的四条腿上缠满了白布条。天光从屋顶上镶嵌的亮瓦照进来，落在两张安静的藤椅上，有一种古旧之美。

　　可极少有人会对这种正在消逝的美生发出兴趣，大家都被烦琐的、庸俗的、不堪的日常生活裹挟得麻木了。只有小街上的几个小孩子还保持着人性原初的那份天真和好奇。当那些朝门里瞅过后的大人们全都败兴而去时，他们仍旧守在那扇半开着的屋门口，痴痴地凝望着那两张旧藤椅出神，像一群小天使股切地期盼着圣母的降临。他们知道，那两张藤椅会带给他们好运。早在两年前，他们就开始围着那两张藤椅转了。这几个小孩都坐过那两张藤椅，轮流地坐，翻来覆去地坐。他们坐在藤椅上，受到了最高级的礼遇。这将是他们终生难忘的大事。而赐予他们这种待遇的，则是那两张藤椅的主人，也是那间老屋子的主人——一个拄着拐棍、脊背伛偻、脸色苍白、眼神充满忧郁的老妇人。

这个老妇人性情乖戾，长期一个人生活在这间屋子里。她的老伴儿在十年前就去世了。她生育的五个子女也都各自去了他们该去的地方。平常她是基本不出来抛头露面的，要么躲在里屋靠窗的木床上睡觉，要么盘腿坐在木床旁边的蒲团上，对着桌上那尊已被檀香熏得面目模糊的观音像念经。她不是个佛教徒，也不在初一和十五这两天吃素。但她一直坚持念经，很早就开始了。她说念经就是积德，可以让自己今后在面对死亡时获得安宁，不那么痛苦，并顺利找到一条通往天国的路。除非是在孩子们前来光顾的时候，这个老妇人才会从睡眠中醒过来，或者终止她的念经，手拿一串佛珠，拖着迟缓的步子走出来。那无疑是她最高兴和幸福的时分——就连睡眠和诵经也无法给予她的一种祥和的感觉。

见了孩子们，她照例先坐在一张藤椅上，然后再叫其中的一个孩子坐在另一张藤椅上，便开始了她的讲述。半个小时过后，她从衣兜里掏出一把糖果递给藤椅上坐着的孩子作为奖赏。然后，再换另一个孩子坐到藤椅上来，接着听她的讲述。她讲述的内容每次都是重复的——无非是一个女人的爱恨、波折、忧伤、失落、疼痛和衰老。这些深奥的内容孩子们全都听不懂，但他们仍然会耐着性子听她的唠叨，因为她奖赏的糖果实在是太甜了。这个老妇人就这么在孩子们的陪伴下度过了一个又一个难熬的下午时光。

老妇人想，自己大概是可以在孩子们的倾听中终老的了。但突然的一天，那些孩子们不知是找到了别的乐趣，还是统统长大了，再也不愿到那间老屋子里去接受她的欺骗。老妇人变得不安起来。她再也睡不着觉，诵经的心思也淡了。她每天下午都坐在藤椅上等那几个孩子的到来。她的衣兜里时刻都装满了糖果，却再也没有奖励出去一颗。

也不知这样过了多久，三个月还是半年，有人发现老妇人终于找到了新的听众。它们比那些孩子们更尽职，更忠诚。不但下午去，就连上午它们也甘愿蹲在藤椅上聆听老妇人的讲述。而且，它们还从不领取奖品。这批新的听众，有时是一只小狗，有时是一只小猫——它们在小街上流浪得太久了，没有家，没有归宿。它们都很感激这个老妇人收留了自己，给了它们这种卑贱的、遭人排挤的、受人歧视的小生命一把宽宽大大的交椅。有了它们后，这个老妇人的诵经声重又响了起来。这间逼仄的、阴暗的屋子总算是多了一缕若隐若现的生机。

贰 十年饮冰，难凉热血

那无边的银河与浩瀚的星空，不仅仅是一个物理学和天文学的巨大现场，它同时也是一个心灵、道德和美学的巨大作坊。它以无限的光芒和无尽的星辰的材料，布置着永恒的篝火，布置着精神宇宙的崇高拱门和壮丽壁画，同时也在为我们这小小的尘世，启示和提炼着与它的宏大规模和深邃内涵相互映照相互对称的崇高心灵——圣者的心灵。

逃之夭夭——别不了的"贡院"

姜琍敏 / 文

是的，我没写错，这题目就是我参观了新开展的南京江南贡院，及其中国科举博物馆后的主要感受。如果需要再强调一句，我想说的是：万分庆幸，我"逃"过了那个时代！

其实，这么说并不准确，甚至有些自作多情。即便我生为彼时之人，以我对自己人格、学识尤其是心理承受能力的了解，野心未必没有，但如江南贡院展示的这般"科考"历程，别说去尝试一下，就是想一想都会毛骨悚然。更没有（本身概率极微的）一举高中，骑大马，挂红绶，吹吹打打，"春风得意马蹄疾，一日看尽长安花"的风光与狂欢的可能。虽然博物馆里分明告诉我们，当年可是届届都有无以计数的老童生、小神童，一而再，再而三地"赴汤蹈火"，屡败屡战，以求一逞——天哪，功成名就，光宗耀祖的诱惑真就有这么大吗？可是，难道他们都是铁打的人吗？而他们作为人的尊严、人格又何在？

或许，正因为我不是当时人，所以我永远无法理解他们的真实心态，所以我只能望洋兴叹、"逃之夭夭"……

不过，我想申明一点，本文无意抨击或探讨科举制度的是是非非。虽然中国的科举制度从开始到终结，再到现今，向来聚讼不已。称颂的誉其为"中国的第五大发明"，叹美不绝。声讨的谓之曰扼杀人才、泯灭人性的绞肉机，几近切齿。尤其以八股取士等，诟病如潮。

如果一定要我表明一个基本态度，我认可它是封建专制时代前提下，一项了不起的制度创造；且在人才选拔上体现出来的相对公正性，不可否认。也是其得以延续千多年的意义所在。除此之外，乏善可陈。

当然，仅就我参观的江南贡院及科举博物馆来看，其展现出来的许多当年胜景，还是令人叹为观止的。

据介绍：江南贡院始建于南宋孝宗乾道四年（1168年），明清鼎盛时期，是中国历史上最大的科举考场，可同时容纳20644名考生。江南贡院为中国历史发展提供了大量优秀人才，从此走出的名人包括吴敬梓、翁同龢、张謇、郑板桥、陈独秀、方苞、唐伯虎等许多风云人物。林则徐、曾国藩等清代重臣则曾在此担任过主考官。科举制度自隋创立、唐完备、宋改革、元中落、明鼎盛至清灭亡，历时逾千年。数不清的中国读书人在科举道路上，以经史子集为本，以"学而优则仕"为纲，穷其一生，竭尽全力，换取仕途功名……

人们进入科举博物馆的参观过程，犹如探宝。这个尘封已久的"宝匣"深建于地下，游客由坡道狭长的空间环绕而下，一边是布满文字的经匣，另一边是瓦砾堆积的立体庭院。地底是环形水池环绕的开放庭院，庭院晴天有日影移动，雨季有水滴涟漪。庭院中央是四层通高的魁星堂，仰望上空，在魁星四周，历代状元名录在明灯照耀下熠熠生辉，引得观者云集，啧啧不已。而我却不禁暗中浩叹，此真可谓"一将功成万骨枯"呢。那更多的、无以计数的落第之人，其魂安在？

所以，我更想说的，还是参观中最刺激我的一些具体感受。即是什么使得我竟至于想要逃之夭夭？

那就是，科举制度在具体实施的层面上看，实在有着太多不近情理的问题。其根本症结且不在技术或经济等条件的局限。比如为防作弊等，而采用一人一个号房，且关起来不得随意出入的办法。这在当时无可厚非，但那是什么样的"单间"啊？即以经济条件相对优越的明清时期看，其大小如一的号舍，每间三面有墙，南面是敞开的，没有装门。每间仅宽3尺，深4尺，后墙高8尺，前檐约高6尺。清代每尺大致相当于现在的31.1厘米，那么每间号舍的建筑面积只有1.16平方米，远比单人囚室还要小！而考生们不仅要在这巴掌大的空间里终日冥思苦索，挥毫疾书，还要在里面睡觉！还要自己做饭、拉撒等住上三天两晚！而贡院仅仅提供热水，其余所有用品都需考生自带——笔墨纸砚外，还要携带餐具、食品等，考生们这到底是去考试，还是去旅行？官方为什么不能提供最基本的食宿条件？号房又为什么不能建得大些，毕竟要住两三天，起码也得提供个能让殚精竭虑、疲惫至极的考生躺得下来的地铺，而不是只能猪狗般蜷缩在硬板凳上睡几天的条件吧？

非不能为，不欲为也！就是说，那个时代的官方，缺乏最起码的人权思想，或曰人道主义或人文关怀；许多方面根本就不把莘莘考生当人（尽管他们中每届必然要产生一些"朝为田舍郎，暮登天子堂"的国之栋梁，官之翘楚）；甚至还大搞有罪推定，比如为防作弊，公然无视应试者的基本人格、尊严，而将所有应试之人全都视为潜在的作伪舞弊者。或搜身，或呵斥，或监视，或体罚，直至把所有人都像囚犯一样关在高墙之内，方寸之地，猪狗一般地监视好几天！

　　当然，我也理解，这么做多少也是出于官方的不得已。由于一举高中与名落孙山之间的云泥之别，科举过程中，历朝历代从来不乏贿买（主考官以获取好成绩）、夹带（专供作弊的蝇头字书或抄录于随身物品中）甚至请人代考等花样百出的奇招、奇人——但若深究，这一切现象的发生，恰恰在于科考制度本身。其根本目的及设计、执行上的种种缺陷，是难辞其咎的。就说入场搜检，由于入场考生人数众多，入口数量却很少，搜检需要耗费很长时间。以清朝道光年间情况看，江南乡试点名从初八日寅时（凌晨3-5点）开始，一直延续到初九日丑时（凌晨1-3点）才结束。因为搜检时，不但要考生解开头发，而且还要解开全部的衣服，包括内衣内裤，脱下鞋袜，上上下下、里里外外搜个遍。考生需要等待十几个小时，"露处达旦，困惫极矣"；这对考生的身体和心理无疑是一个巨大挑战，以至有考生因体力不支，掉进江南贡院大门右边的水池之中，"溺毙数人"。

　　再来看看考生们的具体感受吧。前面曾提及，中国现代史上不世出者陈独秀先生，有过参加江南乡试的切身体会，就来看看这位过五关斩六将的幸运儿，是怎么描述那一盛况的吧：

"……我背了考篮、书籍、文具、食粮、烧饭的锅炉和油布，已竭尽了生平的气力，若不是大哥代我领试卷，我便会在人丛中挤死。一进考棚，三魂吓掉了二魂半，每条十多丈长的号筒，都有几十或上百个号舍，号舍的大小仿佛现时警察的岗棚，然而要低得多，长个子站在里面是要低头弯腰的，这就是那时科举出身的大老以尝过'矮屋'滋味自豪的'矮屋'。矮屋的三面七齐八不齐的砖墙，当然里外都不曾用石灰泥过，里面蜘蛛网和灰尘是满满的。好容易打扫干净，坐进去拿一块板安放在面前，就算是写字台。睡起觉来，不用说就得坐在那里睡。

"一条号筒内，总有一两间空号，便是这一号筒的公共厕所，考场的特别名词叫做'屎号'……那一年南京的天气，到了八月中旬还是奇热，大家都把带来的油布挂起遮住太阳光。号门都紧对着高墙，中间是只能容一个半人来往的一条长巷，上面露着一线天。大家挂上油布之后，连这一线天也一线不露了。空气简直不通，每人都在对面墙上挂起烧饭的锅炉，大家烧起饭来；再加上赤日当空，那条长巷便成了火巷。煮饭做菜，我一窍不通，三场九天，总是吃那半生不熟或者烂熟或煨成的挂面。有一件事给我的印象最深。考头场时，看见一位徐州的大胖子，一条大辫子盘在头顶上，全身一丝不挂，脚踏一双破鞋，手里捧着试卷，在如火的长巷中走来走去，走着走着，脑袋左右摇晃着，拖长着怪声念他那得意的文章，念到最得意处，用力把大腿一拍，翘起大拇指叫道：'好！今科必中'！

"……由他联想到所有考生的怪现状；由那些怪现状联想到这

班动物得了志，国家和人民要如何遭殃；因此又联想到所谓抡才大典，简直是隔几年把这班猴子、狗熊搬出来开一次动物展览会；因此又联想到国家一切制度，恐怕都有如此这般的毛病……"

不妨再看看，清朝时期的美国传教士盖洛，又是怎样描述他亲见的江南贡院观感吧：

"万一有人在考试中不幸死去，尸体也都是从砖墙上方递出来。紧闭的大门上有总督的狭长封印，任何情况下都不得启封，除非主考官因公殉职，死在场内。

"生员们的宗教信仰并不妨碍他们自杀身亡，有的吞烟片，有的上吊，还有的抹脖子。科考失败是导致忧郁、走向自我毁灭的一种原因；而科考时的极度紧张和持续压力所造成的精神错乱，迫使很多不幸者自取性命。而且科举考试总在八月份举行，即一年中最炎热和最易发疾病的季节，正是人体机能因酷暑而变得虚弱的时候。无怪乎，即便是习惯于酷热和不怕吃苦的当地人也经常会想不开。

"文怀恩是南京的长老会牧师，有一天路过街道旁的一口水井时，他发现水面上露着男人的一双脚。当时科举考试刚刚结束。就在头一天，有个考生不小心让一滴墨汁掉在了自己的文章上。眼看所有成功的希望毁于一旦，既没有时间修复污损，也没有时间重写文章，于是他决定投井自杀，以便一劳永逸地结束自己的失望和生命。文怀恩所看到的正是那名不幸的生员。

"有人告诉我，以前这里有个习俗，一位官员要站在贡院中央大门前的小桥上，挥舞一面长方形黑旗。就在考生们进考场之前，他会高喊：'有恩报恩，有仇报仇'……伦理道德被神奇地糅合进中国的教育体系中。学子们都深信有些凶残的鬼魂会在这时闯进考场，夺走作弊考生的命。许多人屈从迷信，胆战心惊，吓得当场毙命……"

好了，不用多说了。还是让我快些逃离这里吧。

说"逃"，固然有所夸张。但当我逐级而上，步出这富丽堂皇的科举博物馆时，心头顿觉豁然开朗。我长长地吁出一口气，尽情享受着舒畅而令人释然的新鲜空气。

地上华灯初上，眼前灯彩烂漫，周遭的氛围迷离匆迫却温馨。最是那一辆一辆来来往往、密如过江之鲫的汽车，猩红的尾灯像点点渔火，令人生出美好的遐思。假如芥川龙之介魂归今日，他又会生出什么样的感慨来呢？

当年的芥川也到过江南贡院。也是这样的时分，眼前的景象与今日相比，无疑有隔世之别。难怪他会觉得："在耸立于暮空中的明远楼的白色墙面之下，无数瓦片相叠连绵不绝的景观，不仅让人觉得十分夸张，同时也更显荒凉。我仰望着那些屋顶，忽然觉得普天之下的考试制度都无聊至极。同时，不禁对于普天之下落第的书生们深感同情。如果诸位也曾在考试中落第的话，那并不是由于诸位的无能，只不过是一个偶然的不幸而已……千万不要怀疑自己的能力。如果真的为此而怀疑自己的能力的话，不仅葬送了自己，还会令高高在上的考官们深陷于'精神杀人'的罪行的渊薮中。事实上我自己即使落第，也从未对自己的才能产生过丝毫的怀疑……"

说得是呢，芥川先生！今日之我，仍然有着相似的感受。只不过，我有着更多的幸运感。毕竟我已经逃离了那个时代、那种"考试"。虽然，某种现实仍在提醒着我，还远远没到可以向身后的贡院挥挥手，潇洒地道一声"别了，贡院"的时候——这不，身后一对母子正在交流着他们的观感。母亲满怀艳羡地敲打儿子说："江南贡院真了不起啊，出了那么多名人。你看那些中举的人，不仅自己风光，荣宗耀祖，连邻里乡亲都敲锣打鼓放鞭炮，他们也跟着沾光呀……"

"出名人？出得更多的应该是范进吧？"儿子显然是一名中学生，他闷闷地抢白道，"还有那么多连范进都不如的人！"

"你这孩子真是的，怎么这么想呢？怎么不想着好好学学那些成功人士、先进榜样呢？"

"先进榜样？搞笑喔！反正你不用受那么些罪了，是不是？"

"怎么叫受罪呢？吃得苦中苦，方为人上人嘛！哪像你，现在条件这么好，可是叫你去住校还推三阻四的……"

儿子一扭身子，不吭气了。母亲则继续嘀咕不已。而我已没了听的兴致，加快步伐，隐入了人流。看来，"科举"虽然是寿终正寝了，"贡院"的生命力还依然强盛，想说别了，却未必别得了呢……

赤壁怀大苏先生

苏炜 / 文

那只白鹤，始终在赤壁矶下徘徊不去，时远时近，掠飞水面，白羽白翎，总在我眼前闪烁。我便觉得，它是背负着大苏先生的魂灵，穿今越古，在此一时此一地守候着我，陪伴着我了。

"大苏先生"，我喜欢这个称谓。这本是得自于《黄州赤壁集》里清人彭闿的七言古风《黄州怀大苏先生旧游》（古来习将"三苏"父子——苏洵、苏轼、苏辙，昵称为"老苏、大苏、小苏"，见宋人王辟之《渑水燕谈录·才识》），可它一下子，把赤壁近千年流淌的各种传奇，更将这位平生景仰的古圣先贤和平民贵胄，在我心头拉近了，贴紧了。作为苏氏的本家后人，"苏老泉"（轼父苏洵之号）是从小就听父亲念叨的昵称；"苏子""坡公""坡仙"之谓，则是古来民间流传的对"苏文忠公"的"爱称"。但此一刻，站在黄州"东坡赤壁"最高点的"望江亭"上，临风眺望，耳畔似闻《前后赤壁赋》和《赤壁怀古》的琅琅诗声，"大苏先生"！"大苏先生"！是的，只有这称谓，最中我意，最称我心。

不只是为观景觅胜而来。若纯论景观，眼前的"东坡赤壁"，由于古来陵谷巨变，山河改道，早已不复"大江东去"的壮伟——江流早被推行到三五里之外；当初曾"惊涛拍岸，卷起千堆雪"的赤壁矶头，如今只剩一汪浅塘；四周灰楼杂沓，市声环绕，更无一丝高古野旷之气了。（最可诟病的是，这样一处古来诗文传诵的国家级文物古迹，进门处竟设一个不伦不类、造型俗劣的西洋海盗船游乐装置，可谓大煞风景。）更不必说，坊间都知道，"东坡赤壁"乃"文赤壁"——此地的"赤壁矶"本是"赤鼻矶"附和而来，与远在鄂州嘉鱼的"武赤壁"——当初真实发生过横槊大江、火烧连营的"三国周郎赤壁"，压根儿不是同一地点，同一回事儿。

——然而再然而，那又怎么样呢？！ 此赤壁非彼赤壁，如今你知我知，未必当初，自"乌台诗案"贬谪至此的大苏先生，就不知？遥想当年，寒春早日，站在赤鼻矶浪涌波翻的红岩赫岸之上，刚刚写过"是处青山可埋骨，他年夜雨独伤神"，误以为自己行将葬身冤狱的苏学士苏才子，蓦地获赦发配黄州，沦为"不得签书公事"的变相囚徒，一身惊尘未拂，带着满心的彷徨疲惫，只见眼前雨雪凄迷，浊浪滔滔，面对梦醒无路的现实，苍茫无涯的将来，他首先要寻觅的，就是迫在眉睫的自拯自救之道。

……循级而下，我站在"放龟亭"临水的栏杆上，俯望水中明清遗留的那只大石龟。亭名本因东晋将军在此放生白龟而起，亭下褐岩壁立，据云正是苏轼当年所见的"乱石穿空，惊涛拍岸"的古赤鼻矶之所在。如今，却只剩下死水一潭。饱读诗书的大苏先生不会不知道，早在北魏郦道元的《水经注·江水三》里，就已言明真实赤壁之所在："江水左径百人山（今纱帽山）南，右径赤壁山北，昔周瑜与黄盖诈魏武大军处所也。"此黄州赤鼻矶，并非昔年孙权与刘备联军大破曹操军队之鄂州嘉鱼赤壁矶（其实后来史家对"嘉鱼赤壁"也有争议，所以赤壁词中，东坡别有玄机地加了"故垒西边，人道是"数语）。可以说，东坡的"赤壁之思"，既是写实，更是写意；把此"赤鼻"误作彼"赤壁"，与其说是"误"，不如说是"故"——那样一种将错就错的天真狡黠（令人想到苏轼的进士考卷里故意杜撰的"三杀三宥"典故），其实出自我们大苏先生身上固有的一种"万物寓己，己寓万物"的"泛爱"之情。

有论者指出："这种泛爱万物，也相信自己为天地万物所爱的精神，使苏轼能处处随遇而安，这是他获得快乐的秘诀。"（洪亮《放逐与回归——苏东坡及其同时代人》）意识到这一点，似乎我也是一只穿越千古之手，悄悄地、也不无愧赧地，掀开了苏姓老祖的襟胸，窥见了其中的奥秘。

步过"坡仙亭"，一方裂纹斑驳的古石塔，灰黄黑褐杂陈，刻镂着岁月陈迹，让我驻足良久。遥想那一年（元丰三年，即1080年）正月初一，苏轼携子自京城贬赴黄州。正是在传统年节的朝野嘉庆之中，父子俩顶风冒雪，凄凉就道，一路鞍马劳顿，半月后进入黄州境内之麻城。在过县治东春风岭时遇见梅花，苏轼写下了《梅花二首》："其一：春来幽谷水潺潺，的皪梅花草棘间。一夜东风吹石裂，半随飞雪度关山。""其二：何人把酒慰深幽？开自无聊落更愁。幸有清溪三百曲，不辞相送到黄州。"——"万物寓己"，乃亦"喻己"。这里的"梅花""清溪"，皆苏轼自喻也。

"深幽"草棘间的梅花，流水落花相伴的清溪，以及遍布黄州山野的万松（见《万松亭（并叙）》），都可以与大苏先生目遇神接，可以成为他精神上的依伴。如今，站在雪浪滔滔的赤鼻矶上，因此赤鼻而彼赤壁，而思接千古，而返照自身，苦行人的苏轼，才会写下如是旷世通达的名句：

"……且夫天地之间，物各有主，苟非吾之所有，虽一毫而莫取。惟江上之清风，与山间之明月，耳得之而为声，目遇之而成色，取之无禁，用之不竭，是造物者之无尽藏也，而吾与子之所共适。"（苏轼《前赤壁赋》）

所以，眼前的"赤鼻"——"赤壁"，正是天地万物所赐，才可以"耳得之而为声，目遇之而成色"，才可以成就出苏轼光烁千古的《前后赤壁赋》与《赤壁怀古》；黄州，才真正成就出"东坡居士"今日在世人心目中的那个"千古一人""一轮满月"的辉光形象！

我喜欢尼采说过的这段话："理想主义者是不可救药的：如果他被扔出了他的天堂，他会再制造出一个理想的地狱。"海德格尔还有另一句话："运伟大之思者必行伟大之迷途。"黄州——无论是黄州东坡还是黄州赤壁，正是大苏先生为自己打造的一个"理想的地狱"；赤鼻矶—赤壁矶之"美丽误会"，即是"运伟大之思者"的苏东坡，有意为之的一段"伟大的迷途"——为无名赋予意义，自空无中见出实有，于虚妄里重建目标，将人生苦厄化作历练通途。时语曰："水到绝处是风景，人到绝境是重生。"林语堂把苏东坡一生誉为"人生的盛宴"。殊不知，此"盛宴"——东坡自解的"平生功业",却恰恰一直处在"心似已灰之木,身如不系之舟"的贬谪途程——"黄州惠州儋州"!(见苏轼《自题金山画像》)

都谓:"黄州之后,方有东坡。"今天,人们谈到苏东坡,无论"东坡居士""坡公"或"坡仙",这个"东坡",给人带来都是一种光风霁月、潇洒出尘的飘逸气息与朗阔意象。殊不知,回到九百年前真实情境的黄州东坡——那本是"大苏先生"走到山穷水尽之境时,追随他二十几年的友人马梦得(字正卿)不忍见他"俸入所得,随手辄尽"的窘况,为他筹措到的几十亩遍布荆蒿瓦砾的荒废军营旧地作农地,以求解其燃眉之急。苏轼曾作《东坡八首》,其序云:"余至黄州二年,日以困匮。故人马正卿哀余乏食,为于郡中请故营地数十亩,使得躬耕其中。地既久荒,为茨棘瓦砾之场,而岁又大旱,垦辟之劳,筋力殆尽。"可见当年之黄州东坡,实乃苏轼苦役劳作、筋骨寸断之地。其地时在黄州东门之外,苏轼又以白居易贬为忠州刺史时有《东坡》诗,因之效其名,名此地为"东坡",并从此以这个凝聚人生最多苦厄寒愁的地方作为自己的别号。某个冬夜,"大苏先生"在这片曾自嘲"刮毛龟背"之地拄杖独游,作诗曰:"雨洗东坡月色清,市人行尽野人行。莫嫌荦确坡头路,自爱铿然曳杖声。"——好一个"市人行尽野人行","自爱铿然曳杖声"!"市人"逐利,而"野人"自适。以东坡绝境自号,自谓"野人",既是一种自嘲,也是一种风骨。自此,"苏轼"悄然别去而"苏东坡"傲世而出,方开启自己人生与文学的全新境界,全新高度了!

此刻，我站在黄州赤壁的"雪堂"之上，默默细览着眼前的一砖一瓦，一草一木。暑气郁蒸，雨后的青砖黛瓦黑白分明，翁蓬的枝叶氤氲着一层薄薄的烟气。壁上毁后重建的《东坡躬耕图》《梅雪图》及《雪堂飞雪图》，一仍让人追抚旧迹，思绪逶迤。我当然知道，一若此"赤鼻"非彼"赤壁"，此"雪堂"亦非彼"雪堂"也。"去年东坡拾瓦砾，自种黄桑三百尺。今年刈草盖雪堂，日炙风吹面如墨……"今读东坡《次韵孔毅父久旱已而甚雨三首》古风长句，有躬耕田亩的辛劳疾苦，却无一丝弃臣弃妾类的怨尤自怜；有劳而有获的欣喜欢愉，却无一丝隐逸自得的酸腐之气；反而从滴汗斯土中体味黎元苦辛，在朝廷冷眼与身世困厄中挺然而立，"不以物伤性""不以谪为患"（苏辙《黄州快哉亭记》），超越小我，又重新确立新我。我想，不屈折，不抱怨，甘苦自适，这正是大苏先生这一系列黄州东坡务农诗的最大特质吧。

　　忽然想起若干年前，自己曾为文探讨过古来中国士人的"屈贾情结"——"三闾大夫"屈原和"长沙太傅"贾谊，虽为不同时代人，司马迁在《史记》中却把两人平列于《屈原贾生列传》。除了太史公敬重二人身上共有的士人气节之外，盖因二人都才高气盛，又都因忠被贬，都在政治上不得志，为皇恩未及而自伤自怨（司马迁："屈平之作《离骚》，盖自怨生也。"），最后或自沉泽畔，或郁郁而终。一个"怨"字，使得"屈贾"同质。——细细想来，这种一旦离开"皇恩浩荡"即哀怨自怜、不能独处，"君命即臣命妾命"的精神奴性，真可谓中国士人千古难脱之紧箍咒，甚至成为某种群体性缺钙、脊梁骨千年发育不全的民族宿命。所以，在王朝末岁、新纪之初的陈寅恪先生，才把"独立之精神，自由之思想"，视为中国读书人需要重塑重建的至为珍贵的品性与骨格——"唯此独立之精神，自由之思想，历千万祀，与天壤而同久，共三光而永光。"（陈寅恪《清华大学王观堂先生纪念碑铭》）又曰："一切都是小事，惟此是大事。碑文中所持之宗旨，至今并未改易。"（见陈寅恪《对科学院的答复》）

就才情惊世而含冤被贬的身世而言，苏轼是颇具"屈贾"范儿的。虽然仍旧脱不了"忠君许国""身在江湖，心在魏阙"的传统士大夫情怀，但读"大苏先生"黄州诗文，其不折不怨，跳出一己得失视界，从拥抱天地万物中获取生命元气与精神资源，从而"此心安处是吾乡"，正是"大苏先生"远远高于"屈贾"之处。

"缺月挂疏桐，漏断人初静。谁见幽人独往来，缥缈孤鸿影。惊起却回头，有恨无人省。拣尽寒枝不肯栖，寂寞沙洲冷。"（《卜算子·黄州定惠院寓居作》）"竹杖芒鞋轻胜马，谁怕？一蓑风雨任平生。……回首向来萧瑟处，归去，也无风雨也无情。"（《定风波·三月七日沙湖道中遇雨》）——此大苏先生黄州词之新境也。"方其破荆州，下江陵，顺流而东也，舳舻千里，旌旗蔽空，酾酒临江，横槊赋诗，固一世之雄也，而今安在哉？"在此，雄才霸业、殿堂轩冕，均不足道、不足惜。"况吾与子渔樵于江渚之上，侣鱼虾而友麋鹿，驾一叶之扁舟，举匏樽以相属。寄蜉蝣于天地，渺沧海之一粟。哀吾生之须臾，羡长江之无穷。挟飞仙以遨游，抱明月而长终。知不可乎骤得，托遗响于悲风。"（《前赤壁赋》）——此大苏先生黄州文之新象也。在我看来，赤壁之于东坡，一曰气象，一曰风骨。"身在万物之中，心在万物之上。"（见夏葳《一蓑烟雨任平生——苏轼传》）此等超旷之境，既自儒道佛而出，又非儒道佛可囿。果如金人元好问之语："自东坡一出，性情之外，不知有文字。"——或问："性情"者何物？记得宗白华先生曾在其美学论述中，曾将苏轼《前后赤壁赋》（包括唐人张若虚《春江花月夜》）咏叹的这种物我皆忘的人世苍茫之感，称为"宇宙意识"；在我看来，黄州赤壁"大苏先生"东坡诗文之所以烁丽千古，"独立之精神，自由之思想"，正是其"性情"的旋律主调啊！

……斜阳淡抹，炊烟四起，空气里弥漫着楚湘烹饪里那种特重的烟火气。我徘徊于"二赋堂""快哉亭"与碑阁长廊之间，暑热潮闷并不能拂走我的兴致。平素就爱苏字。此行黄州赤壁，可谓过足了我赏览"苏字"之瘾也！天哪，如浪如潮的"苏字"四面环绕，滔滔涌来，与赤壁矶遥相呼望的碑刻长廊，简直是此生仅见的"天下第一碑廊"！一眼望不到头的长长廊亭，蜿蜒于赤壁矶相对的湖塘岸际。苏字之集成，历代崇苏敬苏之诗文集成，当代当地名家书家唱苏咏苏之诗文集成……选材得当，刻工精妙，玻璃护壁，哪怕是走马观花，我和友人也足足花了令"老婆大人"不耐的好半晌时辰。我才发现，被誉为书法"宋四家"之首（苏黄米蔡）的"苏字"之成型立世，原来，同样也得之于黄州！被誉为"天下第三行书"的《黄州寒食帖》自不必说，《赤壁赋帖》之行书宏大精妙，《梅花诗帖》之草书飞龙在天，《羁旅帖》《满庭芳词帖》之行楷厚重端丽，众多书帖尺牍的率意天成……无须说，《苏轼书法全集》《苏东坡黄州书法集》《黄州赤壁集》与《梅雪图》拓片，更是我此行皆大欢喜的有形收获了！

赏苏字，一如吟苏诗、咏苏文，你读不出丝毫逆境自伤的衰颓之气，一径是笔饱墨满，元气沛然，落笔轩然昂然慨然，一若黄庭坚题《黄州寒食帖》所言："东坡此诗似李太白，犹恐太白有未到处。"我呢，此刻沉醉于如雪飞来如潮涌来的苏字之中，却蓦地闪过一悟：噢！——美，不但可以战胜丑，还可以战胜恶，战胜小人算计，战胜贫病交加，战胜命运坎坷，特别是，战胜时间——岁月，这把今天网语说的"杀猪刀"！

——可不是吗？千岁之后，"乌台诗案"那些小人嘴脸，何足道哉！

陵谷变，而"大苏先生"不变：永远的光风霁月，永远的乐天朗阔，峭拔年轻；赤壁变，而"赤壁赋"与"大江东去""寒食帖"不变：任荣辱毁誉而无损其美韵，历千古兴亡而篇章弥新——或如笔者之读史诗云："三千宫阙高墙厚，不抵冠巾几首诗。"（拙笔《春思十吟之五》）"……真正惊人的美，会有一颗期求极高的心灵。它向生活要的东西太多，这是它的天赋的权利。""丑，是生活忍受痛苦和不平的被扭曲的印记，它正是爱的阳光理应普照的遗弃之地，因而也是爱的自我完成。"（友人张志扬语，引自赵越胜《渎神与缺席》）哦，谢谢友朋的真言，我明白了——正是这颗"期求极高的心灵"和"爱的自我完成"，成全了也成就了，我和世人都深爱挚爱的黄州"大苏先生"啊！

"……时夜将半，四顾寂寥。适有孤鹤，横江东来。翅如车轮，玄裳缟衣，戛然长鸣，掠予舟而西也。须臾客去，予亦就睡。梦一道士，羽衣蹁跹，过临皋之下，揖予而言曰：'赤壁之游乐乎？'问其姓名，俛而不答。'呜呼！噫嘻！我知之矣。畴昔之夜，飞鸣而过我者，非子也耶？'道士顾笑，予亦惊寤。开户视之，不见其处。"（苏轼《后赤壁赋》）

我的视线，始终追索着赤壁矶下那只白鹤的身影。我在此地盘桓良久，它的白翼白翎，就一直在眼前徘徊不去。"大苏先生！""大苏先生！"我心里呼唤着，向它挥了挥手，它蓦地俯冲向斜晖闪烁的水面，一掠而起，又在我头顶打了个旋，飞走了。

踏空

宁新路 / 文

我身上有几块疤痕，几十年了仍盘踞在原地，看来不会走了。这些伤痕的来历很让人后怕，它是踏空摔伤所致的。

我额头的伤疤，是缝过十二针的深痕。伤痕高低不平，是伤口太宽缝线粗糙的结果，是伤口太长难长平坦的缘故，还是伤骨后难愈的沟壑，弄不清楚。我对这疤心有余悸。好在它紧贴发际，显痕有刘海遮盖，不然会明摆在额头。这疤虽无碍大雅，因有人猜疑，便有了点自卑。

那摔伤的惨痛瞬间有多可怕，幸而幼时没记忆，不知有多痛。我妈说，吓死她了。她说，我从老高的炕沿往前扑，一脚踏空头落地，栽在三角石上，头破血流，人没气了。她往血口抹了把灶灰，摸身上有丝温热，赶紧抱起往医院跑。

医院在十里远的县城，在没车的泥路上，母亲抱着我边跑边走。我的伤口仍在流血，她磨破的脚也在流血和钻心地痛。一路奔跑的母亲，豁出命来往医院赶。跑到医院时，母亲看我额头翻绽的伤口不再流血，身上冰凉上涌，就地软瘫了。抢救的医生对我发抖的母亲说，人还活着，有救。她听医生说有救，身上又有了劲，眼泪却止不住了。

伤口缝了十二针。医生说，血快流干了，再晚点就没命了。妈说，她跑到县医院那么远，也不知道哪来的力气。母亲的述说，使我的泪水往外涌。母亲抱着我跑了那么远的路，哪来的力气，我想象不出来；母亲如在路上稍有停顿，我就没命了。

我懂事后，有几次母亲摸着我额头的伤疤，仍痛楚地述说那次的踏空。虽是重复述说，她仍在掉泪。我初听母亲讲那踏空的危险情形时，吓哭了。我不敢想我的那次踏空有多危险，我便在炕沿上比画当时踩空头栽地的境况，炕沿"告诉"了我一切，那惨状让我害怕。炕沿的松木滑溜如冰，触脚便滑；土炕比我高，对三岁的我来说是悬崖；地面有磨出来的三角石，它会"咬"肉，何况是稚嫩的额头撞它。难怪我一头栽地，便皮开肉绽。

我摸我额头的伤疤，再从这光滑的坑沿，瞅那地上的三角石，想那头栽三角石的惨状，心就抽搐，伤口顿现麻疼感。这麻疼感，原来沉睡在记忆深处，是被我模拟摔落的刺激唤醒了。可见当时头栽地，是无法形容的巨大疼痛，是刻在记忆深处的惨状。

这个伤疤，自从被我的模拟踏空唤醒，每当有东西触及它，风雨雪刺激到它，甚至镜子照到它的时候，会有隐约的麻痛感。这使我有段时间常爬炕头愣神，好奇栽下去的情形。好奇的结果让我越发害怕。这炕的高，对幼儿确如摔落峭壁，即使大人踩空栽地，后果也难料。这使我每当想起那次踏空就心涌惊悸。

伤痕留在额头不愿走，照镜子会看到它，梳头会碰到它，不经意会摸到它，母亲常会端详它。我知道，最在意的是母亲，母亲端详它的那眼神，仍有揪她心的感觉。她在我长大，乃至离家多年，仍会说起我那次踏空的险事。她常说我踏空的事，是在不停提醒我，抬脚有危险，走路得长"眼"，踏空会要命。

人走在山川江湖，不料踏空难防。

我的腿和胳膊有块伤疤，为掏鸟摔伤。那次上树掏鸟，张六娃让我踩他肩膀爬上去掏。我没掏到鸟，张六娃就不情愿给我当"梯子"。我下树时他就把肩闪开了，我踏空摔了下来，被结实地摔到了龇牙咧嘴的树根上，扎破了好几个地方。我吓坏了，张六娃吓哭了。我问张六娃，你当"梯子"我掏鸟，是我俩说好的，我下树你为啥闪开了？张六娃说，你没掏到鸟，凭什么再给你当梯子！我无话可说，我也没法恨他。他似乎说得对，我没掏到鸟，让他很失望，他没有必要再给我当"梯子"。

尽管我理解了他导致我摔伤恶行的借口，但我害怕起那次的掏鸟来。因这几个伤疤不仅让我痛了很久，也在我身上留了很久。我从此再不敢让人当梯子。我感到登高没有结实梯子，不能上下，人梯好像靠不住。

这个惧怕，是我从一古墓里看到并印证的。脚踏不到铁梯上，不能爬高和下地做事。要相信梯子，绝不能相信不靠谱的人。

那座被人盗掘的古墓洞下，有几具白骨，考证认定是盗墓者的遗骨，是盗完墓的洞外盗墓者，割断了绳子的惨剧。他们当时定是说好分工协作的，盗完即接。而洞外的哥们儿财宝得手后，却把洞口的绳子切断走了。

那绳是阴阳"路"，断了绳子就断了下面人的活路，那盗贼只好陪葬。这墓穴盗墓贼的白骨，让我对张六娃故意让我踏空的恶举恨之入骨。我们本是好伙伴，说好他当"梯子"我掏鸟，掏到鸟儿平分。可我仅是没掏到鸟，在他失望的瞬间，他就撤走了人梯，让我踏空了。可见人要让人踏空，就在对方一念间。

寒冬的冰酷似石般结实，可就在我看来结实如石的冰上，我却踏空了。幸亏姐眼疾手快，否则我就不见人世了。姐说，那时我七岁，既痴又狂，抬腿就疯跑，要翻墙、要上天，把个前面的沟当什么！河沟刚结冰，冰下是急水，我要下沟滑冰。她拉不住，我踏破冰便落水了。沟里全是冰，她破冰费尽周折找到了我，待把我从冰沟拉出来时，我已满肚子冰水，人快没气了。活过来的我，一病数天又烧又拉，人瘦成了脱水的瓜条。她为我累和吓得了病，也一病数天不起，人瘦得脱了相。我问姐，你是怎么把我从冰沟找到的？姐说，砸冰找的，你命大，差点找不到了。

每当提起这事，姐总说踏空会要命，脚下可得小心。我说那么厚的冰，怎么会踏破呢？姐说那是"骗"人的冰，踏上就破。姐的话对，河沟上的冰会"骗"人。不管是初冬的冰，还是深冬的冰，河上的冰看是实的，冰下却是空的，总有人踏空落水或送命的。踏空掉冰河，就如同够不到洞口的那盗墓贼，能看到光亮，却爬不上来。

踏空由不得自己，它甚至会发生在好端端的平地上。

我在宽阔而平坦的田埂上信马由缰地走路，压根儿没料到会在这光溜的道上踏空，可我的脚却踏空了。这踏空是塌陷式的下沉，一脚下落，踩到了极软的东西，随着惊叫，数只硕鼠惊恐上蹿，脚腕被撕咬，脚脖被咬破。

是我踏到了鼠穴。这平而硬的田埂，怎么会有鼠穴呢？原来路是被硕鼠掏空了的，掏成了大空洞。可我纳闷，这田埂每天走人，为何偏让我给踏空了？我想不明白。

我年少时的几次踏空，都流了血，也留了深疤。尤其那次炕沿踏空，留在额头的不仅是伤痕，还留下了噩梦。我时常梦到踏空摔落，有时踏空在床上，有时踏空在房顶，有时踏空在云端等莫名其妙的地方，被摔得无影无踪。这是踏空惊吓的结果吗？定是。那久远的惊吓记忆，为何还盘踞在脑海不肯离去？是那踏空的疼痛与惊吓留下的伤疤吗？难道大脑也会有伤疤？想来定是。踏空的意外不可预料。

踏空之祸藏在脚下。成人后牢记踏空的可怕，虽对脚下小心谨慎，却还是发生过多次踏空。踏空过马路，有人把稻草盖在坑上，把我的脚崴了；踏空过台阶，我把脚踏到了底层，摔伤了一条腿；踏空过木板，那是实里藏虚和虫子咬空的硬木板，造成了皮伤和惊吓；踏空过山石，我从山坡溜了下去，差点摔成一堆肉泥。至于小的踏空，已不计其数了。因而，抬腿就怕踏空。想起踏空，心就颤抖。

人一生的路有多长，通常是脚"说"了算。脚下的路能走多长，命就会有多长。脚下最怕的事除了被绊倒，就是踏空。

能不踏空吗？有种可能，踏着云和空气行走。踏着云和空气，本身就在空中，那是永远也踏不空的。踏不空的人，那是真正的"踏空师傅"。

我不止一次做过踏着空气和云朵行走的梦，也梦到过满街的人都踏着空气和云行走，脚轻如棉花，从不踏空。他们称自己是"踏空师傅"，别人也叫过我"踏空师傅"。梦醒时对踏空行走非常渴望，很想成为"踏空师傅"。

"踏空师傅"不可能有，我永远也成不了现实中的"踏空师傅"。但我却梦见不愿行走的人如今越来越多，不少人在学做"踏空师傅"，尤其不愿把脚踏到地上走路，看到他们踏到高处又摔得重，就感叹他们演绎了最痛最惨的踏空精彩闹剧，令人惊恐万状，庆幸不是自己。

圣者

李汉荣 / 文

一

一个彻悟了宇宙和生命之真谛、虔诚地接受真理和美德的熔铸与提炼的人，也许早已用光速横渡了此生此世，乃至穿越了来生来世。从凡俗的角度看，他已经提前过完了生活，留下来，不过是重复那已经走过的程序，就像今夜出现的闪电，不过是再一次穿越那早已无数次穿越过的黑夜。

但是，他没有辞别此世绝尘而去，他留了下来，留在尘世，留在人群中，留在了生存的夜半。一个以光为魂的人，有必要留下来，他感到，在似乎被越来越炽烈的物质的太阳照得一览无余的尘世的白昼，其实，更深的内在的暗夜却被表面的强光遮蔽了，于是出现了白昼笼罩下的漆黑夜半。他留了下来，不是要壮大那表面的物质之光，而是要静静地向那被强光忽略了的更幽暗的水域和丛林，向那些失败者、受苦者、迷途者、失魂落魄者、求索者聚集的低洼暗昧之地，出示一些慰藉之灯和心灵之火。

肉身于他，虽非多余，已不是本体，只是他灵魂的寓所，恰如庙宇只是神灵的寓所，若神灵不存，则即使再豪华的庙也是空庙、黑庙或废庙，因为那信仰之神才是庙宇的本体。而灵魂才是他生命的本体。一颗清澈透明的灵魂，是用真理之光、情感之光、星河之光和宇宙之光凝聚、结晶的光之库房。除了散发同情的温暖、真理的觉解和启示的光芒，这样的灵魂，已经没有了自私的念头和纷杂浑浊的意识。连潜意识、无意识的幽邃深海，也已被光芒照亮，因此，真正的圣者其实已经没有了所谓的潜意识，他的潜意识只是作为意识的蕴藏和储备，其实都是觉解、爱意与善念的富矿。

当然，大量的尘世事务已由商业和市场代理，但是，那些孤寂的事务，仍需要圣者去为之默默服役。比如，于浊浪滚滚的垃圾河里打捞溺水之诗，于瓦砾累累的语言废墟抢救深埋的古玉，于狼奔豕突的现代丛林为善良麋鹿找到一片仁慈草地……

圣者，其实是历史铁血惯性的反作用力，是大自然冷酷理性的反作用力。他置身于历史和自然中，但又不完全服膺历史和自然的冷峻力量，他以怀揣的那个叫作良心的怀表所出示的时针，来试图校正历史所追随的粗暴时间表，以心灵的温情抚慰那没有心灵的自然依照其冷酷理性所制造的血泪和伤痛。

尤其是，在失去海拔与高度、除了成功之神和财富之神之外，已无所仰望、无所追慕的越来越下沉的现代荒原，我们是否更需要圣者呢？

一个没有圣者的完全俗世化、实用化、功利化的世界是没有深度、没有高度、没有温度的物质主义的势利世界，也是失去心灵之源、精神之源、价值之源的浅薄世界。

我们是如此渴望圣者。

二

这时，我从万丈红尘里抬起头，揉了揉眼睛，终于，我看见了圣者：

那安静的在远方出现的明净雪峰，仿佛梦中的一个场景，但并不炫目，一种柔和的力量保存在高处，如同诗的出现，拯救了散文的平庸和商业应用文的老谋深算，在灰暗的山脉，你推出了洁白的峰峦，一束烛光，静静地推高了我们心灵的天空！

你站在变幻的季节之外，站在胡涂乱抹的时尚和消费日志之外，一直坚持着内心的柔软和皎洁。在石头狂吠、钢铁腐烂的燥热之夜，你从时间深处吹来的寒意，使我骚动的灵魂渐渐降温，重归澄澈；当庙宇坍塌，世上的大理石再也雕不出我心中的女神，这时我看见了你，烛光仍在你手上，被续燃、拨亮。

仰望因此变得与呼吸同样重要，使我有别于动物。我无法完全匍匐于苟且的当下，越过生存的栅栏，从你，我找到了被流行词典遗忘的纯真语言，我找到了被疯狂的岁月丢弃的神圣时间；你以明亮的手势，一次次将我从暗夜里认领回家。寒冷提炼了你，你又以适度的寒冷将我提炼。

我真的害怕你消失。若你消失了，曾经出现在你周围的深远的蔚蓝、沉思的星斗、虹、青鸟、遥远的暗喻着终极之谜的启示之光，以及许多古典事物的身影都会消失。没有了你，即使用再多、再高大的石头代替你，也只标示一个漠然的海拔。随着你的烛光熄灭，我的内心也会逐渐转暗，灵魂拒绝泥沼却很有可能深陷于泥沼。

但是，实实在在，你真的还在那里，这怎能不是一个奇迹？你是怎样一点点搜集，那散落在空中的古典音乐，和我们在低处曾经为着热爱而滴落的不免有些忧伤的透明泪水？你一点点将它们搜集、积攒，保存在离天空最近也最接近心灵的地方。让我们看见：神话的时光，童年的时光，初恋的时光，挚爱的时光，以及心灵在最纯洁的时刻所体验到的生命和宇宙的纯洁与美好。

　　就这样，你一言不发，只是缓缓地向着你所认领的天空，静静上升，上升，而我们默默地凝视着你，长久地与你交换眼神，交换内心的语言。就这样，你用适度的寒意，按照心灵所渴望抵达的纯洁的境界，你持续提炼着自己，同时提炼着我们的心灵，也提示着一个纯真的世界并未转身出走，更未彻底失踪。由此，你恢复了我们一度失去的对世界的信赖，也恢复了我们对于自己心灵的信赖，就这样，我们的心灵，在更高处的心灵的照拂和呼唤里，渐渐到达更广袤、更清澈的心灵。

　　圣者，他就是世界灵魂和宇宙奥义的显现，是尘世里高出尘世的那一种光芒，反过来又照亮尘世，使此岸的尘世有了某种彼岸性，有了神性和诗性。

三

　　然而，圣者，也未必都站在雪峰上，更未必是洁白峰顶上炫目的那部分。

　　圣者，很可能就在低处，就在命运打不过转身的荒寒峡谷，就在被飓风摇曳的树和草的根部，他最知道苦根之苦，也更多地体会着草木返绿的战栗和欣悦；圣者，他并不是所谓的成功者，世俗的、物质世界里的成功者当中不大可能成为真正的圣者。因为，成功的物质世界的后面，也许就掩埋着一个失败了的精神的废墟。

圣者的头顶也会有成功和荣耀的花环，但圣者的心魂和志趣不会止于世俗的荣耀和光环，只有俗世的赌徒才耿耿于俗世的输赢，只有池塘的钓者才孜孜于池塘的鱼腥。圣者的心魂高出俗世的庸常海拔一千万倍以上，高于天空之高，直抵上苍的心胸；圣者的情怀深于名利的池塘一千万倍以上，深于沧海之深，饱含无言的悲悯。圣者是以慈悲的眼睛凝目万象万物、苍穹苍生的，他天高海深的心里，最知晓貌似欢乐的泡沫下面，和貌似很诗意的蔚蓝下面，隐藏着无所不在的海的真相：咸涩的盐、沉船的骸骨、青花瓷的碎片、美人鱼无尽的眼泪、鱼鳖们没有目的的血腥竞逐、海蚌在苦痛的伤口里提炼李商隐的珍珠……

圣者说：虽然我活得很好，但这个世界还有苦难，所以我的眉头总是皱着的；圣者说，以神圣法则和终极理想的尺度衡量，这个世界远不是成功的，而依然是在失败的泥沼里徘徊和挣扎着，在一个失败的世界上，没有谁可以独善其身，没有谁是真正的成功者，除非自私的人才会为一己之得而自诩为成功者，在这个世界完全成功之前，不会有哪一个人是真正的成功者。

圣者羞于在一个失败的世界里做自私的成功者。在圣者的内心，他越成功，越是优于或高于这个失败的世界，他越觉得自己就是一个失败者，他不能离开这个失败的世界，他应该在众多的失败者中间。因为，在永远苦涩、动荡的生命之海里，他的心不会独个儿甜着，他的心经常是有些苦涩的。

他希望大海变甜，这纯真的念想和祈求，因总不能得到兑现而使他屡屡遭遇失败感的打击。他因此只能是失败者，在大海变甜之前，他的心里始终灌满失败的海水。在良知、美德、同情、真理、正义、普遍的解放，还没有实现之前，在人类的崇高理想包括万物的生命梦想没有获得真正胜利之前，他不会认为自己是成功者，诚如佛教圣徒所言：地狱未空，誓不成佛；众生未度，永不离苦。

他与真理一同受难，与大多数失败者一同感受失败，与众多受伤害的生灵一同分担着无常之苦和无助之悲。他是最低处的磁铁，感同身受地体验着生命普遍的艰辛和痛苦，并将无数痛点集于一身，他成了这个世界痛感最密集的深穴；同时，他以自己的爱心和善意，以自己所觉悟到的真理和真诚的行动，尽可能地分担命运的重压，尽可能多地栽植如古诗一样仁慈多情的草木，从而减少心灵的戈壁滩，增加大气层的含氧量，增加人和生灵命运中的含氧量。

四

以光速提前穿越了世界和此生，但圣者留了下来。圣者那由光明和温暖结晶的灵魂，一直在为这个尘世默默跳动和工作，一直试图把彼岸的星光带入此世此刻。圣者，就是为当下的命运和永恒的真理虔诚服役的人。圣者不会在霓虹闪耀的地方盛装出场，不会在众声喧哗的华筵闪亮登台，圣者在荒寒的寂地、在幽暗的深谷、在沉闷的丛林，默念着良心的叮咛，默默地用自己的心油，为他一直在等待着的那个与真理邂逅的时刻，为那个在所有时间中最有价值的时刻，默默守候，默默点灯。凡他出现的地方，都留下光的轨迹和温度，这轨迹和温度，也许并不能持久，但是，被闪电的轨迹和温度一再质疑、删改和照亮过的夜空，毕竟与没有闪电出现的黢黑夜空有了不同。

圣者的存在，使我们不再怀疑：那无边的银河与浩瀚的星空，不仅仅是一个物理学和天文学的巨大现场，它同时也是一个心灵、道德和美学的巨大作坊。它以无限的光芒和无尽的星辰的材料，布置着永恒的篝火，布置着精神宇宙的崇高拱门和壮丽壁画，同时也在为我们这小小的尘世，启示和提炼着与它的宏大规模和深邃内涵相互映照相互对称的崇高心灵——圣者的心灵。

也许，圣者就是你，是你生命中高贵、宽广、纯正、谦卑、仁慈、温暖、可爱、可敬的那一部分——被你不慎丢失了的那一部分。

庄子向西，尼采向东

赵丰 / 文

伫立在两千多年前的地平线上，庄子向世人做着逍遥游世的激情表演。他以大鹏自居，发出了"水击三千里，抟扶摇而上者九万里"的自由呼唤。

两千年后，在地平线的另一头，尼采向全人类发出了酒神精神的呼唤。他以居高临下的姿势，提出了著名的"酒神"之说。

两位巨人相隔着巨大的时空，不约而同地向这个平庸世界的人们发出震耳欲聋的呼喊。

回到两千多年前的一个场景：一天，庄子到雕陵的栗园去游玩，看见一只巨大的异鹊从南方飞来。那异鹊翼展七尺、眼大一寸，翅膀扫了庄周的额头一下，然后停在栗子树上休息。庄周觉得奇怪，想着这是什么鸟啊？翅膀很长却不能飞高，眼睛很大却视力不佳。他提起衣角快步过去，手持弹弓瞄准那异鹊，留意其举动。这时，庄周突然看见一只蝉，正躲在树叶下边唱歌边纳凉，而一只螳螂在树叶遮蔽下正伺机捕蝉，而那只异鹊呢，正准备捕杀螳螂，也因为将要获食而非常忘我。

瞬间之际，庄周发现自己与异鹊、异鹊与螳螂、螳螂与蝉之间，构成了一串利害相生的"生物链"，他怵然道："唉！世间万物原本互相牵累，每一物类都有它的克星。"

庄子正在愣神，忽然觉得天昏地暗，天上忽然传来震撼宇宙的声音。他惊恐地仰起头，看见一只铺天盖地的鲲鹏正在扇着翅膀飞翔。

于是，庄子便产生了"逍遥游"的想法。

在《庄子》里，庄子以"逍遥游"的宏大笔触极赞鲲鹏之伟岸："北冥有鱼，其名为鲲。鲲之大，不知其几千里也。化而为鸟，其名为鹏。鹏之背，不知其几千里也。怒而飞，其翼若垂天之云。是鸟也，海运则将徙于南冥。南冥者，天池也。……鹏之徙于南冥也，水击三千里，抟扶摇而上者九万里。去以六月息者也。"

在庄子的视野里，异鹊、螳螂与蝉，都还没有达到真正自由的境界，原因在于它们都仍然有所依赖。就是大鹏鸟，也没有达到独立不依的程度，它之所以能飞那么高，是借助于旋风的力量。在他的意念中，只有达到了无所依赖的境界，才能够抵达真正的自由。

庄子也许有比大鹏鸟更大的野心。他的境界的彼岸，在宇宙之外。这样，我们就很容易理解他超常的想象和变幻莫测的寓言故事，以及那种奇特的想象世界。正如刘熙载在《艺概·文概》中所云："意出尘外，怪生笔端。"

既然信念在尘世之外，那么一切就恍然大悟了。

超凡脱俗与崇高美妙，这是庄子留给世人的精神遗产。

庄子幡然醒悟，揉了揉眼睛，扔下弹弓离开雕陵的栗园，一直向西走，隐迹于世外。

西边的世界，那是一片纯属精神的领地。

两千年后，大洋彼岸的尼采沿着庄子相反的方向向东走。

与庄子不一样的是，尼采并不羡慕高飞的大鹏。他这样说："千万不要忘记：我们飞翔得越高，我们在那些不能飞翔的人眼中的形象越是渺小。"针对庄子的梦蝶，他更是不屑一顾："人要么永不做梦，要么梦得有趣；人也必须学会清醒：要么永不清醒，要么清醒得有趣。"

两个在本质上同样呼唤自由的哲人，为何却反复表达着相反的观点？

殊途同归。一个向西走，一个向东走，最终的目的地却是一致。

在通往人类精神自由的路程上，庄子主张"逍遥游世"，尼采渴望"醉艺狂欢"。庄子主张个体应依托"心斋""坐忘"的方式来荡涤一切违背本性的外在羁绊，达求返璞归真、与道为一、自在逍遥的自然澄明之境；尼采则追求个体要历经从骆驼、狮子、小孩的精神变形，持守本真性灵，最终成为具有强力意志的充满激情与创造活力的生命舞者。

在理想的人格模式上，庄子推崇在"清静无为"中彰显性灵，尼采却信奉在"狂放有为"中创造人生。

宇宙的真精神，于庄子是"道"，于尼采则是"冲创意志"；"游"或"醉"，皆是人体悟到宇宙精神的本质并融个体生命于其中后的理想生存状态。拯救生命于苦难之中。这是庄子和尼采共同的历史使命。他们都认为拯救生命的苦难，最有效的办法就是让生命自由地去感受美，体悟到宇宙的真精神，从而实现对自我的超越。庄子的"游"，让人感受到山川河流、虫鱼鸟兽皆表现出的丰润欢愉的和谐之美和自然之美；尼采的"醉"让人拥有冲破一切束缚、摆脱外物忘却自我、创造全新生命的力量之美。

庄子有家室，生活得很快乐；尼采一生未娶，即使有过同莎乐美在罗马的圣彼得教堂的短暂牵手，但依然给他留下了痛苦的记忆。庄子在尘世之中寻找精神的解脱，尼采在尘世之外完成"超人"的精神塑造。

而自由的追求，却是他们共同的信念。

早春的时候，庄子经过濠水边的一片野花地，那片曾经被火燃烧得黑乎乎的荒地萌出一片绿意，是牵牛花、蝴蝶兰、迎春花从泥土里冒出了芽芽。他从衣兜里掏出一块烤熟了的鸡腿，双腿盘坐，有滋有味地吃了起来。吃完，他用衣袖抹抹嘴，仰躺在那片绿意中，望着春秋深邃的天空，自言自语地说：这就是人最快乐的时候。

两千年后的仲春，尼采登上了阿尔卑斯山。惊蛰刚过，绿意盎然的层林罩着一片明净的蓝天，山脉间共振着一个人的脉搏。尼采兴奋地说："这儿自由眺望，精神无比昂扬。"在这儿，他欣喜地看见了鹰与蛇。鹰，天使般在天空飞翔；蛇，精灵般在地上盘旋。鹰代表理智和精神，蛇代表肉体和物质。鹰飞在天空画一个圈儿，它的颈上悬挂着一条蛇，不像俘获猎物而像一对朋友。尼采忽然来了灵感，他塑造了查拉图斯特拉这个人物形象。他登上了尼采为他构筑的那座山，经过在高山上的十年探索，经历了肉体和精神的磨炼，成为超越现实的精灵。尼采赋予他的使命是：修炼成超人以代替将死的上帝。

表面看来，庄子在物欲中享受着快乐，尼采在精神里寻求着超越。可认真想想，庄子为何要躺在一片冒出新芽的荒地上吃着鸡腿？他是在寻找着一飞几千里的那只大鹏的影子吗？

如是，谁敢言庄子不是在寻找精神的家园？只不过，他的方式较之尼采更富于生活的情趣。

庄子笑嘻嘻地说：你在说什么呢？我并不认识尼采那个疯子。

庄子的妻子死了。于人生来说，这自然是悲剧。可是，庄子却分开双腿像簸箕一样坐着，一边敲打着瓦缶一边唱歌。在尼采看来，这便是审美的人生，是真正战胜人生悲剧性的人生。审美的人生首先将人生及其悲剧看作一种审美现象。在把人生当作审美现象的基础上笑对人生的一切悲剧。这也就是他所倡导的酒神精神。庄子正是在酒神艺术的醉中，通过生命力量的提高而直接面对永恒轮回之人生痛苦，从而达到生命自身的美化和欢悦。

对此，庄子是怎样解释的呢？

庄子的至交好友惠子前去吊唁，见庄子鼓盆而歌，于是便指责他太过分了，庄子说："不对哩。我的妻子初死，我怎么能不伤心呢？然而仔细想想，她原本就不曾出生，不曾具有形体，只不过元气变化使她有了形体，有了生命，如今又回到死亡，这就跟春夏秋冬四季运行一样。死去的那个人将安安稳稳地寝卧在天地之间，而我却呜呜地围着她啼哭，这是不通晓于天命，所以也就停止了哭泣。"

鼓盆而歌，其实就是酒神精神的生动写照。

庄子将死，弟子们想厚葬他，他对弟子说，不要埋葬，扔在野地里就行了。弟子们说扔在外面是没关系，但是您的尸体可能会被老鹰和乌鸦吃掉啊。庄子说："扔在外面是会被老鹰和乌鸦吃掉，但是埋到土里，最后也会被蝼蚁吃掉。你们现在是要从老鹰和乌鸦嘴里抢东西给蝼蚁吃吗？我把天地当棺椁，日月当玉璧，星辰当珠玑，万物当赍品，一切葬具都齐全了。还需要什么呢？"

这其实证明着庄子面对死亡的安详态度。在尼采的意识里，死亡是一种终结。如果活着就是痛苦的过程，那么痛苦的终结就是快乐的开始。

异曲同工之妙。两个哲人，总是在关键的地方维系着高度的一致。

庄子穿着自己编的草鞋和惠子一起在濠水的桥上游玩。庄子说："鱼在河水中游得多么悠闲自得，这是鱼的快乐啊。"惠子说："你又不是鱼，怎么知道鱼是快乐的呢？"庄子说："你又不是我，你哪里知道我不知道鱼是快乐的呢？"

庄子的一生穷困潦倒，却能超越贫困乐在其中。他的思路与孔子、孟子是不一样的，他发现了战国中后期天下人皆为利而忙碌的现状，于是心里非常难受，总是拿尧舜时代人们生活的平静状态与之对比，试图呼唤人性的复归。由此而来，庄子在濮水边体会"知鱼之乐"的快感——这是一种想把自己变成水的快乐心态；他又在梦中化为蝴蝶，这是一种欲飞的脱世心态。

立于现实（"物物"）而又超于现实（"不物于物"），这是庄子哲学的真谛。

尼采却不一样。他的心思不在尘世之外，而是穷尽智慧探求着人生和人类的意义。也就是说，他的心思始终在尘世之中。他如此表述着自己的观点："如果你想走到高处，就要使用自己的两条腿！不要让别人把你抬到高处，不要坐在别人的背上和头上。"

他还说："受苦的人，没有悲观的权利。一个受苦的人，如果悲观了，就没有了面对现实的勇气，没有了与苦难抗争的力量，结果是他将受到更大的苦。"他的哲学出发点总是反传统的观念，重新估计一切价值，批判一切现存的、传统的思想，目的是为他的强力意志和超人哲学扫清一切思想障碍。

尼采拔出利刃之剑，与上帝，与世俗展开血与肉的搏斗。他引用司汤达曾发出的忠告："我一来到世上，就是战斗。"

不息的战斗令尼采遍体鳞伤。1889年，他的灾难降临了。由于无法忍受长时间的孤独，尼采在都灵大街上抱住一匹正在受马夫虐待的马的脖子，最终失去了理智。数日后，他的朋友奥维贝克赶来都灵，把他带回柏林，先是住在耶拿大学精神病院，后被母亲接回南堡的家中。母亲死后，尼采的妹妹伊丽莎白将他接到魏玛。最终，尼采死在那儿。

表面看来，庄子的一生是快乐的，尼采的一生是悲伤的。然而，庄子快乐的背后是悲伤，尼采悲伤的背后是快乐。谁能解读他们的内心世界呢？

庄子有一天睡觉，梦见自己变成了蝴蝶，双翼飘举，游历花丛，他在花瓣和木叶间大声地笑。醒来之后的庄子迷惑不解：是我做梦变成了蝴蝶呢，还是蝴蝶做梦变成了我？如果是我变成了蝴蝶，为什么我会体会到蝴蝶独有的飞翔之乐？如果蝴蝶做梦变成了我，为什么这一切会出现在庄周的记忆里？

这个孤独的梦不可言说，成为中国人心底里永远的浪漫。多年之后，有个叫李商隐的青衣诗人高唱道："此情可待成追忆，只是当时已惘然。"李商隐的目光追逐着那只蝴蝶的影子，表情无比沧桑。

这就照应了尼采的"日神"说。在希腊神话中，日神阿波罗是光明之神。它的光芒使万物显示出美丽的外在表现，这种美的表现本质上是人的一种幻觉，因此日神是美的外观的象征，同时也代表着一种幻象。尼采认为，"梦"是日常生活的日神状态，因为梦里面充满着幻象，梦的内容也多半是形象的，可观的。

庄子梦蝶？尼采忽然发现，两千多年前那个庄子，就是游走在古代东方大地上的日神。

庄子启示人们，必须在尘世之外寻求精神的寄托；而尼采，则在尘世之中寻找悲剧，以求得精神的快感。

庄子向西，尼采向东，在理想人格建构方面即分别提出"真人"与"超人"之说。

庄子的自由思想概括为至人的逍遥，具体表现为：无功、无名、无己、无待、无用、无为的逍遥；尼采的自由思想概括为超人的拯救，即酒神精神和权力意志的拯救。在通向自由思想的途径上，庄子通过体道、心斋、坐忘达到至人的无待逍遥境界；尼采则通过精神三变体、超人的强权拯救来实现他的自由王国。整合他们的思想体系，有一个共同点：那就是重建自由观，实现常人的逍遥与拯救。

在审美形式上，庄子论及齐物式、坐忘式和逍遥游式三种审美境界，尼采论及日神式、酒神式和悲剧式三种审美境界。二者的审美境界论存在着文化意义上的相通性。与庄子的"逍遥游"一样，尼采曾自称为"自由精神者"。从某种意义上说，庄子的哲学和尼采的哲学都是自由哲学，是一种精神性的自由。他们虽然都崇尚精神性的自由，可在东西方不同的文化背景下，所表述的却是不相同的文化特性和哲学内涵。

尼采所宣扬的酒神是古代希腊色雷斯人信奉的葡萄酒之神狄俄尼索斯。他握有葡萄酒醉人的力量，布施着人间欢乐与慈爱。在庄子那里，那只宇宙之上的大鹏是他理念里的神灵，同样给人间撒播自由和幸福。

庄子和尼采，以对个体生命的关怀为出发点，以张扬生命之美为旨归，两种学说具有超越时空而遥相呼应的理论逻辑。

我终于发现了：庄子自由思想与尼采自我哲学是相异时空背景下的相通表达，在哲学内涵的层面上深度是同一的。

对自由的渴望，注定了庄子是个孤独的人。妻子、弟子、惠子，乃至全天下的人，都不解他的心。面对世间的无常，他只能梦蝶，或者希冀大鹏展翅……在精神上，他无人对话。于是，他步入了一个虚拟的世界，邀请了鸟兽虫鱼、花草树木、山川河海、骷髅鬼魂，甚至人的影子，一起来参加一场空前绝后的哲学盛宴……

尼采更孤独。否则，他怎么会在都灵的街头抱住一匹马的脖子哭泣？在他的心灵中，他与那匹正在受马夫虐待的马有一样的遭遇，正在受到传统理念和世俗的虐待。他的发疯，其实是寻找来自世俗之外的精神慰藉。

相同的遭遇，为两个文化巨人超越时空的对话奠定了基础。

在濠水之岸，已经化为蝴蝶的庄子忽然又化为了庄周。他打了个哈欠，向西走去。

在魏玛妹妹的家中，尼采复活过来。他眨了眨眼睛，向东走去。

两个不同时代、不同文化背景下的哲学家，遥隔着巨大的时空，终于握住了手。

"你好？"尼采说着德语。

"你好？"庄子说着汉语。

"你是那个来自东方的庄子？"

"你是那个来自西方的尼采？"

"你的那只大鹏还在飞吗？"

"你的酒神之歌还在唱吗？"

"你的逍遥游很对我的心思。"

"你的自由精神也正合吾意。"

彼此听不懂对方的话，却在心灵里激起一阵共鸣，一起发出会心的微笑。

于是，尼采以西方人的方式，伸开双臂深情地将庄子拥抱在怀里，并且吻着他的额头。

之后，两人依依惜别，一个向西，一个向东，消失在了地平线的那头。

读卡夫卡散记

梁长峨 / 文

　　整整一年零九个月，我隔着一百年的时空，独坐书房，同卡夫卡对话，读他忧郁、深邃、犀利、独到的作品，听他幽默、朴实、推心置腹的谈话，心儿不停地受到撞击。

　　读过卡夫卡的都不会忘记他那双眼睛：明亮、忧郁、锐利、深邃。我隐约感到，他眼睛中的光是人们生活在黑暗地牢中的亮光。如果人们处在这样的境域，卡夫卡的眼睛是撕开黑暗之幕的利剑。在他的眼睛下，一切假象都能看透，一切妖魔都会现形，一切丑恶都无可逃遁。

　　正是这双眼睛，观察现代文明，眺望20世纪天空，睥顾烦嚣的尘世和人生，迸射出许多光芒四射的思想。透过他的眼睛，可以看到全球大战、集中营、犹太人之死，可以看到人性中的伪善、虚假、卑鄙、下流、无耻、凶残等一连串巨大的臭氧洞。

　　卡夫卡的眼睛，是他心灵的窗户，也是他思想明慧程度的窗户，是借给我们读懂人类和人性的窗户，当然也是我们读他作品的窗户。

　　幽闭绝望的气氛，荒诞诡异的想象，黑色细胞跳跃在字里行间，沉重和尖锐气息在书页中弥漫，读了让人惊颤、压抑，透不过气来。——这就是卡夫卡的作品。

一

心中有深壑，常为填不满而痛苦。想当将军未成，耿耿于怀；想当富翁未果，心急如焚；看别人开豪车住别墅，两眼放着渴望的光……何必为遥不可及的事而苦恼，为连影子也看不见的幸福而伤神？不值呢。不属于自己的东西或自己努力也得不到的东西还硬去强求，只能使心里着急上火。

卡夫卡曾说过一句经典语言："理解这种幸福：你所站立的地面之大小不超出你的双足的覆盖面。"他或许是对易于满足者而说的。我觉得这种对幸福的要求正正好。

接着，卡夫卡认真地说："幸福并不取决于财产。幸福只是定向问题。这就是说，幸福者看不见现实的黑暗边缘。"

是的。幸福确实各人有各人的定义。有人认为是很有财富，有人觉得能吃饱穿暖，有人想当上高官，有人则需要精神充实……

抓不住的沙，就干脆放下，何必苦苦强迫自己去做。不属于自己的东西，不要眼热，更不要不择手段狂追，要学会戛然而止，抽身而退。凡事都有度，逞强逞能，费力耗神，只会给自己带来麻烦和痛苦，甚至灾难。

就说金钱和权力，本来是人的仆人，可它们有时又会摇身一变，成为奴役人的坏主人。做人的奴隶不幸福，做金钱和权力的奴隶也很苦，一旦陷入其中，不能自拔，就有葬送自己的危险。十年河东，十年河西。随着时间的推移，情景的变换，或处心积虑或冒险拼打得来的东西，有时失去就是一夜之间的事。那些"大老虎"得势时，威风八面，不可一世，不曾想"忽喇喇似大厦倾，昏惨惨似灯将尽"，顷刻之间，权失财空。到这时，他们才意识到"枉费了，意悬悬半世心"。但为时晚矣。

所以，人要自尊、自处、自足。不要把眼光老盯在别人的荣华中。繁华总是一时的，一切热闹都会归于平淡。故别人华美灿烂的生活和灼人的势头，终会随落日而去，静心尽意过好自己的日子吧。平淡的日子，最踏实，最甜美。

幸福是心态，是领悟。幸福不是长生不老，不是权倾朝野，不是拥有金山银山，幸福是每一个人微小愿望的实现，是自己宁静高雅的心灵感悟，是不以物使，不为物役。

二

在卡夫卡的内心积存着多重痛苦。他是"一战"时代的人。他亲见"一战"前欧洲上空战争浓云密布、战争空气凝结，到处都是一触即爆的火药桶。他亲见"一战"中一个偌大的欧洲就是火的海洋，就是屠宰场，战争的洪流淹没欧洲所有国家的所有角落，每一寸土地都被鲜血浸染，每一处地方都有尸体横存，都有无家可归的难民涌动。他更亲见"一战"后西方社会的荒凉、空虚、混乱不堪和死气沉沉，他也更见证了西方各个国家官僚机构的专制、腐朽、败落和颓废。作为一位伟大作家和思想巨人，作为一个先知先觉者，卡夫卡深深感到这个社会就是一个漆黑的令人绝望令人窒息的巨大笼子，整个社会所有的人都像动物一样被死死关在铁栅栏里，生不能好好地生，死不能爽快地死。

卡夫卡就是笼中人，作为眼光敏锐、思想深邃的他比一般人更加感同身受。在社会这个大笼子中，无论谁都逃脱不了，卡夫卡也不例外。他同所有人一样"混在兽群里，穿过城市的街道去工作，去槽边吃食，去消遣娱乐"。像木偶一样随人摆布，像一块砖瓦一样任人移动，一切都是被动式的，不能有思想，不能违规矩，一切唯官僚机构马首是从，绝不可越雷池一寸一分。想想看，天才的、聪慧绝顶的卡夫卡，个性独绝、意志比钢铁还硬的卡夫卡，想翱翔天地冲破宇宙的卡夫卡，怎么忍受得了这等生活？！像他这等品位的人物，要求的、向往的是物我合一、天人合一的生活，他宁愿如庄子做自由的在烂泥塘里摇头摇尾的乌龟，也不愿做被人管束的昂首阔步的千里马。

所以，他在朋友面前，把攥紧的右手放在胸口上，近似吼叫地说："到处是笼子""我身上始终背着铁栅栏"。

令卡夫卡感到沮丧和悲哀的是他捶胸发出的呼喊，竟没得到任何回应。在一个沉闷很久的社会里，一个人的喊声被巨大的空间立刻消融了。

读卡夫卡，我欣慰在栅栏中觉醒者的觉醒，我悲哀在栅栏中沉睡者的沉睡。知道在栅栏中已死和将死了的人已经醒了，而在栅栏中已死却仍觉活着的人真的已经死了。在栅栏中觉醒者为已死者哀悼，为将死者惊惧。觉醒者为群体的麻木而顿足，为救他们的呼喊却遭他们反对而绝望。

三

"一个笼子在找一只鸟。"

笼子是静物，鸟是动物，笼子怎么会找鸟，要找，应该是鸟找笼子。

虽然笼子是静物，但人是高级动物。笼子是人制作的。人既然可以制作出笼子，同样也可以捕捉来鸟。由此自然可以说，一个笼子在找一只鸟。不！与其说一个笼子在找一只鸟，毋宁说是所有的笼子在找所有的鸟。因为制作笼子的目的就是用来装鸟的，有笼子就应该有鸟。无鸟，要笼子何用？

从能自动飞翔的角度说，又确实应该是鸟找笼子。那么鸟又为什么要找笼子呢？笼子是禁锢鸟儿自由的呀！鸟的天堂在森林在天空，鸟的天性是自由是飞翔，怎么偏要找个笼子束缚自己呢！这是个悖论。

对于视天空和森林为生命的鸟，笼子是异常可怕的。而对于早已习惯了笼子的鸟来说，天空和森林什么也不是，应该敬而远之，甚至可以背叛。因为这种鸟觉得，笼外虽自由，但需要亲自觅食，还要经受风霜雨雪的侵袭，而在笼内虽然失去飞翔和自由，但不需要自己觅食，只要老老实实，服从听话，不存妄想，唱好悦主人之心之耳的歌，即可。既能遮风避雨，又有得吃有得喝，为什么还要破笼而飞呢?

久而久之,笼中鸟以笼为骄傲,因被养而自豪。它们时时觉得比笼外鸟高人一等,如同人类体制内的知识分子傲视体制外的知识分子一样,处处炫耀、显摆,好像自己的叫声也比笼外鸟高贵、好听。

有巢凤自来。好处总有人眼热呀!笼外的鸟看到笼内鸟活得这般滋润,不经风雨,不愁吃喝,于是也纷纷渴盼飞进笼子。这样,笼中鸟一族迅速呈现浩荡之势。

我不是鸟,不知鸟之思,但我从人类身上可做出推想:

不要争论是一个笼子在找一只鸟,还是一只鸟在找一个笼子,说不定笼子和鸟在互相找呢!如同金钱与权力的一拍即合,如同人的虚荣心和荣誉的一拍即合。金钱常常腐蚀权力,权力应该远离金钱,但金钱又常常是权力的基础。为了得到权力需要金钱开路,有了金钱又需要权力保驾,需要权力做靠山。所以,二者常常互为左膀右臂,暗中亲密勾结。荣誉证书应该颁给真正的卓越者,与虚荣者水火不容。可是,有虚荣心的人,眼睛一定盯着荣誉,而且会不择手段获取它。尽管荣誉不是为虚荣者而设,但荣誉却能招惹、吸引他们,使他们日思夜想,欲罢不能。

四

故乡永远是人灵魂的出生地和归宿地。一个游子无论走多远,都不会忘记自己的根,故乡永远是他心上沉甸甸的挥之不去的思念和牵挂。

读卡夫卡的书，深深感到他同所有的游子一样，内心埋藏着铭心刻骨、欲罢不能的故乡情结。

卡夫卡写过一篇小说《约瑟芬，女歌手或耗子的民族》。小说中的那个耗子王国其实就是犹太王国，耗子国王的歌手，也就是卡夫卡自己。小说在最后说自己在为他的民族和人民"吹出最后一声口哨，然后就悄无声息了"。这个结尾处的点睛之笔，意味太深长了。

众所周知，犹太族是个失去家园、永远漂泊的民族。公元前586年，犹太王国被巴比伦人征服，入侵者捣毁了耶路撒冷的圣殿，并将大部分犹太人放逐到巴比伦。公元70年，罗马帝国铁蹄的踏进，让古犹太族画上了复国的绝望句号。从此，他们流散于世界各地，居无定所，开始了永世的流浪。耗子王国灭亡了，耗子国王没有了，其国王的歌手自然就永远没有声息了。

这"最后一声口哨"，是卡夫卡对自己的祖国——犹太王国灭亡的恋歌和挽歌，暗含着作为犹太后人的他对犹太民族，从此失去家园，走上漫漫苦难之路的无限忧愤。

是的，经巴比伦帝国和罗马帝国两劫后，犹太族的故乡成了一片荒岗、一片坟茔，成了料峭春风里冰冷的供品和漫天飞舞的纸钱，只能让散落在世界各地的犹太人永远遥望、渴盼、长跪而不可企及。

犹太人在世界各地犹如一个个漂蓬，随风随水，四处飘零。他们遭受的歧视、排斥、迫害，不仅有官方的，还有宗教的、民间的、文化的、民族的。他们只能在各种冲突的复杂夹缝中忍辱偷生。

两千多年来，犹太人流浪世界各地受尽磨难，不仅随时随地受到歧视和迫害，还经历无数次大规模的令人发指的屠杀，其悲惨命运在第一、二次世界大战中达到顶峰。卡夫卡死于1924年，第二次世界大战中犹太人遭到的大屠杀，他没有亲眼看到，但第一次世界大战中犹太人的遭遇为他亲眼所见，他四十一年的个体生命更是感同身受。

故乡——祖国，对卡夫卡，无比遥远，要多陌生有多陌生。但是，他血液里流淌着犹太族的古老血液，基因不可改变，故乡不可辜负。他太需要失去的祖国了。而他的复国不是复仇，不是同别的民族血拼，更不是要进行扩张。他说："犹太民族主义无非是严厉地由外部迫使在严寒的夜晚穿越沙漠的商队聚拢在一起。这支商队不想占领什么，它只想到达一个有坚固篱笆围绕的家园。在那里，商队的男男女女有自由生活、发展自己的可能。犹太人渴望有一个家园……"也就是说，"他们渴望得到一个空间上的小小的、通常的家"。可怜呢，原来他们对家园的要求如此低端，只要围在一起取暖，不孤独，能生存，有活下去的生活自由，能生儿育儿，让老少安泰。

然而，卡夫卡这个简单的愿望实现了吗？他活着的时候没有看到，他死后如前面所说犹太人在第二次世界大战中遭受了更大规模的摧残屠杀。

犹太古国之于卡夫卡或许是一首永恒的童谣，只能想象，不能听到，更不可能亲临其境。毫无疑问，在卡夫卡内心深处一直珍藏着对犹太先祖前仆后继用血肉之躯筑就的国土的无限眷恋。他为犹太族失去家国之痛，流下无可遏止的热泪。

卡夫卡为什么1924年在他临死前三个月写下《约瑟芬，女歌手或耗子的民族》？这是他的封笔之作啊！他在这篇绝笔中要告诉我们什么呢？

读一读屈原的《哀郢》，听一听南渡后李清照在洗盏更酌中，对故土沦丧于金人铁蹄下，发出"忘了除非醉"的喟叹，弹一弹蔡文姬的在羯鼓声中，点点滴滴植入《胡笳十八拍》思乡念土的音符，就明白卡夫卡反复吟叹故乡，凄婉地"吹出最后一声口哨"的意味了。故乡——祖国之于卡夫卡是永远的失去，是地老天荒的浮浪。因此，他的慨叹所包含的情感更深邃更入骨更无奈更无穷尽。

五

就作品包含思想的丰富深邃说，卡夫卡是个大海，只要潜进去，不知哪里是底，哪里是岸。他有时不经意一句话就跑遍了世界，让人追之莫及，且不可测度。他的文笔和行文叙事风格简洁、奇诡、闪烁、晦涩、多义。这都很容易使解读者陷入或片面或浅薄，甚至望文生义的泥坑。

王夫之云："作者用一致之思，读者各以其情而自得……人情之游也无涯，而各以其情遇。"一诗一文都是作者境界和心思的凝聚，而后人读之能得多少，怎么去理解，全凭各自的生命阅历和理解能力及思考角度去印证了。对于卡夫卡，我只能按自己的理解来写。当然，我本着一个原则："凡你能说的，你说清楚；凡你不能说清楚的，留给沉默。"（维特根斯坦语）尽可能不在一知半解的情况下胡说，以免"扩散无知"。

问题是，我认为我理解了的就真的理解了？我认为我说清楚了的就真的说清楚了？即使是我真的理解了的，我就能保证我说清楚了？我怎么敢说我没有"扩散无知"，我不是自持一端，不是望文生义，不是管窥之见？

最理解最深爱卡夫卡的女人朵拉，一直反对通过阅读卡夫卡的作品了解卡夫卡。她对人说：要了解卡夫卡，除非他允许你看着他的眼睛，或握着他的手。而这些，她当然可以，而且已经做到了。我们则不可以，也无法做到。

她的意思自然是说，一般人只是读卡夫卡的作品，很难理解到位。话说回来，就是我们真的能看到他的眼睛和握着他的手，我们也只能从他眼神中看到我们理解的密码，从同他握手的瞬间感受到我们感觉到的力度和体温。这实际依然还是我们主观的理解和感受。从这个意义上说，我们还是不敢说自己的理解和感受就正确了。

我想，这些随笔权作读卡夫卡群体中管窥之见的"一见"，各持一端的"一端"吧。当然，有望文生义、自作聪明处，敬请明慧者开我视野、指点迷津。

美德的香气

王子君/ 文

穿过体育馆北边那条街时，迎面走来一位女士，问我7天酒店怎么走。她手机的导航显示就在这个区域，却久寻不见。她脸上已满是疲惫。我停下脚步，往周边建筑看了看，肯定地说应该就在附近。我印象中这一片区确实有家7天酒店，可在脑海里搜索了好一阵，愣是想不起具体位置，只好抱歉地让她再问问其他人。

我继续我的路程，她则继续往前寻找。

转过弯，走过半条街，看到街边大楼门口的年轻保安，便近前请问他7天酒店在哪里。他朝北面的路口一指："就在那条胡同里。拐进去，一栋黄色的楼就是。"

我说了声"谢谢"，欣慰地往回走。保安"哎"了一声，提醒道："你走反了！"我摆摆手，告诉他我是帮别人问路。我快步回到体育馆街，招呼那位问路的女士。女士正返回来，依旧拿着手机在看。她大概走完了体育馆街也未有收获，已迷茫、无助至极，看到我，甚是惊讶。

我打着手势说："7天酒店就在那里。"

女士看上去非常感动。愣了好一阵，她才说："哎呀！太感谢你了！你还走回来告诉我！"她的声音有些哽咽。

我淡然一笑："没事，我也经常迷路的，我理解迷路人的心情。"

告别女士，我走自己的路。

"这是美德！"女士突然在我身后冒出一句。

我回过头，冲女士做了个"OK"的手势，满心喜悦。

每个人都可能有过迷路时刻。迷路时有人指引一下，心就光明了；而给人指路，自己心中的道路也会敞开。

那是美德发出的香气让人心明亮。

我是一个地理方向感极差的人，坐公交会坐反；坐小车转过几个街道就分不清东南西北；出地铁往往不知朝哪个方向走，时常闹出些洋相，也时常花了冤枉时间。打车倒是方便，但也时常被堵车堵得心烦气躁。这么大的城市，总不能事事选择地面交通工具，坐地铁便成了常规的出行方式。也因此，出了地铁要转向，然后问路就成了常事。问路虽然大多时候也是徒劳的——很多人跟我一样是路痴，或是确实不熟悉其时的路况——但感动的时刻不少。比如，有人会连拐几道弯都能给你说得明明白白；有人会打开自己的手机为你搜索目的地；有人甚至干脆带你走一段路程指给你看你要去的具体位置。这些细小的事情，在我眼里都是美德。美德散发出香气，在这煮沸了锅似的都市生活里，带给我奇妙的温馨与安定的感觉。

几年前的一次问路，曾让我捉笔写下美文《指路的女孩》：

几个文友约聚于飞天大厦。

地点就在地铁广渠门外站旁，我便乘地铁7号线前往。

一出地铁，我就转向了。左顾右盼间，一个20出头的女孩从身后经过，我叫住她问路。女孩打着手势说，直走，快到路口时往北，哦，就是左拐。说完便行色匆匆地往前走去，像是有什么急事。

正值初春，路旁老树新芽，迎春花艳得耀眼。我慢悠悠地边走边拍着街景，百十米的距离，愣是走了十分钟。

快到路口时，却猛然发现为我指路的女孩站在那儿。"你可来了呀！"她急切地说。我大惊："你在等我？"她点点头。原来，去"飞天"要穿过这路边小公园，现在公园树木繁密，已掩住了"飞天"的招牌，她担心我又迷路，便停下来等我，好告诉我确切的方位。

我怔住了。我感到心中怦然种下一颗美丽的种子。

女孩嫣然一笑，飞步离去。

我的目光追踪着她，再也没有离开。

我看到她在飘舞，就像春天的蝴蝶。

就像春天。

帮我指路的女孩，像天使一样，至今让我一想起还感到特别地美。文章发表后，她美德的香气飘散得更远更广，沁人心脾。

今年年初的一天，为去静安庄国展中心参加书展，我一大早便坐上了地铁。出了三元桥地铁，按指南针方向走，路竟是远离着楼群，且一边有高大的塑料挡板挡着，显得很是偏僻。走着走着，却感觉不对劲了，难道我又走反了方向？看着在寒风中包裹得严严实实匆匆行路的上班族，我不好意思拦住他们问路。待走了近千米，见到一早餐摊子，三两顾客在买早餐，便张口求问展览馆怎么走。谁料摊主和顾客均摇头表示不知。失望之余，我只得硬起头皮往前走，边走边用手机重新定位导航，心想，到了主路上打个车走，管他堵成什么样吧。

偏偏这时已临近主路盘桥，手机信号不好，那个搜索的符号箭头一直转不出地图。正在气馁，一个柔和的女声在我身旁响起："你去展览馆？你走反方向了，要到对面去。你从地下通道过去，那边可以打车。"

原来，她在我身后不远，听到了我问路无果，便碎步赶了上来。

在寒冷的早上，在迷路的早上，听到这么柔声的话语，激动之情，无以言表！

陌生的女士将我带到主路边，指着地下通道，又耐心地指了指展览馆的方向，待我完全明白，这才嫣然一笑离去。

三环主路上已是车流如海。七纵八横的大桥，被滚滚的噪声包围，显得异常繁闹。

我走地下通道，到对面去。就在即将走出通道之际，有人在我的背上轻轻地拍了一下。啊，竟是刚才为我指路的女士！她微喘着气，连声道歉："对不起，对不起，我给你指错路了。应该就在我给你指路的那地方打车就可以了。坐公交也很方便。谢天谢地，我追上了你。"

我非常震惊地望着女士。她看上去三十七八岁，素面朝天，衣着简朴，却有一种掩藏不住的书卷气。我心想应该加她的微信，和她交朋友。她两次给我指路，她有一颗多么美丽诚信的心！可不待我说出想法，她又说，现在她安心了。她上班要迟到了，得赶紧走，让我自己返回到辅路上去就好。

她很快消失在地下通道的尽头。她在人群中的身影，是那样普通，但我却仿佛闻到了馥郁的香气，那是她热情、真诚的美德散发出的香气。

美德散发出的香气熏陶着我，也熏陶着她，熏陶着他，熏陶着我们……

一切的美德都是值得述说的。

古人云："勿以善小而不为。"帮人指路，也许只能称作"小善"。但善事愈小愈能体现一个人的情操，常为小善能成就大的美德。有美德，就有慈爱；有慈爱，就有丰丰满满的生命。

在人世间，有美德的香气弥漫，是多么温暖，多么清澈！

日月悠长，山河无恙

每个人的家乡都在累累尘埃中，需要我们去找寻、认领。我四处奔波时，家乡也在流浪。年轻时，或许父母就是家乡。当他们归入祖先的厚土，我便成了自己和子孙的家乡。每个人都会接受家乡给他的所有，最终活成他自己的家乡。每个人都是他自己的家乡。身体之外，唯有黄土。心灵之外，皆是异乡。

天风吹过"一衣带水"

卞毓方 / 文

地点，银座支线上的一家居酒屋。人员，中方两人，邓君和我；日方也是两人，小岛与加藤。座中，数我年龄最长，是邓君的师辈，他们仨是一家商社的同事，年龄相差无几。

话题是由邓君引起，他讲从北京直飞东京，一本东野圭吾的《梦幻花》，翻了不到三分之一，航程就结束了，在空中凭窗俯瞰大海，浮光掠影，一闪而过，那恍惚，真有一衣带水之慨。

一衣带水，这是中国的一个成语，早先是指长江，形容水狭如带，抬脚就能跨过，现在呢，仿佛成了中日关系的专用词，举凡说到两国间的情谊，无论口头，还是文章，总脱不了遣它出场。

小岛君肯定听得多了，有点不以为然，他说：谈到我们两国间的关系，你们中国人总喜欢讲"一衣带水"，"一衣带水"是多远哩？古代是以长江作比喻，江面能有多宽，也就是几华里吧，从这边可以望见那边，考虑到长江有一万多华里长，说它蜿蜒在大地，像一条衣带，还能说得通，顶多属夸张，就像诗人说"白发三千丈""燕山雪花大如席"。用它来象征日中两国的距离，实在太离谱，东京到北京多远？将近五千华里，单纯海上的距离，也有一千五六百华里，谁家的衣带有这么宽啊？

我把"一衣带水"在舌尖上转动了几下，像品尝一粒薄荷糖，微微点了点头。

加藤君语出惊人，他搁下酒杯，说：小岛君，您不了解中国人的思维，正是因为两国距离太远，他们才爱用"一衣带水"，既表示历史上曾经走得很近，又着眼于当前刻意套近乎。您想，要是两国挨在一起，中间只隔着一条江，他们就不会用"一衣带水"，而用关系更近的词，比如说"唇齿相依"。

这是我从来没听说过的高论，薄荷糖的感触又在舌尖复苏，我也朝他点了点头。

邓君微笑着为自己辩护（他们仨是同事、酒友加文友，这样的争论已习以为常），他说：我是中国人，我比你们更理解中国的成语。您看，中国和美国，隔着太平洋，这才叫远哪，所以我们习惯称美国为大洋彼岸。中国和日本，尽管隔着黄海、东海和日本海，我们却从来不称日本为大海彼岸，为什么呢？就因为从地理距离到心理距离，两国都挨得很近。

邓君解释他说的心理距离，包括政治、经济、科技、文化上的全面交流。他举例，中国人到了日本，往大街上一站，即使不懂日文，从招牌、商标上的汉字，也能猜个八九不离十——还有比这更近的距离吗？

我平素不喝酒，逢到辩论，也不善言辞，只有一边洗耳恭听，一边小口小口地抿。

加藤君刚要反驳，小岛君插了进来，他说：邓君讲历史上的交流，包括遣唐使是吧，您知道遣唐使的船队在海上要行多少天？因为遭遇风浪，又死了多少人？您要是跟着走过一趟，看还敢不敢说两国间的距离一衣带水。至于日文，虽然掺杂大量汉字，贵国学生有句俗语，叫"笑着进去，哭着出来"，您懂日文，应该晓得那里面的实际距离是多远。

末尾一句像是说给我听了，我学过多年日文，到老也没能学地道。

双方沿着"一衣带水"到底有多远扯下去，话题越扯越宽泛，涉及面越来越广。譬如，小岛君说到鉴真六次东渡，最后一次才成功，在海上航行了一个多月，大海是多么的浩瀚辽阔！加藤君讲起美国"黑船"叩门，促使日本改革开放，走上明治维新、大国崛起的道路，而同样是受到西方列强叩门，大清朝却丧权辱国，一蹶不振，两国的思维方式、改革道路又是相差多么遥远！

薄荷糖的感触消失，我明白了什么叫隔阂——在一只漂流瓶，从扶桑到赤县，谁能说得清相距是多少年月。

加藤君转而询问我的看法，这是一个烫手的山芋，一时不知如何回答是好。说实在的，一衣带水，这是中国人习惯使用的一个词，唯有深谙中国文化精髓的人才能悟得此中三昧。它出现在中日外交层面，不是一个长江和大海的简单借喻，而是体现了使用者的胸襟、眼光和气度。这是中国的胸襟、中国的眼光、中国的气度，外加数千年中华文化的载重。它那灵动如水袖的彩带轻轻一缩，就能缩住一份邻里相望、炊烟相织、鸡犬相闻的脉脉温情。倘若要选一个词出任中日亲善大使，喏，一衣带水就是。话是这么说，可我要怎样诠释，才能让眼前的两位日本友人心领神会呢？

我略作沉吟，接过加藤君关于明治维新、大国崛起的话头，问他：甲午战争（日本叫日清战争），日本打败了大清国，迫使清廷签订《马关条约》，割让国土，赔偿白银，您还记得具体条款吗？

加藤君仅仅记得割让台湾岛，承认有赔偿白银，说不出确切数字。

我告诉他，割让的是辽东半岛、台湾岛及其所有附属岛屿，包括钓鱼岛，此外还有澎湖列岛，赔偿白银两亿两。

我又问他：第二次世界大战，日本是战败国，中国是战胜国，日本向中国赔偿了多少？

你们没要。加藤君说。

是不是应该要？我问。

应该，这是你们的权利，但是你们放弃了。小岛君答。

是的，我们主动放弃了，这是中国一代伟人的决策。我告诉他俩，伟人站得高，看得远，一般人难以企及。我是20世纪60年代开始学习日语，"中日两国是一衣带水的邻邦"，就是那时讲开的，1972年中日恢复邦交，联合公报就是以这一句开头。我个人认为，这是一种高点视角，比泰山高，比富士山高，比飞机飞行的高度高——如果您能从宇航船上往下看，中日两国绝对像一衣带水。

说到这儿，连我都愣住了，我从没想过如此这般的阐述，这是"一衣带水"的逻辑，不由分说，不容置疑，是它把我推到这高度，嗯，还有这讲话的氛围，还有他们仁的争论，还有这敏感的年份敏感的邦交，像架天梯一样，一截一截，把我送进云霄。我定了定神，琢磨太空视角这种说法是否成立，人要是能站得那么高，岂不是成了神。

沉默。

万籁俱寂，唯有地球自转的声音伴随着心跳。

他们仨似在凝神思考。

邓君最先反应过来，说："一览寰球小，只见高山大海，不见碎石泡沫。"

也许受了邓君的影响，加藤君跟着蹦出一句中国人常用的外交辞令："求大同，存小异。"

我说的是这个意思吗？

包括倒是包括的了，但这仅仅是一部分。

小岛君望望加藤，又望望邓君，一副大彻大悟、胸有成竹的样范。

我指望他能说出更多的含义。

没有。少顷，他只是笑眯眯地甩出一句："卞先生不愧是文学家！"

模棱两可。肯定，还是否定，不得要领。

或许这是我能求得的最大公约数。人与人的沟通，不可能百分之百，何况还隔了一层国与国，到这份儿上，已属皆大欢喜。

我把杯中的清酒一饮而尽，仿佛在品咂"一衣带水"的滋味。

访崖山祠记

臧振 / 文

七百三十九年前，公元1279年3月19日（南宋祥兴二年二月初六），今广东江门市东南角的崖门以北、崖山之间银洲湖水域，宋、元大军决战。南宋军民十余万，战船千余艘，被兵员两万、战船五六百艘的元军彻底歼灭。陆秀夫背负小皇帝赵昺蹈海，十余万军民随后投海，流尸漂血，洋水浑浊，天昏地暗，悲壮无比。

今冬余避寒伶仃洋西，唯一欲访寻的是崖山海战遗址。珠海实验中学教师张根存，是我十多年前的学生，七年前曾带我去中山市翠亨村访孙文故居，这时跟我商量何时去崖山。我说3月19日，根存说那天周一事多，提前一天，定在3月18日。

此日一早根存来接，驱车向西约百公里便是崖山祠所在。

"宋元崖门海战文化旅游区"大门做成一艘海船，楹联不知何许人撰："华夏千古地，崖山忠义情。""千古"二字，一语双关，意味深长。如何回答"崖山之后无中国，明亡之后无华夏"，正是我近日反复思考的问题。

进门正前方，矗立一枚高宽两米多的"传国玉玺"。民间说大宋传国玉玺坠入崖门海底，佑助这一带七百多年来风调雨顺；更为奇妙的是向这枚放大千倍的假古董投钱，就能心想事成。绕过"玉玺"，上台阶，赫然一座"九龙壁"，大小形制一如北京北海，系某公司出资捐建。九龙壁形制起于明代。此碑何所取义？我猜测，大约象征海战之后不足百年明王朝取代了蒙元，恢复了汉人帝制。大玉玺、九龙壁、财源滚滚心想事成，这就是进入崖山祠"海战文化旅游区"第一景点的主题。这是否就是"华夏千古地"当今追求的缩影呢？

沿"行朝草市"向西，路北有三座高约三米、长约十米的"诗墙"。

第一座为田汉1962年撰、岭南关晓峰隶书《崖门怀古》：

> 云低岭暗水苍茫，此是崖门古战场。帆影依稀张鹢
> 鹢，涛声仿佛斗豺狼。艰难未就中兴计，慷慨犹增百代
> 光。二十万人齐殉国，银湖今日有余香。

老实说，此诗我不敢恭维。

第二座为明末清初陈恭尹撰、当代书法家沈鹏行草《崖门谒三忠祠》：

> 山木萧萧风又吹，两崖波浪至今悲。一声望帝啼荒
> 殿，十载愁人来古祠。海水有门分上下，江山无地限华
> 夷。停舟我亦艰难日，畏向苍苔读旧碑。

此诗作于明亡十年之后，古祠已荒芜，苍苔覆旧碑。作者从宋亡看到明亡，不胜惨怛。此诗立于此处，我看正是对于前边复古"九龙壁"的反讽。

第三座，文天祥《过零丁洋》，毛泽东草书。该诗前四句，原诗"辛苦遭逢起一经，干戈寥落四周星。山河破碎风飘絮，身世浮沉雨打萍"，诗墙上伟人的草书是"辛苦艰难起一经，干戈落落四周星。山河破碎风飘絮，身世浮萍浪打萍"。估计别有版本，亦不排除纯凭记忆，小有差错。

继续前进，上台阶进入崖山祠，"沙盘展厅""国画展厅""大忠祠""义士祠"，还有"国母祠"——供奉着随之跳海的小皇帝的母亲。

径直登上"望崖楼"遥望古战场——十余万军民惨死的地方。到这里不能不提文山《二月六日，海上大战，国事不济。孤臣天祥，坐北舟中，向南恸哭，为之诗》。诗中谈及文山被囚北人舟中，亲眼所见："……一朝天昏风雨恶，炮火雷飞箭星落。谁雌谁雄顷刻分，流尸漂血洋水浑。昨朝南船满崖海，今朝只有北船在。……惟有孤臣雨泪垂，冥冥不敢向人啼……"

凭栏西望，眼前如文山所说："六龙杳霭知何处？大海茫茫隔烟雾。"

问南宋为何惨败？文山认为败于朝中"佞臣"，他想的是"我欲借剑斩佞臣，黄金横带为何人？"我想进一步问：朝中为何有佞臣？贾似道的劣迹大家是知道的了，贾能执掌大权，除了奸诈谗佞，还因其姐是宋理宗贵妃。佞臣，层出不穷祸国殃民，靠的是皇权；皇权与佞臣，实在是分不开的孪生兄弟！

南宋苟安于杭州一个半世纪，积弊日深；被蒙古人追赶到崖山时，十余万人中，赵家余裔、宫娥彩女、宦官杂役等竟然占了多半！而北军两万，个个都是虎狼。所以说，当皇权及依附于皇权的集团成为累赘的时候，就是这个政权灭亡的日子。宋朝如此，元朝如此，明朝如此，清朝亦如此。

这摆脱不开的千古噩梦，玉玺、龙壁、宫室、财富得而复失的轮回，在距今一百年前终于被孙中山领导的辛亥革命给打断了。

下面我想讨论所谓"崖山之后无中国，明亡之后无华夏"。

何谓中国？何谓华夏？是一千年前的赵家、六百年前的朱家？还是流传数千年的中华文化？陈寅恪先生曾论及："总而言之，全部北朝史中，凡关系胡汉之问题，实一胡化汉化之问题，而非胡种汉种之问题。当时之所谓胡人汉人，大抵以胡化汉化而不以胡种汉种为分别，即文化之关系较血统尤为重要。凡汉化之人即目为汉人，胡化之人即目为胡人，其血统如何，在所不论。"就是说，传统文化在，则中国在、华夏在。元代固然有"蒙古、色目、汉人、南人"之分，清代固然有满汉之别，然其接受并居于主流的是汉文化，故所谓"无中国""无华夏"，实乃偏激之论。

接着我想议论"忠义"与"奸佞"。

《左传·桓公六年》"上思利民，忠也"，忠的标准是"利民"。《国语·周语》"考中度衷，忠也"，"忠"即中正；《荀子·臣道》"逆命而利君，谓之忠"，认准正道，事君敢于"逆命"，这是"忠"。

先秦古籍里的"义"字，注解多是"宜也"。"宜"即适宜、恰当。《孟子·离娄上》"义，人之正路也"；"正路"即"天道"；捍卫正义，有时不惜付出生命代价，故孟子云："舍生取义。"

总之，"忠义"服从的对象是"天道"而不是权力。

自有了君权、皇权，就出现了奸佞。何谓"奸佞"？即罔顾天道，唯权力是从，投其所好，谄媚邀宠，然后就可以上下其手、指鹿为马以至于瞒上欺下、祸国殃民。

"忠义"的典型，汉有汲黯，唐有魏征；其前提是汉武帝、唐太宗雄才大略。历代"奸佞"不胜枚举，原因在于，君主大多平庸。

赵宋杯酒释兵权，重文轻武；"天道"发展为"天理"，崇尚"天理""良心"。"理学"培育了大批志士仁人，如张载"为天地立心，为生民立命"，如范仲淹"先天下之忧而忧，后天下之乐而乐"。理学认为气节之士应当依据"天理""为帝王师"，这是中国古代政治伦理的一个高峰。

然而汴水边、西湖畔，奸佞滋生不绝。

崖山"大忠祠"里宋末三杰：陆秀夫、张世杰、文天祥，"义士祠"以及未入祠内的诸多文臣武将，其慷慨赴死诚可撼天动地！然未能挽狂澜于既倒，未能免苍生于涂炭。面对积弊上百年的皇权，忠臣义士无能为力。二十万军民的"忠义"，敌不过一二佞臣的祸害！大忠大奸之争斗，注定了崖山亡国之惨烈。

崖山之后，元朝接受了中原传统文化，也接受了"理学"。

明清以降，随着皇权不断加强，"天理"渐渐沉入历史长河。

当律法公理被藐视，宗教信仰被贬斥，道德理想被嗤笑的时候，人与人相处的依据还剩下什么？一是权势，二是关系。"忠义"的内涵也发生了变化，"忠"者何？权势面前逼良为奴；"义"者何？关系面前无理可讲。"忠"不再是敢谏而是臣服，"义"不再是舍生而是偷生。后果呢？就是佞臣得势，遍地腐败。

这时候，国家的希望在哪里？拙见认为，在思想界、学术界，在科学技术界，在高等学府，因为这里追求的是真理。如果在这些领域也要靠"忠义"亦即靠权势和关系来维持，那真的要被历史淘汰了！"无中国""无华夏"，绝非耸人听闻！

时代不同了。新时代需要新的观念，那就是对每个人的尊重，对独立人格意识的呼唤。陈寅恪先生提倡学者应当坚持的"独立之精神，自由之思想"，实际上就是对于封建残余所谓"忠义"的决裂。

想说的话都说了。根存同学发来完成的"作业"：仿东坡《赤壁怀古》写就《念奴娇·崖山怀古》。初学填词，不谙入声，难免出律献丑，还望识者鉴谅。

碧波无际，远帆尽，如血残阳西下。数尽黄沙，无处觅、十万忠魂烈马。帐上披袍，杯中释甲，汴水琅琊画。春花秋月，后庭舞歌歌罢。

可叹少主幼幼，小牙刚换了，身噬鱼鲨。堪负国殇，人道是，生错在帝王家。蓑猗堂中，梦随风去也，余晖接霞。山河依旧，谁说再无中华。

表妹的生命美学

丁一 / 文

　　春节前的小年夜，起大早与妻一起给迫百之年的姑父姑妈拜年，大寒节气阴冷的天下着蒙蒙细雨，越发觉得刺骨之冷。从新安开车到青山公园附近的新村，约20公里路程，我已好几年不开车了，但每年清明、中秋和春节，总会开车去姑妈家中探望，倒不是路有些远，而是手提敬老的补品有点不便。照例地不提前打电话，因为表妹不能离开二老左右。到了姑妈家门口，双手重重拍响防盗门。果然，一会儿表妹用钥匙从门背后把反锁的门打开，和姑妈一起迎了出来。

　　进门落座后，姑妈总会让表妹烧水潽鸡蛋给我们当点心，然后就是嘘寒问暖拉家常。由于姑父患有老年痴呆症已多年，总是白天睡着，晚上却精神抖擞起来不停闹腾，平时大小便从不进卫生间，就在房间里到处乱拉。以前都是姑妈给姑父擦洗，近几年弄不动了，只能由表妹照料。表妹是个有洁癖的人，为了保持室内清洁卫生，无老人怪异之味，一天要拖好几次地，喷几次消毒药水，因此每一次去拜望，姑妈家都是一尘不染。姑父总是睡在床上，叫他也叫不醒的，即使有时去偶尔见他坐在客厅里，除了姑妈，姑父也早就不认识任何人了。姑父早已过了鲐背高寿，但力气却很大，表妹尽孝心服侍着二老，却经常被没有了正常思维的姑父打得鼻青脸肿，有一次被推倒在水泥地上，一只手着地撑成骨折，就诊接骨几个月后才恢复元气。说来也是奇怪，姑父什么人都不怕，就惧怕表妹夫，只要他高声怒吓，姑父便会立即安静下来。

姑妈被姑父推倒在地，更是多得记不清次数，前两年被推得最重的一次，大腿的股骨摔成粉碎性骨折，在七院骨科动了大手术，直接用钢针把股骨固定起来，住院一两个月，半年之后才逐渐好起来，但落下了后遗症，走路有点一拐一拐。用钥匙把门反锁是为了防止姑父半夜出走，到大街上打人，这样的事曾发生过好几次，每一次表妹满街寻找不见姑父踪影，只能报警求助，附近民警和协警找到姑父，从他的衣袋里找出地址和电话后，一边通知家属，一边用警车把姑父送回家。我无法理解的是二老都已近人瑞之寿，生命怎么还如此顽强？去年姑妈患白内障，看不清东西，住了三家医院，前后近两个月，几家医院怕担高龄患者风险，都不愿给姑妈动手术，最后还是四院的眼科专家给姑妈做了白内障切除，现在姑妈的视力能达到0.7左右，真是不可思议。

更不可思议的是，姑妈每次住院，都要包一个病房，顺便把姑父也一起带去照料，全家四口住在一个病房内，像过日子似的。姑父时有狂躁，只能把他双手绑在床沿，狂躁严重时把双脚也绑上，好在表妹夫无奈时只要故意吼一声，姑父立刻就安静了。我曾在20世纪八九十年代读到过日本著名女作家的一本小说，反映日本老年痴呆长者的生活现状，日本早已进入了老龄化社会，女作家的公公就是一位80多岁的孤寡老人，患有重度痴呆病症，由女作家照料。一次，半夜时分，公公不知怎的就爬到了儿媳的身上睡着了，她被公公吓得不轻，公公身体很胖推也推不开。当时，我不能认同这位日本的美女作家，为什么要写这么无聊的情节？让我百思而不解。现在我明白了，当一个社会文明到一定程度时，伴随而来的是如何高质量赡养老人，这一问题同样会出现在我国一些发达地区。

这次去姑妈家拜年，表妹与我们聊得最多的不是二老，而是关于她儿子的一些话题。我的外甥被京都大学软件研究院高薪引进约有三四年了，学校怕他被美国的研究机构挖走，便提前给他全家办了绿卡。说起外甥的学业，还真是出类拔萃的。无锡一中毕业后，高考成绩超出北大、清华录取线几十分，是那一届的冒尖考生。可由于先天性心脏病开过大刀，这两个高校也很势利，怕中途有什么意外，均找借口不予录取。南大胆大录取了他。毕业后他考研不考那两家，直接考了中国科学院研究生院，之后一直在那里读到博士，并在深圳的博士后工作站，跟着导师开题搞我国最尖端软件开发。我是看着外甥长大的，高高的个子，说话细声细气，是个文文静静的白面书生。表妹说这次儿子儿媳回来8天探望外公外婆，顺便动员父母去京都一起生活，并说房子也看好了，就买在学校附近。表妹对我说，与儿团聚来日方长，老话有"父母在，不远游"之说，她是父母的亲骨肉，是他们一把屎一把尿一口奶一碗饭把她养大的，怎么能在父母最需要儿女照料时，忍心丢下二老不管不顾，自己远去异国？如果把二老往养老院一送，这不就是给他们"送终"吗？那种抚恤思念之情揪绝切迫，仿佛生离死别一般。

由于姑父每顿用餐，表妹都要耐心喂着、哄着他，才能咽下饭菜，为了照料好二老，表妹每天都按不同的营养膳食烹饪，以增强老人体能。为此，这次儿子儿媳回国的8天中，竟没顾得上回家烧一顿饭给小两口吃，就连相逢也是苦楚的，唯离愁别绪噎胸间。表妹细诉着那些世殊事异、母子相对无言的悲言苦语，重逢之欢哪抵得上久别之苦。言至此，表妹当着姑妈的面，在我们面前失声痛哭起来。表妹先敬老而后顾幼的伦理秩序，对父母情深如海，不觉令我为之动容。近代国学大师王国维先生在《蝶恋花·阅尽天涯离别苦》留下这样的感叹："最是人间留不住，朱颜辞镜花辞树。"时间无情，荡去了容颜，表妹为了父母，多年来尽孝心传孝道，含辛茹苦，耗尽春华无怨无悔，世人闻之亦恻然。大寒这天，我曾在相关群里留言："今日大寒，默读东汉末年文学家、'建安七子'之一王粲《思亲诗》：'穆穆显妣，德音徽止。'七旬不孝儿给先考先妣鞠躬跪敬，百拜悼念。来年大寒先考先妣百年诞辰，给先父母大人庆百岁冥寿，追思缅怀，祭奠恩德，仰承燕翼，护佑后人。"顾影自怜，看着表妹悲伤的样子，想起自己去世多年的父母亲——姑妈的兄嫂，难免会想起颜真卿那句感天动地的"呜呼哀哉！尚飨"。

此前几年，表妹刚送走和姑夫姑妈年纪相仿的公婆，公公也患有老年痴呆症，也是大小便失禁，和公婆大人住在一起的两口子，一天要给长者换好几次内衣裤，擦身洗澡。只是她的公公没有狂躁现象，也不会到处乱走。送走了公婆后，表妹把家又搬到父母亲家中，安营扎寨继续照料老人。十多年来，表妹和表妹夫就像全职护理兼保姆，完全忘记了自己的生活与生命，甚至自己的存在，更不用说还有什么业余生活和爱好了。表妹比我小近10岁，年轻时和姑妈一样是个大美女，任何时候总是挂着笑脸，人见人爱的样子。20世纪"文革"中上山下乡，我去东台插队落户已是日久，由于家庭成分不好，在那个事事都讲阶级斗争的年代，姑妈怕我以后找不到对象，就和家父商量，要把表妹许配给我，日后好在无锡给丁家留根。那时表妹才十三四岁，豆蔻年华，正如中晚唐诗人杜牧在《赠别》一诗所写："娉娉袅袅十三余，豆蔻梢头二月初。"表妹就是那早春二月枝头上含苞待放的豆蔻花。姑妈心疼我，更是关心他的兄嫂，并不清楚表兄妹之间在五代之内，非常近的近亲，几近兄妹之亲，新的婚姻法规定表兄妹是不能结婚的，家父让我在信中与姑妈说明，这事才算画上句号。为此，很多年来，表妹见到我总有点难为情。

　　表妹退休前供职于无锡某高校，我每出一本散文集，她都会向我索一册读之，表妹总说我是她的偶像。盛唐开元进士颜真卿，以清薄的酒类和家常的食物，祭扫侄儿颜季明亡灵时，写下《祭侄季明文稿》，其中几句："惟尔挺生，夙标幼德。宗庙瑚琏，阶庭兰玉，每慰人心。"我常诵之。表妹不就是那株阶庭兰玉香草仙树吗？其孝道德行每慰人心。先秦《孟子·梁惠王上》更有这样的话："老吾老，以及人之老；幼吾幼，以及人之幼。"我想表妹是践行了这些先贤教导的，待到"子欲养而亲不待"之时，表妹已尽了做女儿的孝道，上帝应该会让她心灵宽慰。然而，当今的社会是非颠倒，老养小成了时尚，还能找得出几个像我表妹这样的女儿家？姑父姑妈百年之后，表妹很快就会和表妹夫一起去京都定居，那时又要去照料她的第三代了。等到她活到了姑妈那样的年纪，也不知晚年会是一种怎样的生活……

从家乡开始

刘亮程 / 文

一、互生

家乡是母腹把我交给世界，也把世界交给我的那个地方。它可能保存着我初来人世的诸多感受。在那个漫长生命开始的地方，我跟世界或许相互交代过什么。一个新生命来到世上，这世界有了一双重新打量它的眼睛，重新感受它的心灵，重新呼喊它的声音。在这新生孩子的眼睛里，世界也是新诞生的，说不上谁先谁后，谁接纳了谁。一个新生命的降生，也是这个世界的重新诞生。这是我们和世界的互生关系。

这个关系是从家乡开始的。

家乡在我睁开眼睛的一瞬间，几乎用整个世界迎接了我。家乡用它的空气、阳光雨露、风声鸟语，用它的白天黑夜、日月替换来迎候一个小小生命的到来。假如这个世界还有什么的话，家乡在我出生的那一刻，已经全部地给了我。从此家乡一无所有。家乡再没有什么可以给我了。

而我，则需要用一生时间，把自己还给家乡。

二、厚土

家乡住着我的父亲母亲、爷爷奶奶，住着和我一同长大、留有共同记忆的一代人，还住着那些他们看着我长大、我看着他们长老直到死去的那一代人。家乡是我祖先的墓地和我的出生地。在我之前，无数的先人死在家乡，埋在家乡。每个人的家乡都是个人的厚土，这个厚，是因为土中有我多少代的先人安睡其中，累积起的厚。

先人们沉睡土下，在时序替换的死死生生中，我的时间到了，我醒来，接着祖先断了的那一口气往下去喘。这一口气里，有祖先的体温，祖先的魂魄，有祖先代代传续到今天的精神。

所有的生活，都是这样延续来的。每个人的出生都不仅仅是一个单个生命的出生。我出生的一瞬间，所有死去的先人活过来，所有的死都往下延伸了生。我是这个世代传袭的生命链条的衔接者，这是多么重要啊。因为有我，祖先的生命在这里又往下传了一世，我再往下传，就叫代代相传。

这便是家乡。它在浑然不知中，已经给一个人注入了这么多的东西。长大以后，我会有机会，回过头来领受家乡给我的这一切。领受家乡的一事一物，领受家乡的生老病死和生生不息，领受从我开始、被我诞生出来的这个家乡，是如何地给了我生命的全部知觉和意义。

三、醒来

我的散文集《一个人的村庄》，写的就是我自小生活的村庄。当时我刚过30岁，辞去乡农机管理员的工作，孤身一人在乌鲁木齐打工。或许就在某一个黄昏，我突然回头，看见了落向我家乡的夕阳——我的家乡沙湾县在乌鲁木齐正西边，每当太阳从城市上空落下去的时候，我都知道它正落在我的家乡，那里的漫天晚霞，一定把所有的草木、庄家、房屋和晚归的人们，都染得一片金黄，就像我小时候看见的一样。

或许就是在这样的回望中，那个被我遗忘多年，让我度过童年、少年和青年时光的小村庄，被我想起来了。我把那么多的生活扔在了那里，竟然不知。那一瞬间，我似乎全觉醒了，开始写那个村庄。仿佛从一场睡梦中醒来，看见了另外一个世界，如此强大、饱满、鲜活地存放在身边，那是我曾经的家乡，从记忆中回来了。那种状态如有天启，根本不用考虑从哪写起。家乡事物熟烂于心，我从什么地方去写，怎么开头，怎么结尾，都可以写成这个村庄，写尽村庄里的一切。

这样一篇一篇地写了近十年时间，从20世纪90年代初写到90年代末，我完成了《一个人的村庄》。

这是家乡在我的文字中的一次复活。它把我降生到世上，我把它书写成文字，传播四方。我用一本书创造了一个家乡。

四、先父

《一个人的村庄》写完之后，我已经三十六岁了。我一直想给我早年去世的父亲写一篇文章，可是一直无法完成。

先父在我八岁那年不在了，我忘记了他的长相，想不起一点有关他的往事。家里曾有过一张照片，母亲抱着我，先父站在旁边，一副瘦弱的文人相，后来这张唯一的照片也丢了，就这样一个没有一丝印象的父亲，我不知道该如何去写。

每年清明节，我们都要去给父亲上坟，烧几张纸，临走前跪着磕个头，说父亲，我们来过了，求他给家人保佑平安。女儿逐渐长大时，我也经常带她去上坟，让女儿知道她有一个没见过面的爷爷，一个没有福气听她叫爷爷的爷爷。

怎样去写这样一个先父，一直梗结在心。先父是三十七岁时不在的，我也到了先父去世的年龄，突然就想，过了三十七岁这一年，我就比我父亲都大了。那时回想早年丧失的父亲，或许就像回想一个不在的兄弟。再往后，我越长越老，父亲的生命停留在三十七岁不走了。尤其到了四十岁这个阶段，前不着村，后不着店，生命被悬浮在那儿，即将步入中年、老年，我不知道老是怎么回事。

假如家里有一个老父亲，他在前面蹚路，我会知道，自己五十岁的时候是什么样子。因为父亲在前面活着呢。我五十岁时，父亲七十多岁，那就是二十多年后的我自己。他带着我往老年走，你跟着他，一步一步地离开青年、中年，也往老年走，我会在他身上看见自己的老。

可是，我没有这样一个老父亲，四十岁以后的人生一片空茫，少了一个引领生命的人。

我一直在这样一个困惑中，不知该怎么去写这个父亲。

直到后来，我带着母亲回了趟甘肃老家，获得了一次"接近"父亲的机会，才完成了《先父》这篇文章。

五、后继

我们家是1961年从甘肃酒泉金塔县逃饥荒到新疆。父亲当时在金塔县一所学校当校长，母亲做教师，两人的月口粮30多斤，家里还有奶奶和大哥，一家人实在吃不饱肚子，父亲便扔了工作，带着全家往新疆跑。那个饥荒我没有经历，我是在他们逃到新疆的第二年出生的。

那年我带母亲回甘肃老家。母亲逃荒到新疆四十年，第一次回老家。我们从父亲工作过的金塔县城，到他出生长大的山下村，在叔叔刘四德家落脚。我的一个奶奶还活着，住在叔叔家前面，是叔伯家的奶奶，八十多岁了，老人家拉着我的手说，你的样子和你父亲像，说你父亲是1961年阴历几月初几回过一次家，把家里东西都卖了，房子也卖了，说是要去新疆。奶奶说的日期全是阴历，她一直活在旧历年中。临走时奶奶给我一个绣花鞋垫，她亲手绣的，我还一直保留着。

叔叔便带我们去上祖坟。我们刘姓在当地是大家族，以前有祖坟，逐渐来的人太多了，去的人也多，去的人占来人的地方，土地不够用，村里重新分配土地，就把一些祖坟平掉种地了。

我们刘家的祖坟，我父亲这一支的，都迁到叔叔家的耕地中间。爷爷辈以上先人合到一座墓里，祖先归到一处，墓前有祖先灵位。剩下爷爷辈的，父亲辈的坟都单个有墓。

叔叔带着我走进坟地说，这是归到一起的祖先灵位。我跪下，磕头，上香。说后面是你爷爷的坟，旁边是你二爷的，你二爷因为膝下无子，从另外一个兄弟那里过了一个儿子过来，顶了脚后跟。

顶脚后跟原来是这么回事。一个人膝下无子，会从自家兄弟那过继一个儿子来，待你百年后埋在地下，有人给你上坟扫墓，将来过继来的儿子去世，就头顶你的脚后跟埋在一起，这叫"后继有人"。

我这才知道后继有人的人不是活人，是顶脚后跟的那个土里的后人。

叔叔又指着我爷爷的坟说，你看，你爷爷就你父亲一个独子，逃荒到新疆，把命丢在新疆没回来，后面这个地方还留着。

叔叔接着说，你父亲后面那块地就是留给你们的。

这句话一说，我的头突然轰地一下，空掉了。

觉得自己在外面跑那么多年，我父亲带着我们逃荒千里到新疆，父亲把命丢在了新疆，但是我爷爷后面的位置还给他留着。我在新疆出生，又在外求学，好像把甘肃酒泉那个家乡给忘掉了，那个家乡好似跟自己没有关系了。但是，祖坟上还有一个位置给我留着。当我过完此生，还有一段地下的生活。在地下的祖先还需要我，等着我去顶脚后跟，后继有人。

我们要走的时候，叔叔拉着我的手说，亮程，我是你最老的叔叔了，你的爷爷辈已经没人，叔字辈里面剩下的人也不多了，等你下次来，我不在家里就在地里。

我明白他说的是跟祖先埋在一起的那个地里，我叔叔说这些话的时候轻松自若，仿佛生和死没有界限，不在家里就在地里，只是挪了个地方。在我叔叔对死亡轻描淡写的聊天中，死亡是温暖的，死和生不是隔着一层土，只是隔着一层被他轻易捅破又瞬间糊住的窗户纸。

六、温暖

我原以为甘肃的那个老家，只是我母亲的家乡，是我死在新疆的父亲的家乡，它跟我没有关系，我是在新疆出生长大的。

可是，当我站在叔叔家麦田中那块祖坟上的时候，我突然觉得它是我的家乡。

小时候见到坟头害怕，当我坐在老家祖坟地，坐在叔叔给我留下的那块空地上，竟觉得那么温暖，像回到一个悠远的家里。

我想，即使以后我离开世间，从那个村子里归入地下，跟祖先躺在一块，好像也不会失去什么。那样的归属就在自己家的田地中，坟头和村庄相望，亲人的说话和喊叫时时传来，脚步声在坟头上面来回走动，一年四季的收成堆在旁边，那样的离世，离的不远，就像搬了一次家。

我们没有像基督教那样建造一个天堂，但是，我们在家乡构筑了一方千秋万代的乡土。这乡土包含我们的前世今生，过去未来，这个能够安顿我们身体和心灵的地方，是我们的家乡。

七、复活

从老家回来后，我找到了写先父的知觉。我从那个家乡的厚土中，把父亲找了回来，我也从祖先、爷爷到父亲那样一个家族血脉中，找到了我自己的位置。突然之间，觉得我可以跟父亲对话了，他活了过来。

《先父》的第一句就这样开始叙述："我比年少时更需要一个父亲，他住在我隔壁，夜里我听他打呼噜，费劲地喘气。看他弓腰推门进来，一脸皱纹，眼皮耷拉，张开剩下两颗牙齿的嘴，对我说一句话。我们在一张餐桌上吃饭，他坐上席，我在他旁边，看着他颤巍巍伸出一只青筋暴露的手，已经抓不住什么，又抖抖地勉力去抓住。听他咳嗽，大声喘气——这就是数年之后的我自己。一个父亲，把全部的老年展示给儿子，一如我把整个童年、青年带回到他身边。可是，我没有这样一个父亲。"

一段一段地写，向早已不在的父亲诉说。当我写完时，我把这个早年丧失的父亲从时间的尘埃中找了回来，同时我也找回来一个遗失的家乡。

八、家谱

家乡是跟我们血肉相连的那个地方。回到家乡，便知道自己是谁了。上有老下有小。往上有我叫爷爷的，往下有别人叫我爷爷的，我在中间。这就是一个人在家庭中的地位。找到这样一个位置，一个家族体系便构架了起来。

我在甘肃酒泉老家的叔叔家，看到了刘家家谱，小楷毛笔字写在一块大白布上。叔叔告诉我，这是我父亲抄写的。我第一次看见父亲写的字，端庄力道，每一笔都写了进去。

父亲抄写的刘氏家谱，自400年前，祖先从山西大槐树迁入酒泉开始记起，顶头孤零零立着最早来到酒泉的那位祖先，他是一个人，一根独苗，但他下面跟了4个儿子，生命开始分叉，4个儿子又各自生出儿子，分叉出更多支脉。400年里那位刘姓祖先的子孙，已经繁衍成一个庞大的根系。我看着写在那块白布的家族谱系，那样的排列形式，就是一棵大树的繁茂根系。这个谱系里的所有名字代表的人，都在土里，都结束了地上的生活，回到这个家族的根部。而土之上对应的，该是这个巨大根系连接的一棵参天大树。那个树的主干是在世的爷爷辈，枝杈是父亲辈，儿孙辈在繁茂的树梢上，继续分枝展叶。

我父亲抄写这份家谱时，二十来岁，是家族供养出的唯一懂文墨的秀才，他那时不会想到自己会在不久的饥馑年逃荒新疆，颠沛流离，把命丢在异乡。但是，他一定知道自己在家谱中的位置。我在叔叔后来整理的装订成册的家谱中，看见了父亲的名字，他已经安稳地回到族谱了。

　　我也知道自己的名字迟早会被写在那里，跟在父亲的名字后面，这个不急，我走进族谱，还有很远的路。但是，不论我走到哪里，我都会回到这册家谱里，回到刘氏家族的厚土根部。

九、归入

　　这是我们中国人的家乡，在土上有一生，在土下有千万世。厚土之下，先逝的人们，一代头顶着上一代的脚后跟，在后继有人地过一种永恒生活。

　　因为有他们在，我们地上的生活才踏实。在那样的家乡土地上，人生是如此厚实，连天接地，连古接今。生命从来不是我个人短短的七八十年或者百年，而是我祖先的千年、我的百年和后世的千年，世代相传。

　　有家乡的中国人，都会有这样的生命感觉，千秋万代都是我们的血脉。未出生之前，我已在祖先序列中，是家乡土地上的一粒尘土。待出生后，我是连接祖先和子孙的一个环节。

　　家乡让我把生死融为一体，因为有家乡，死亡变成了回家；因为有家乡，我可以坦然经过此世，去接受跟祖先归为一处的永世。

十、故乡

　　每个人的家乡都在累累尘埃中，需要我们去找寻、认领。我四处奔波时，家乡也在流浪。年轻时，或许父母就是家乡。当他们归入祖先的厚土，我便成了自己和子孙的家乡。每个人都会接受家乡给他的所有，最终活成他自己的家乡。每个人都是他自己的家乡。身体之外，唯有黄土。心灵之外，皆是异乡。

家乡在土地上，在身体中。故乡在厚土里，在精神中。

我们都有一个土地上的家乡和心灵精神中的故乡。当那个能够找到名字、找到一条道路回去的地理意义上的家乡远去时，我们心中已经铸就出一个不会改变的故乡。

而那个故乡，便是我和这个世界的相互拥有。

我有一匹马

鲍尔吉·原野 / 文

大年初一早上，窗外雪片飞舞。在我们赤峰这个地方，好几个冬天没下雪了。大街上，人们拜过年还补充一句：下雪了，彼此咧嘴笑。小雪花不止于降落，它们在风中像小蜜蜂一样左右乱钻，最喜欢钻进人的脖子里暖和一下。

这一天是我妈乌云高娃的生日。新中国成立前她就参加革命了，那时她十四岁，如今八十四岁。我妈戴上纸王冠，吹灭生日蜡烛，双手捂着脸，流下眼泪。

雪越下越大，我爸那顺德力格尔看着窗外，说："这时候我们到塔湾了。"他的话很奥妙，像电影独白——"这时候"说的是1948年2月，即七十一年前。这个时间概念包括辽沈战役。"这时候"他是内蒙古骑兵二师的战士。在沈阳西北角的塔湾，他们连接到进攻命令，士兵们扔掉多余的东西，这是要拼命了。我爸脚伤不能行走，连长罗宝把他扶到马车上，给他一百发步枪子弹。说到这，我爸瞪大眼睛，"一百发子弹，从来没发过这么多子弹，这仗不知道多残酷呢。"他眼看着连队全体上马，举刀，隐没在炮火里。作为孤独的伤员，他准备打光所有子弹，死在这里。

我军胜利了。在战场上，士兵用耳朵判断胜负——枪炮声渐弱，周遭宁静，硝烟在雪地上渐渐变淡。我爸今年（指2019年）九十一岁，头发茂密高耸，鼻管挺直。他透过玻璃窗往东看，东边是我姐塔娜住的小区以及他想象中更远处的沈阳塔湾。

这里是阳光小区，我和父母住在这里，我媳妇在沈阳照顾她母亲。我们仨聊天，我说四五十年前的事，他们在说六七十年前的事。而竟日开着的电视机，在播报当下的新闻，比如港珠澳大桥是世界最长的跨海大桥。这场景像话剧，我们轮流上场，讲述时光的往事。时光在某一瞬间重新组合时，平淡的生活会变得庄重起来，你成了历史的讲述人。

父母老了，越来越想念自己的故乡。我不敢带他们外出旅行，我的任务是访问他们的故乡，带回照片和见闻跟他们分享。去年春天，我拜访我妈的出生地——巴林右旗白音他拉乡宝木图村，这里也是著名诗人巴·布林贝赫的故里。村书记孟克白音带我看过我母亲出生的院落，面积二十亩许，当年是她祖父平乐爷爷的宅院。孟克白音说，有人想租这个地方办企业，村里没同意，建成了养老院，叫平乐养老院。我妈听到后十分高兴。她说平乐爷爷一定赞成。她有五十多年没听过这个院子的消息了。2019年1月，我到科左后旗的胡四台村探望病中的堂兄朝克巴特尔。这里是我爸的出生地。回来，我跟我爸说："经过胡四台全体村民的不懈努力，把你老家给建设没了。"我告诉他："你经常回忆的白茫茫的沙坨子没了，现在除了玉米地就是林地，没空地。狼和狐狸也没了，胡四台村五里外就是高速路。现在，你们村跟朝鲁吐镇连上了。"

“咋回事？”他问。

“房子和房子连在一起，变成一个大镇了。”

他表情变化有如云影从草地上滑过，那是几十年的光阴倏尔而逝。

我去过一些地方并在那里跑过步，算一下，大概有国内的一百八十八个市县区。我喜欢顺着江水流淌的方向在江边跑步，水快则快跑，水慢就慢点跑。按规律办事。汉江流域的汉中、安康、襄阳和武汉的江边都留下过我的足迹。在汉中的江边，两只朱鹮一前一后从我头顶飞过，它们通体橘红兼带粉色，翅膀和尾羽舞动流苏。朱鹮知道我们这些名为人类的人轻易见不到它们，故不高飞，并慢飞。我想如果我是古代人此刻一定纳头便拜，但那会儿少看好几眼啊。我看朱鹮融入天际，而它在天空俯瞰到什么呢？明代修造的梯田里长满金黄的稻子，稻子们此刻正隐藏在柔纱一般的白雾当中。在安康的江边，往左手看，莽莽苍苍的大山是秦岭；往右手看，莽莽苍苍的群峰是巴山。巴山秦岭终日对视竟千万年，由此雄浑。我在广州的珠江上夜跑，被搅碎的灯光在江流里神秘眨眼。江边有卖水果的摊子，情侣们倚着栏杆相互对视。

我把这些见闻讲给父母听，我爸说：“嗨，咱们国家大啊。”我妈说：“咱们国家好。国家不好，大有啥用？”在谈吐上，我妈每每显出比我爸水平高一些。我爸想半天，说：“嗨，就是。”他们说的好是安宁，虽不能囊括当今中国全部的强大，但身为百姓，生于斯土，所求者不过斯民安宁。

中国太大了，走也走不完。我坐车穿越大兴安岭，从车窗看到在森林里摘蘑菇的人，脚穿令人羡慕的高腰红雨靴，左胳膊挎衬蓝布里子的柳条筐。我想下车变成他，从此生活在大兴安岭。有一位诗人说他喜欢抱树，我也是，虽然不会写诗。我见到那些粗壮带红色鳞片的松树，见到长着大眼睛的杨树，就想上前拥抱并跟它们贴一贴脸。

我退休后，母校赤峰学院请我去当特聘教授。当年我是赤峰学院前身的前身赤峰师范学校1977年入学的中专生。那时候学校只有两百多个学生。现在它成为有二十三个学院、一万多学生的全日制本科院校。学院与我商议为学生们开什么课，我说讲什么都不过是一个切入口，我们需要给孩子们阐述美。美不软弱，更不虚无，我们通过诗文告诉孩子们国土广阔之美，文章渊深之美，还有人生的刚健之美、善良之美和朴素之美，我觉得这可以是一个持久的话题。在中国行走，放眼高天厚土，万壑群山，我们不能对之无视、无感，不能放弃从中汲取善的力量。

6月上旬，查娜花（芍药花）在牧区开放。雪白的、茶碗大的查娜花，像天上的星星收拢翅膀留在草原过夜，忘记回家。七十三岁的牧民班波若指着窗外的山坡对我说："这么好的花开了，我们的孩子却看不到。城里多了一个大学生，牧区就少一个年轻人。这么辽阔的草原，以后留给谁呢？"说着，他用掌根抹脸上的眼泪。我什么都说不出，屋子里静得像能听到泪水流淌的声音。我听到我的眼泪落在采访本上。牧民们多爱自己的家园啊！他们爱小满时分从南方飞回的小黄鸟，爱芒种时分飞回的小蓝鸟，证明他们的家园美好，小鸟都抢着飞回来。他们忌讳往河水和火里扔脏东西，他们转移蒙古包、拔掉系绳索的木桩时，把留在地上的洞填土踩实，以期明年长出青草。

我在翁牛特旗海拉苏镇采访。镇政府食堂的女厨师给我端来一盘馅饼，说这是她哥哥用野芹菜汁泡软羊肉干和的馅，她烙的饼。"你哥哥怎么来的？""骑马，三十多里路呢。"

我到巴林右旗和阿鲁科尔沁旗采访。几位牧民为我一个人举办赛马，七匹骏马在细雨中嗒嗒跑远变成小黑点，又从小黑点嗒嗒跑来变成骏马，好几圈。我心想快结束吧，感觉愧对马。有一个镇的干部们带家属在美丽的罕山脚下为我举办蒙古语的诗歌朗诵会。有一个村为我办过篝火晚会。从四面八方骑马骑摩托车来到的牧民们，大人孩子，一个一个从我身边走过，借篝火的光亮看我长什么样。我实在忍不住，躲到远处的老榆树的阴影里痛哭不已。是的，我在接过馅饼、听他们朗诵、看到细雨里的奔马时都流下了眼泪。这时候，所谓深入生活，实为生活深入到你心里。像山坡吹来的风、像瓢泼大雨那样抱住你，冲刷你身心的污垢。你会像蒙古黄榆一样坚韧，脸上有牧民那样纯朴的笑。

几天前，我给我爸放了一段《骑兵进行曲》。

我爸说："嗨，我们这些骑兵，其实只有一匹马，一杆枪，一把哈尔滨生产的战刀。我们呐，1948年冬天围困长春，身上就穿一件单衣服，白土布用黄炸药染的。我们那时候，除了人厉害，别的啥都不厉害。"

我爸总结得多好——"除了人厉害，别的啥都不厉害。"我爸就属于那个时代的人。他念念不忘的，是他的老家胡四台村和他的战马——"夏日拉咩饶"——带一点杂色的白马。1949年10月1日，我爸是开国大典受阅部队之一——内蒙古骑兵白马团方阵的受阅士兵，那年他21岁。

近来我脑子里一直有一个东西嗡嗡响，它叫《诺恩吉雅》。这是一首蒙古族民歌的名字，也是一位蒙古族女人的名字。这首流传百年的民歌与《嘎达梅林》堪称双璧，俱为瑰宝。赤峰市正在筹划创作交响曲《诺恩吉雅》，由赤峰交响乐团演出，我来准备文学脚本。我查阅一些资料，把这首曲子听了上百遍。越听越觉得这不只是一个姑娘出嫁的故事，是思乡，是依恋父母，是河流与大地。歌者可以在歌声中放入所有美好的怀念。我发现，诺恩吉雅其实也是我，我或我们，同样爱着家乡，爱父母，爱草原上的万物。

下面我要说一说我的马。我有一匹马，这匹鬃发飞扬的蒙古马此刻正在贡格尔草原上吃草或奔跑。2018年8月，我的散文集《流水似的走马》获得第七届鲁迅文学奖，赤峰市委宣传部专门召开现场直播的表彰会，对我褒奖。面对直播镜头，我一时慌乱，不知从何说起，只想大哭。我在答谢词中说："我是西拉沐沦河岸边的一株小草，是旭日的光线把小草的影子拉得很长，使它像一棵树。"会上，赤峰市委、市政府授予我"赤峰市百柳文学特别奖"并奖励我一匹克什克腾旗的铁蹄马。后来我看直播的视频，发现我长相开始像马了，窄长脸，眼神机警而有野性。对我来说，马是更好的归宿。作为马，我已没有追风的神勇，我是草原上温驯的老马，低着头，驮着我爸我妈和我的文化使命，慢慢往前走。可庆幸者，这里有让马喜欢的草、风和流水，这里是我可爱的、飞速发展的故乡。这里是我的祖国。

行走大麦村

刘荒田 / 文

　　"大麦"是离居处最近的城中村。岭南并非不产麦，但小麦和稻子没得比，此"麦"也许不指这个村庄从前所栽的庄稼，而是一个大姓——麦。我回故土居住期间，隔三岔五地走一段单行道（偶有逆行的车子），因太窄，要提防前后疾驶的汽车，好在路一边是落羽杉，一边是紫荆树，荫得浓密是不消说的；经过一道桥（桥下是接通居民区污水管道的河涌，浑浊，多的是被肥腻污水喂大的鲫鱼），拐一个弯，就是它。

　　春日迟迟，我往大麦村走去。阳光因受足够多的绿叶遮蔽，并不凶猛，但空气是不客气地煨热了。为了对得起季节，该插秧了，不管布谷鸟催不催……我正沿"村"的意象想农事，一位年轻男子骑着电单车经过，一眼瞥见车上的大字——"圆通快递"，便高声唤他："师傅，收不收快递件？"他没回答，但把车停在路旁。我惊喜。明天就要飞往旧金山，今天务必代彼岸的友人把一本杂志寄出去，正为了找不到快递公司而发愁。

　　我把地址递给他，他随即在人行道上，打开手机，做"收件"的功课：输入姓名、地址、电话，地址一栏须标明哪个区，我漏掉了。"中山大学属什么区？"小哥问我。我瞎猜一通。他打电话问服务中心，几经周折，得出答案："海珠区。"他要么打电话，要么在小小手机上打字。我端详他，20多岁，中等个儿，大街上一抓一大把的，连是"精"还是"笨"也无从判别的普通脸，但覆盖额头的细汗珠吸引了我，是落在光滑坡地的停匀的春雨啊！单是这体力劳动者的"标配"就让我产生信任。足足费了20分钟，他才把手续办好，把单子的追踪号码写给我。我问多少钱，他说8块。如此说来，他自己顶多赚两块。我多给他两块。他感谢不迭。

然后，走进大麦村。被刚才的遭遇牵引，我回忆起与它的因缘。大麦村该是城内最小的行政单位，我多次从貌似"村委会办公室"的平房前路过，总看到红纸黑字的报告，要么是年过65岁居民免费体检，要么是从前"只生一个"如今又"有了"的妇女孕前检查，要么是派息、征兵、换水管。这些与我并无关系。

而且，它的居民，"原住民"（他们多数靠收租，活得超乎寻常地滋润，只要看老屋均已拆平，而在原址建造的六七层公寓就可推算其收入），加上外来的租客（刚出校门的大专生、清洁工、餐厅服务员、厨师、建筑工、洗脚妹），少说也有上千人，但带姓名的我只认识一位——30出头的梁乃荣。他在村口开"宏畅"手机店，我第一次回来长住时就打过交道，叫他"梁师傅"。举凡手机充值、换手机、换苹果平板电脑的电池，我都找他，连带地熟悉他一岁多的儿子。我也帮过他的忙，只一回——两个刚刚从密歇根州来当外教的美国白人进店买手机卡，中国话结结巴巴，把脸憋红了，我居间翻译。

怎么说，我对不产"麦"的大麦村的了解，也仅及表层。比如，六年前，我从外头归家，到门口掏口袋，才发现没带钥匙，而带钥匙的老妻远在百里外。时已中午，饥肠辘辘。我走进这里的包子店，买了三只又大又松软的山东馒头，一瓶豆浆，才10来块钱。但老妻对此甚有微词，说她亲眼见到包子铺门前，有的是嗡嗡的苍蝇。好在肚子争气，吃下去整天没有动静。去得频繁的是手机店，梁师傅一家迁往深圳，他自己从小老板变为高级打工仔，"宏畅"依然宏畅，店主变为大咧咧、懒洋洋的年轻人，自称是梁的老乡，即潮汕人。我去充值，看到他永远把多毛的腿高高地搁在玻璃柜台上，且从来没好声气。其次是蔬菜档的湖南籍夫妻，他们永远是不冷不热的，买什么给什么，不像惠景市场里头的同行，人家多会和顾客套热乎。女摊主清楚地记得我买过最老的"糯米粟"和最嫩的芥蓝，老远就打招呼："刚到，保证你喜欢，看。"把被翠生生的绿叶包裹着的玉米棒高高举起。"还有芥蓝……"个中的差异，可能是租金造成的，带屋顶的市场内，摊档月租过3000元，这儿顶多数百元，作为地主的大麦村，不会过分为难摆地摊的穷人。

如果我照搬美国地产商的"金科玉律"，房地产投资三要素为：地点、地点，还是地点，这里不算理想。我前年看了一份公安系统的简报，上面开列的十二个"治安黑点"，有大麦村近汾江路的一处，罪案为抢包和扒窃。但我无论白天黑夜，从这里进进出出，肆无忌惮，从来没遇到麻烦。别说暴力，连白眼也没人给我抛来一个。

许多时候，为了抄近路，偶尔为了探险，我经过两三家货物齐备，一律价廉物未必美的超市，拐进大麦村最幽深的小巷。那是炎夏的午间，巷子的水泥路，被阳光烤出电弧焊的光。哪里都静悄悄。乡村的巷子，即便空无一人，也有母鸡率领的叽叽喳喳的小鸡群和老成持重的狗，这里却只有紧闭的门，旁边照例贴着招租广告。缘由不言自明——住户都上班去了。

一年年下来，和大麦村的亲切感分毫没减，尽管偶然被捉弄，比如，前年我路过街口的保安亭（门房不管治安，只给来往车辆按开关，打开横杠，我一直搞不清这横过街道的杠子的功用，说是为收费而设，但没看到驾车人以手机刷二维码付款。据说，只限制非住户的车子停在里面过夜），看到小广告：出卖特制充电绳，我买了一根，20块钱，不到两个星期插头处就断裂了。

今天，我和快递哥道别（临走时我偷偷用手机为他拍照，以便追踪快递件），走进大麦村。不是没有目的——为新手机输入全部电话号码。我踱进"宏畅"，20来岁的小伙子百无聊赖地看手机里的电视剧。我把来意说出，他说你从网上下载一个软件，自己能搞定。说完，把软件名字写给我。我说，我出钱，你来干。他有点不情愿，看出来不是怕钱咬手，而是认为连这么简单的活计也接，有点丢脸。他开价10元，获我同意后干起来。我边看边和他闲聊，知道和我打过几次交道的大咧咧的老板是他哥。10分钟，事办完，我为了奖励，充值加买数据线，多花了240元，看到年轻的脸上，泛起一层细细的汗，和快递哥一样。我欣慰地微笑。

出店门，在小街徜徉，明天就要远行。退休后年年如此，无所谓离愁，然而我在一家小不点的理发店前驻足时，一张红纸上写着："单剪：10元；按摩：30元；拔火罐：68元。"红纸下方的纸片上写着："招工：煮饭工一名，薪金面议。"心隐秘处一根弦被拨响。

我对大麦村的依恋，其来有自，那就是童年的小镇。一个甲子消逝，哪里藏着对它的暗示，哪里就是灵魂的故乡。看，这无人光顾的理发店，仿佛就是我儿时所住铺子对面的"剪毛铺"，炎夏，它面前照例有两只土狗蹲着，把舌头伸得老长，涎水闪着光。我是被祖母揪着耳朵进去的，小孩子谁喜欢困在带大人臭汗味的围巾里，挨又钝又慢的剪子折腾呢？动手的是和蔼而蔫的成叔。他给我看"公仔书"，《三国演义》系列的《诸葛亮安居平五路》，是钉在木板上的，为了提防被顺走。天花板上，老发出轻微而悦耳的嘎嘎声——一块用手拉得动的长方形布帘，就是风扇，秋千一般来回晃，一个短暂的期待之后是短暂的凉爽。

明明知道，艰难莫过于把大麦村和我的小镇作类比，二者简直是风马牛。我自问，"家电维修"（电信王者套餐，手机流量不限量），"华新"社区便利店，"石湾玉冰烧"，"绝对"理发，房屋招租，10M真宽带，4G开户，网速翻倍，峰值330Mbps，0月租4G易通卡，6分钱打遍全国，……小镇怎么会有？我闭上眼睛，栩栩如生的是邻居们：身躯细瘦的李牙医，他俯身替别人拔牙，系眼镜的红绳子垂下来，他身后的厨房，冒出药材、花生炖猪脚的香味，那是有钱人家才有的霸道气息。永园饼家的老板娘，黄昏时喂最小的儿子吃饭，碗里照例有一段红彤彤的腊肠，那是给路人看的，顽皮小子每次张口要吃，腊肠块就从汤匙边沿"掉"进碗里。

一位比我年轻约15岁的大叔从"康群"药店（里面从来看不到顾客）踱出来，在"'天下水'自助洗衣烘干（24小时）"的招牌下稍停，把大屏幕手机端平，贴近多胡须的嘴唇，喃喃说话，这是用语音功能发微信。五六十年前，连"楼上楼下，电灯电话"也只悬在"社会主义蓝图"上，然而，我居然从他的胡子，想起儿时在我家店铺的骑楼卖黑皮蔗和豆腐花的"传康公"。傍晚，他刚刚用石膏拌好的一大木桶豆腐花从小巷的家抬到摊档，小孩子蜂拥而来，带鼻涕的小手拿着一分钱、两分钱的纸币，争先恐后地买。年过50的传康公却不搭理，就着档上的大号煤油灯看连环图《一个顽童的转变》。这本书是我父亲白天去县城办事，从新华书店买来的，交给我时特别叮嘱：学学人家。因为一年级的班主任刚刚来店里告我的状。我坐在门外看得入神，传康公一把抢去，他是头等小人书迷。于是谈判，让他看三分钟，条件是小半碗豆腐花白送。交易达成，我把豆腐花倒进嘴里，只消一秒钟。他争分夺秒地看，我等不及。他无奈地说："时间没到呢！"我说："到了到了。""好好，你真会赖。"传康公又从冒热气的木桶舀出小半碗，我在小伙伴们妒忌的目光下端走青花碗，仰头倒进嘴里。又来追讨。"催命鬼呀！"传康公把书放在一旁，又去为我舀豆腐花。恍惚间，眼前的"传康公"声调提高说："明天'福临门'见。"原来身边有一位年老路人在打手机，我被惊醒了。

　　在我的童年，这样不存在饥饿、物品短缺、恐慌、困惑的场面不多，所以记得格外牢，原来，"记吃不记打"是普遍的人性。而况，童年所遇到的大饥荒里，能记下的"吃"不多。走过"福建云吞王"，年轻的老板娘在厨房外的桌子上包云吞。门外一个临时架起的小摊，两个年轻人坐在折叠凳上，兜售无线上网卡，罗列的优惠不少，但似乎没人感兴趣。我的思绪飘移，云影一般落在1960年的小镇，饥荒已临，街上不时见到双腿浮肿，走路打晃的路人。也是下午，靠骑楼柱子坐着的，是最资深的小贩就叔，他的正业是摆摊，所卖之物随时变化，从阳江菜刀到生切烟丝，但爱好是恒久的——为业余排球赛当裁判，至不济也当看边线的。因家乡人的排球术语多从英语照搬，如"球"叫Ball，决胜分叫"Twenty""Twenty one"，"界外"叫"Outside"。就叔本来就仙风鹤骨，如今更因一连数月喝被称为"美女照镜"的稀粥，脸孔有若骷髅，所以被街坊闲人称为"Outside就"。他不知从哪里弄来几条番薯，放在小炭炉里烤得表皮焦黄，满街散逸甜甜的焦香。他没气力叫卖，只是靠柱子而坐，头深深地下垂。行人经过，贪婪地吸吸鼻子，甩下一句：你不吃掉番薯，恐怕要当"界外球"。果然，不久他辞世……

卑微之地，杂乱之地，宁静带着与世无争的窝囊，无序却透出野蛮生长的活力。且看广告牌，牛皮癣一般的小广告，被多次覆盖，已难辨认。两张是广告公司制作的，面积大且有气派，小广告不敢冒犯。其一是专办"车贷、保单贷、商品房一押、二押"的公司，向这样的人招手：付出多回报少，心里憋屈的；想实现财富自由，时间自由的；想主宰自己的命运，有大格局的……吸引我的是一家餐馆的招聘，它叫"蛙来哒"——"最嗨皮的牛蛙馆，中国第一家以蛙为主题的美食餐厅，十二种原创口味炭烧牛蛙。2013

年'新浪长沙美食年终人气总评榜，新浪长沙美食最佳金牌单品奖'"。服务员的月薪为3000—3200元。

我不敢小看地道的低端社会，它能够蕴积惊天动地的力量。我走出大麦村，过桥，行道树的另一边是一片占地数十亩的空地。因为我家阳台面对的就是它，故而十分亲切，最关心它将来的用场。住在河涌另一侧的朋友告诉我，这块空地所有权属于大麦村。它长年撂荒，草树茂盛，十年下来，竟有"树林"的气象，但前年开来掘土机，绿色被彻底清除，成为平地。原来，一位开驾驶学校的老板把它租下，辟为教练场。就在行将开张之时，大麦村的村民和附近的住户，联手举行卓有成效的抗议活动，拉横幅，游行，向政府请愿，向环保部门施压，终于把尘土蔽天、车辆横冲直撞、噪音四播的教练场生生扼杀。于是，它又一次被生机勃勃的绿色覆盖，但和从前稍有不同，那就是多了若干菜垄和挑水浇菜的女子的娉婷身影。公民社会的雏形，隐藏在这里。

次日，坐友人的车往机场，飞往旧金山。从汾江南路看大麦村口的牌坊，我遥致敬礼。

"电柱地下埋入"

林江东 / 文

岁月沧桑，三十几年如白驹过隙，转瞬而逝。那个金色的季节，那份日文杂志诡谲的标题，那道犀利的目光，在我的记忆里依然清晰如昨。

1985年，金风送爽的季节，时任国家经委副主任的朱镕基率质量考察团访问日本，我作为翻译随行。从日本的关东到关西地区，考察团的足迹遍布日立、松下、富士通、全日空等大企业的车间、培训中心和质量检测中心，深入考察、学习日本质量管理的经验。

在东京飞往大阪的飞机上，我坐在朱镕基主任的座椅旁。尽管考察日程十分紧张，但他脸上没有显露出一丝倦容。他时而透过舷窗眺望如雪的白云，时而低头沉思着什么。这时，一位空中小姐带着甜美的微笑送来几份日文杂志。我接过来一页一页翻看着，镕基主任也随手拿过去一本，饶有兴趣地翻阅。突然，他的目光停留在一行醒目的大标题上，似乎发现了什么"新大陆"。

"这标题是什么意思？"他用略带湖南口音的普通话问。这声音似乎很随意，而我听起来却像考官的质问。镕基主任精力旺盛且有股一丝不苟的精神。每到一处参观，他都要提出各式各样的问题，使日方应接不暇。现在，考察团的团员大多都闭目养神了，他却对这条标题产生了极大兴趣。我赶紧接过他手中的杂志，把那个标题仔仔细细看了好几遍。

日文真是一个奇特的语种。它借用了大量的汉字，常用汉字就有近两千个。并利用汉字的偏旁部首创造了假名，又用汉字和假名组成了似中文非中文的句子。因此，学习日语乍看容易，其实很难，即日语界常说的"笑着进去，哭着出来"。

此日文标题，若去掉假名，剩下的汉字就是"二〇〇〇年日本地下电柱埋入"。日文的"电柱"就是俗称的电线杆子。其他日文词语和中文意思基本相同。组合起来的句子貌似简单，但对于初出茅庐且不懂技术的我来说，真是绞尽脑汁仍百思不解。

我反复在心里琢磨着这个句子，总怕拿不准，不敢译出声来。这时，我抬头看到他等待而又疑惑的目光，似乎在说："翻译官，这么简短的句子都译不出来吗？"

时间不容我再思考下去，强烈的自尊心敲打着我，只好硬着头皮说："它的意思是：到二〇〇〇年日本将把电线杆埋入地下。"出口后，又犹豫起来，这电线杆子又高又粗，怎么会埋入地下呢？从逻辑上似乎讲不通啊！但从语法和单词看就是这个意思，绝对没有错。我在心里暗暗骂这位日文杂志的编辑，怎么会登出这么个古怪的标题！

镕基主任听后，两道浓眉又紧锁起来。他沉思了一会儿，摇了摇头说："其意，是不是到了二〇〇〇年，日本将用地下电缆和光缆替代电线杆子呢？"

那时的我，科技知识贫乏，根本弄不清什么叫电缆光缆，只好不置可否地没有作声。这时，听到一句简短而又似重锤般的声音："今后多学习一些科技知识吧！"接着，从他浓黑的双眉下，一道犀利的目光直射过来。这目光似锋利的剑，直戳到我知识结构的薄弱之处。顿时，全身的血液像沸腾一般，脸涨得通红滚烫，一直红到耳根。

那道犀利的目光带着一股敏锐的洞察力，似乎可以穿透茫茫宇宙，看到斗转星移的未来。它又似茫茫大海上竖起的灯塔，照亮一只在海浪中颠簸的小船的航程。

三十几年后，再次想起那个令我尴尬的日文标题。其实，它是一种形象幽默的隐喻，直译为"把电线杆子埋入地下"没有错，但它真实的意思是：取消电线杆子，把架空电线埋入地下。正如朱镕基同志所理解的那样：用地下电缆代替地上的电线杆子。但是，只有懂得电力技术的人才能理解日文的这层意思。

"架空线入地"这项事业对于城市改造来说虽然工程浩大，耗资巨额，但它美化了市容，净化了天空，通畅了交通，正是世界各国城市改造的必经之路。正因这次的尴尬，让我牢牢地记住了"电线杆埋入地下"的课题，这一记，就是三十几年。

时光匆匆飞逝到21世纪。今年（2019年）4月访日，在京都琵琶湖旁的大津休息站，摆放着许多介绍当地旅游的广告资料。我的目光突然落在一张"向无电柱化推进"的宣传材料上。这是由国土交通省近畿地方整备局印制的。

拿在手细看，"无电柱化"不正是我关注了三十几年的"电线杆埋入地下"的课题吗？只是语言表达方式不同而已。这份材料毫不隐讳地列出了日本与世界各国的"无电线杆化"的现状。目前，伦敦、巴黎，甚至中国的香港都实现了百分之百的无电线杆化，韩国首尔也达到百分之四十六，而日本东京二十三区只有百分之七，大阪仅百分之五。不知是哪一年的数据，资料上没有注明。日本在"无电线杆化"方面竟然如此落后！简直令我难以置信。但这是日本官方印制的宣传材料，又不能不信。

于是，我又多方查找有关数据，日本国土交通省公布的数据略高一些。2017年日本全国范围（城市市区的主干道）无电线杆率为百分之十五，在日本大城市中，大阪市为百分之三十五，名古屋市为百分之二十一，首都东京主城区达到百分之四十一。

不过，这个数据还是让我跌破眼镜，忽然意识到：三十年前那份日本杂志对日本"二〇〇〇年电线杆埋入地下"的预测是极其不靠谱的。或许，那只是学者的一己之见而已，或许，仅是预测了日本城市改造的方向。

眼见为实，此番我们从关西到关东周游了一圈，竟然发现很多街道上空还都保留着密密麻麻的架空线，仍如动漫《灌篮高手》里的经典画面那样，竖着电线杆子的街道，交织着横七竖八的架空线，倒是令人感受到一股浓浓的怀旧风情。

恰巧我们去镰仓时，住在了大船饭店。从窗户向外眺望，远处山坡的绿树丛中矗立着一尊洁白的观音像，低头敛目，略带微笑，一种宁静奥秘的美感人肺腑，扣人心弦。于是我走出饭店欲拍几张观音照。然而，饭店旁七八条电线交叉地横在空中，宛如一张"黑色蜘蛛网"。找了许多角度试拍，都难以摆脱电线的干扰。拍完之后，打开手机里的照片一看，仍有几条电线横在画面下方，真是大煞风景！

为什么日本会在这方面停滞在如此落后的状态呢？国土交通省摆出如下理由：一是成本高；二是电力公司和通信公司之间协调困难；三是道路狭窄难以实施等等。

日本地震频繁，埋入地下的电缆如果断了，要确定断点就要挖路，用断点检测设备精度有限，不如电线杆一目了然。这便是电力公司不愿积极投入"架空线入地"工程的原因。现在，日本采用综合管沟方式，把电力电缆和通信光缆放入一条管沟里埋入地下，且埋入管沟的成本非常高。高到什么程度呢？日本综合管沟埋入地下的工程，平均每公里耗资约3.5亿日元。国土交通省预算有限，如何协调电力公司与通信公司共同出资完成架空线入地便成了一个大难题。

为了迎接迫在眉睫的东京奥运会，2016年"无电柱化"法案在参议院以全票赞成正式表决通过。这意味着日本将会严格限制电线杆的设置，同时将加快"无电线杆化"的进程。东京都立即积极响应，都知事表示：2020年拟将东京都内十九个区主干道"无电线杆化"程度由目前的百分之八十提高到百分之百。

历史的进程往往出人意料。三十年前，曾有学者撰文预测"日本二〇〇〇年电线杆埋入地下"，然而，日本竟然没有如期实现。岂不知这条信息却触动了中国未来总理的神经和决策。在变幻莫测、瞬息万变的信息时代，谁具有"犀利的目光"，谁抓住了有用信息，谁就是世界的强者。

目前，中国也在大力推进城市的"架空线入地"工程。为了迎接2022年冬奥会，北京市2017年承诺：核心区两年内，即到2019年底，将把架空线全部入地。可以想象，两年后北京核心区上空将更加清爽，不再有"黑色蜘蛛网"笼罩了。

为了举办一次尽善尽美的夏奥会和冬奥会，东京和北京似乎站在同一起跑线上，紧张地进行着一场"无电线杆化"的竞赛。欲知谁家输赢，且看近在咫尺的2021。

（肆）　长欢已远，迟眠五更

悲伤是一种毒。毒袭来时，我就蜷缩成毛茸茸的小松鼠，钻到老树洞里问药，我会变幻任意年龄段，把自己交付给大自然，由着洞彻草木的万千光源，针灸我，修复我。

花间集

1

儿时住的大院里，很多人家都爱种凤仙花，我们管它叫指甲草。凤仙花属草本，很好活，属于给点儿阳光就灿烂的花种。只要把种子撒在墙角，哪怕是撒在小罐子里，到了夏天都能开花。

凤仙花开粉红和大红两种颜色。女孩子爱大红色的，她们把花瓣碾碎，用它来染指甲，红嫣嫣的，很好看。我一直觉得粉色的更好看，大红的，太艳。那时，我嘲笑那些用大红色的凤仙花把指甲涂抹得猩红的小姑娘，说她们涂得像吃了死耗子似的。

放暑假，大院里的孩子们常会玩一种游戏：表演节目。有孩子把家里的床单拿出来，两头分别拴在两株丁香树上，花床单垂挂下来，就是演出舞台前的幕布。在幕后，比我高几年级的大姐姐们，要用凤仙花，不仅给每个女孩子涂指甲，还要涂红嘴唇，男孩子也不例外。好像只有涂上了红指甲和红嘴唇，才有资格从床单后面走出来演出，才像是正式的演员。少年时代的戏剧情景，让我们这些半大孩子跃跃欲试，心里充满想象和憧憬。

特别不喜欢涂这个红嘴唇，但是没办法，因为我特别想钻出床单来演节目。只好每一次都得让大姐姐给我抹这个红嘴唇。凤仙花抹过嘴唇的那一瞬间，花香挺好闻的。其实凤仙花并没有什么香味，是大姐姐手上搽的雪花膏的味儿。

2

北大荒有很多花，其中最有名的属达紫香，这是一种已经被从北大荒那里出来的作家写滥的花。

对于我，最难忘的是土豆花。土豆花很小，很不显眼，要说好看，赶不上同在菜园里的扁豆花和倭瓜花。扁豆花，比土豆花鲜艳，紫莹莹的，一串一串的，梦一般串起小星星，随风摇曳，很优雅的样子。倭瓜花，明黄黄的，颜色本身就跳，格外打眼，花盘又大，很是招摇，常常会有蜜蜂在它们上面飞，嗡嗡的，很得意地为它们唱歌。

土豆花和它们一比，一下子就站在下风头。但是每年一冬一春吃菜，主要靠的是土豆。所以每年夏天我们队上的土豆开花的时候，我都会格外注意，淡蓝色的小小土豆花，飘浮在绿叶间，像从土豆地里升腾起了一片淡蓝色的雾岚，尤其在早晨，荒原上土豆地那一片连接天边的浩瀚的土豆花，像淡蓝色的水彩被早晨的露水洇开，和蔚蓝的天际晕染在了一起。

读迟子建的短篇小说《亲亲土豆》，第一次看到原来也有人对不起眼的土豆花情有独钟。迟子建用了那么多好听的词儿描写土豆花，说它"花朵呈穗状，金钟般吊垂着，在星月下泛出迷离的银灰色"。我从来没见过对土豆花如此美丽的描写。在我的印象里，土豆花很小，呈细碎的珠串是真的，但没有如金钟般那样醒目。我们队上的土豆花，也不是银灰色的，而是淡蓝色的。如果说我们队上的土豆花，没有迟子建笔下的漂亮，颜色却要更好看一些。

3

三十多年前，春末，在庐山脚下歇息。不远处，有几棵树，不知道是什么树，开着白花，雪一样的白。再不远的山前，有一个村子，炊烟正缭绕。

一个穿着蓝土布的小姑娘，向我跑过来。跑近，看见她的手里举着一枝带着绿叶的白花。小姑娘七八岁的样子，微笑着，把那枝花递给我。常有游客在这里歇脚，常有卖各式小吃或小玩意儿的人到这里兜售。我以为她是卖花姑娘，要掏钱给她。她摆摆手，说：送你！

那枝花是刚摘下的，还沾着露水珠，花朵不小，洁白如玉，散发着清香。我问她：这么香，叫什么花啊？

她告诉我：栀子花。

我正要谢谢她，她已经转身跑走，娇小的身影，像一片蓝云彩，消失在山岚之中。

我一直到现在都不明白，小姑娘为什么送我这枝栀子花。

那是我第一次见到栀子花。真香，只要一想起来，香味还在身边缭绕。

4

北京的孝顺胡同，是明朝就有的一条老胡同，中间有兴隆街把它分割为南北孝顺胡同。这条胡同里老宅很多，既有饭庄，又有旅店，还有一座老庙，虽地处前门闹市之中，却一直很幽静。十五年前，我去那里的时候，那里正要拆迁，不少院落被拆得有些颓败零落，依然很幽静，一副见惯春秋、处变不惊的样子。

在胡同的深处，看见一户院门前搭着木架，架上爬满了粉红色的蔷薇花。架上架下，都很湿润，刚被浇过水。蔷薇花蕾不大，密密地簇拥满架，被风吹得来回乱窜，上下翻飞，闹哄哄的，你呼我应，拥挤一起，像开着什么热烈的会议。由于颜色是那么鲜艳，一下子把整条灰色的胡同映得明亮起来，仿佛沉闷的黄昏天空，忽然响起了一阵嘹亮的鸽哨。

我走了过去，忍不住对满架的蔷薇花仔细观看，是什么人，在马上就要拆迁的时候，还有这样的闲心莳弄这样一架漂亮的蔷薇花，给这条古老的胡同留下最后一道明亮的色彩和一股柔和的旋律？

有意思的是，在花架的对面，一位金发碧眼的外国小伙子，也在好奇地看着这架蔷薇花。我们两人相视，禁不住都笑了起来。

5

在美国的布卢明顿小城郊外一个叫海德公园的小区，每一户的房前屋后都有一块很宽敞的绿地。很少见像我们这里利用这样的空地种菜的，一般都会种些花草树木。我住在那里的时候，天天绕着小区散步，每一户人家的前面种的花草不尽相同，到了春天，姹紫嫣红，各显自己的园艺水平。

在一户人家的落地窗前，种的是一排整齐的郁金香，春末的时候，开着红色、黄色和紫色的花朵，点缀得窗前五彩斑斓，如一幅画，很是醒目。

没过几天，散步路过那里，看见每一株郁金香上的花朵，像割麦子一样，整整齐齐的全部割掉，一朵也没有了，只剩下绿叶和枝干。我以为是主人把它们摘掉，放进屋里的花瓶中独享了。

有一天散步路过那里，看见主人站在屋外和邻居聊天。我走过去，和她打招呼，然后指着窗前那一排郁金香，问她花怎么一朵都没有了呢？她告诉我，都被鹿吃了。然后她笑着对我说，每年鹿都会光临她家，吃她的郁金香，每年她都会补种上新的郁金香。

这让我很奇怪，好像她种郁金香不是为了美化自家或自我欣赏，而是专门为给鹿提供美食的。

这里的鹿很多，一年四季都会穿梭于小区之间，自由自在，旁若无人。这个小区花的品种很多，不明白，为什么鹿独独偏爱郁金香？

后来看专门描写林中动物的法国作家于·列那尔写鹿，说远远看像是"一个陌生人顶着一盆花在走路"。便想起了小区的那些爱吃郁金香的鹿，它们一定是把吃进肚子里的郁金香，童话般幻化出来，开放在自己的头顶，才会像顶着一盆花在走路吧？当然，那得是没人打扰且有花可吃然后悠闲散步的鹿。

6

　　我一直分不清梨花和杏花，因为它们都开白花。两年前的春天，我家对面一楼的房子易主，新主人是位四十岁左右的妇女，沈阳人。她买了三棵小树，栽在小院里。我请教她是什么树，她告诉我是杏树。

　　彼此熟络后，她告诉我：明年开春带我妈一起来住，买这个房子，就是为了给我妈住的。老太太在农村辛苦一辈子了，我爸爸前不久去世了，就剩下老太太一个人，想让她到城里享享福。孩子她爸爸说到沈阳住，我就对他说，这些年，你做生意挣了钱，不差这点儿钱，老太太就想去北京，就满足老太太的愿望吧！到时候，我就提前办了退休手续，让孩子他爸爸把公司开到北京来，一起陪陪老太太！

　　她是个爽朗的人，又对我说：老太太就稀罕杏树，老家的房前种的就是杏树。这不，我先来北京买房，把杏树顺便也种上，明年，老太太来的时候，就能看见杏花开了！

　　听了她的这一番话，我的心里挺感动，难得有这样孝顺贴心的孩子。当然，也得有钱，如今在北京买一套房，没有足够的"实力"支撑，老太太再美好的愿望，女儿再孝敬的心意，都是白搭。还得说了，有钱的主儿多了，也得舍得给老人花钱，老人的愿望，才不会是海市蜃楼，空梦一场。

　　第二年的春天，她家门前的三棵杏树，都开花了。我仔细看看杏花，和梨花一样，都是五瓣，都是白色，还是分不清它们，好像它们是一母同生的双胞姊妹。

可是，这家人都没有来。杏花落了一地，厚厚一层，洁白如雪。

今年的春天，杏花又开了，又落了一地，洁白如雪。依然没有看到这家人来。

清明过后的一个夜晚，我忽然看见对面一楼房子的灯亮了。主人回来了。忽然，心里高兴起来，为那个孝顺的女人，为那个从未见过面的老太太。

第二天上午，我在院子里看见了那个女人，触目惊心的是，她的臂膀上戴着黑纱。问起来才知道，去年春天要来北京前，老太太查出了病，住进了医院，盼望着老太太病好，老太太还是没有熬过去年的冬天。今年清明，把母亲的骨灰埋葬在老家，祭扫之后，她就一个人来到北京。

她有些伤感地告诉我，这次来北京，是要把房子卖了。母亲不来住，房子没有意义了。

房子卖了，三棵杏树还在。每年的春天，还会花开一片如雪。

7

桂花落了，菊花尚未盛开，到丽江不是时候。想起上次来丽江，坐在桂花树下喝茶，喷香的桂花随风飘落，落进茶盏中的情景，很是留恋。

不过，古城到处攀满三角梅，开得正艳。三角梅，花期长，有点像月季，花开花落不间断。而且，三角梅都是一团团簇拥一起，要开就开得热热闹闹，烂烂漫漫，像天天在举办盛大的Party。

在丽江古城，三角梅不像城里栽成整齐的树，或有意摆在那里做装饰，只要有一处墙角，或一扇木窗，就可以铺铺展展爬满一墙一窗，随意得很，像是纳西族的姑娘将长发随风一甩，便甩出了一道浓烈的紫色瀑布，风情别具。

从丽江到大理，在喜洲一家很普通的小院的院墙前，看到爬满墙头一丛丛淡紫色的小花。叶子很密，花很小，如米粒，呈四瓣，暮霭四垂，如果不仔细看，很容易忽略。

我问当地的一位白族小姑娘这叫什么花，她想了半天说：我不知道怎么说，用我们白族话的语音，叫作"白竺"。这个"竺"字，是我写下的。她也不知道应该是哪个字更合适。不过，她告诉我，这种花虽小，却也是白族人院子里常常爱种的。小姑娘又告诉我，白族人的这个"白竺"，翻译成汉语，是"希望"的意思。这可真是一个吉祥的好花名。

8

那天，去崇文门饭店参加一个聚会，时间还早，便去北边不远的东单公园转转。往前回溯，这里原来是八国联军入侵北京后他们的练兵场。新中国成立后，将这块空地，由南往北，建起来了一座街心公园和一座体育场。这座街心公园便是东单公园，应该是北京最早也是最大的街心公园。

小时候，家离这里很近，常到这里玩。记得上了中学之后，第一次和女同学约会，也是在这里。正是春天，山桃花开得正艳。以后，很少来这里了。特别是有一阵子，传说这里的晚上是谈情说爱之地，很有些聊斋般的暧昧和狐魅，和少年时的清纯美好拉开了距离，更没有到这里来了。

　　如今，公园的格局没有什么太大的变化，假山经过了整修，增加了绿地和花木，还有运动设施。中间的空地，人们在翩翩起舞，踢毽子的人，早早脱下了外套，一身热汗淋漓。工农兵塑像前的围栏上，坐着好多人在聊天或下棋。黄昏的雾霭里，一派老北京悠然自得的休闲图景。

　　我在公园里转了整整一圈，走在假山前的树丛中的时候，忽然听见身后传来一声清亮的叫声：爷爷！明明知道，肯定不是在叫我，还是忍不住回过头去，看见一个四五岁的小姑娘正向她的爷爷身边跑了过去。她的爷爷站在一个高大的元宝槭树下面，张开双手迎接她。正是槭树落花时节，槭树伞状的花，米粒一般小，金黄色，很明亮，细碎的小黄花落满一地，像铺上了一地碎金子。有风吹过来，小姑娘的身上也落上好多小黄花，还有小黄花在空中飞舞，在透过树叶间的夕照中晶晶闪闪地跳跃。

　　我的小孙子也是用这样清亮的嗓音叫着我：爷爷！

　　那是两年前的夏天，也是在公园里，不是东单公园，是在北海公园；不是槭树花落的时节，是紫薇花开得正旺的夏天。

书院四季

叶辛 / 文

上海浦东，近海边了，有一个小镇，人口不多，不过六七万，名叫书院。

初次走进去，我以为近年来基层重视文化，特意把这小镇改了个时髦的名字。不料当地老乡说，我们这里从有镇子的那一天起，就叫作书院，方圆十里八里，都晓得的，有100多年的历史了。

人们俗称这一区域的村民为书院人家。

离海这么近的地方，100多年前住的都是渔民，靠捕鱼捉虾为生。这地方有一道名菜叫海碗。就是一只硕大的蓝色碗里，置满了海里捕上来的鱼、海米、海胆、海参啥的，还有退潮时在滩涂上捡拾的贝壳肉，一起放进锅里蒸熟了吃。是江南地方浓油赤酱的烹饪方式，端上桌来香浓味鲜。当过渔民的老人告诉我，以海碗盛菜，主要是因为在船上吃饭时有风浪，不可能放好几个菜，只能混煮，吃大锅饭、海碗菜。

我就好奇，乡风民俗如此浓郁的沿海村庄，怎么会取名书院呢？名为书院的小镇究竟是什么样子的呢？

秋熟

秋到书院，葵花籽儿熟了，稻米熟了，远近闻名的瓜果也熟了。海边的天蓝得出奇，蓝得让人久久地望着出神，蓝得和远方的海似乎连接到了一起。

书院的老人、孩子以及辛劳操持家务和田地的妇女，随着地里的庄稼收进屋里，望着海的时间越来越多了。老人在等待儿子的归来，孩子在期盼父亲回家，当妻子的，更是以焦虑的心情，盼着能看见丈夫的身影。

风吹来，有声响、有凉意了，田野上收割过的土地袒露出了黝黑的胸膛，告诉人们，随着秋熟，收获的季节到了，出海打鱼的船也该归来了。

秋季的收成，决定着一户农家、一个村庄、远近乡里来年整整一年的生计。出海打鱼的渔民们也一样，有在海上遇见风浪遭遇险情的，甚至有碰上海难的，然而对于江南经验丰富的渔民来说——比如书院人家的渔民，十有八九是鱼虾满舱、满载而归的。

满舱满舱的鱼虾捕捞来了，除了尽情地享受丰收的喜悦，海吃海喝地品尝海鲜，吃不完的还能晒成鱼干，腌成咸鱼，更多的活鱼活虾自有渔行及时地运送出去，卖到集市上去，送进大上海的水产市场，让城里人也品尝新鲜的鱼虾。

不出海留在家中务农的妇女，种出的粮食不够吃，海鲜卖得的钱，自然首先用来补足来年一家老少要吃的米啊，面啊。还有多余的钱，就在晒场上修筑一溜五间两厢房的砖瓦房，粉墙黛瓦。用来干啥呢?

办学、修书院,让年年出海打鱼、在家务农的下一代读上书,读历朝历代提倡读的圣贤书。当然,男孩女孩进书院来,首先是识字,字认得差不多了,就得读"赵钱孙李,周吴郑王"的《百家姓》,读《弟子规》,读《女儿经》……再不要让他们像上一辈那样,啃泥巴、出海、下苦力。

100多年前的书院人,就是本着这样的理念,先把书院这地方称作书院场,后来又叫书院乡、书院人民公社、书院镇。不管建制名称怎么换,"书院"两个字是祖宗定下来的,没有换过。100多年前由于秋熟结出的果子,就这么延续到了今天。

夏果

夏天的书院是很美的,美在盛夏季节仍然像百花齐放的春天一样,有姹紫嫣红的花儿恣情怒放。

夏天的书院是很爽的,爽在入夏以后有西瓜吃。全上海、全国最好的8424西瓜,其核心产区就在今天的书院。

8424西瓜并不大,一个人吃一个没啥问题,男子汉两只手把它捧在手里,绰绰有余。不过,你得小心一些,如果捧到的是一只成熟的西瓜,捧着捧着,一不注意瓜儿就会轻响一声,裂开了。顿时,一股诱人的瓜香会引人忍不住俯首看瓜瓤,哎呀,嫩红嫩红的,新鲜欲滴。瓜入口,那滋味儿不仅仅是清新,不仅仅是一般意义上的甜。现在农业技术日益推广,甜的西瓜多了,新疆的西瓜甜，海南的西瓜甜，中原地区好几个省份也培育出了优质的品种，连历史上不产西瓜的贵州，都培育出了又大又甜的西瓜。但8424西瓜，在上海，在江南，是公认的首屈一指的西瓜。它给人的感觉，是一个爽字，这爽包含着脆，包含着畅快，甜是不用说了。

这和书院得天独厚的砂质土壤分不开，同临海地方冬天寒冽、夏季酷热的气候分不开，更与瓜农们的悉心种植分不开。

到西瓜成熟的季节，书院人家的路边停满了来拉瓜的车，西瓜一摘下来，就装上车了。如果没有预订，是没有瓜给你的。买不到西瓜的朋友也不必沮丧，书院人家会给客人推荐阳光玫瑰葡萄，晶莹的、闪闪放光的、皮肉透明的葡萄，让人一见就有种惊喜感，不由分说想含一颗。

总而言之，书院人家的夏日，是瓜果成熟的季节。读者朋友能想到的瓜果，包括冬瓜、南瓜等蔬菜，其滋味也要比他处的有特色。

冬宿

在东北，北风呼啸、天寒地冻的日子里，有"猫冬"的说法。

上海人不"猫冬"，而在海边的书院，追求的是冬宿。"宿"在这里的意思是住下来。

一般来说，上海人的生活俚俗，不喜欢在离家近的地方过夜，人们却愿意来书院体验一番冬宿的滋味。

如若是三五好友，找一户或两三户庭院农家，品茗，聊天，散步，到小河旁观赏典型的江南水乡农家安闲恬静的生活形态。冬阳明丽的日子，午间在云海边，看水天一色的景致，望海鸥在湿漉漉的海滩上觅食。逛一圈回来，坐在通透的玻璃暖房里喝咖啡，农家主人会请客人尝一尝冬腊月里户户都会搓的汤圆，有甜的、咸的，有海米味的，各取所需。

人数多一些，则可以去民宿过夜，伙食会愈加讲究一些，以海鲜、蔬菜为主，全是生态食材。虽是民宿，全套设施却是镇里统一核准，达到了宾馆的标准。而民宿周边，往往是一家家美丽的庭院。庭院虽然不大，那一小块一小块的地里，既有蔬菜，又有花儿，赏心悦目不说，让人由衷地佩服主人是在用绣花的功夫经营着田地。殷实讲究些的人家，还会在庭院里搭起假山，小小的比人高的假山，用采购的太湖石搭建出来的。小则小，却颇有品位。鱼塘更常见一些，有客来了，主人会扬手往鱼塘里撒下一把鱼饵，鱼儿便会蜂拥而至，拍溅起一片水花。

更为普遍的是农家乐。基层的联欢活动、学界的研讨、公司的联谊……社会上有什么需求，农家乐里就有啥服务，配套的设施一应俱全。冬天里连带着元旦、春节，有许多辞旧迎新的活动，这时人们都喜欢到书院的农家里来，既领略了江南风情，又感受了文化气息，在冬宿的同时，还规划了第二年要干些什么。虽是冬日，心里却总在想着：春天很快要来了。

春花

春天的文章写得很多了。

花儿的文章同样几乎被写尽了。

书院的春花几乎没人写过。

沪剧里唱："正月梅花、二月杏花、三月桃花，红里泛白，白里泛红……"喜欢沪剧的上海人几乎都会唱，直白而又贴切。

桃红李白油菜黄，蝶飞蜂舞鱼儿欢，书院的春天是色彩斑斓的。

每年三月，草长莺飞桃花开，四面八方的上海人云集而来，到书院看桃花。灿烂的桃花，含笑怒放，一大片一大片的桃树，形成一个迷离的粉红色世界，一张张笑脸沉浸其中。

家家户户的小花园、小果园里，白玉兰、粉玉兰谢了樱花开，樱花谢了杜鹃开，杜鹃谢了月季、玫瑰、扶桑、牡丹热热闹闹地次第开放。小河边、道路旁、防风带附近、瓜田地角、庭院前后，目力所及之处，都是姹紫嫣红的花朵，处处惹人的眼。各种花儿开得太茂盛了，以至人们分辨不清，空气里弥漫着的好闻的味道，究竟是哪种花儿的馨香。

带着海腥味的风吹来，暖洋洋的，有一股独特的清新气息。海鸥的鸣叫声透着喜气；跳跳鱼在浅海滩欢呼雀跃，迎接着书院的春天；蛏子张开嘴巴，在春水中吐着泡泡；螃蜞在海滩上爬来爬去，也出来感受春日的阳光。海滩边，一片绿色的芦苇一天一个样地使劲拔节，日渐茂盛起来，很多书院人来采摘鲜嫩的粽叶回家包粽子。滩涂上也热闹起来，捡蛏子、抓跳跳鱼、刨小螃蜞的孩子们叫成一团。

果园更是诱人而入，鲜红的草莓、紫色的桑葚，还有无土种植的酸甜小番茄，生长在一个无污染的环境里，摘下来即可入口。圆溜溜的白瓜，也煞是惹人喜爱。

春天，置身于书院，在路边，在海边，在庭院中，在田地里，出奇地舒畅、欢快。

而今，书院已经归入上海自贸区临港新片区，这是特区里的特区呵！一条经过书院连接上海中心城区和临港新片区的快捷大道正在修建。随着临港新片区的建设，上海必将迎来更美好的春天。

哦，书院是美丽的。

扫雪记

早上，拉开窗帘，发现外面的世界已经一夜之间变了颜色。下雪在北方不应大惊小怪，但雪下在晚上，过程被黑夜遮蔽，早上红日、白雪、蓝天，一个重新画好的世界突然呈现给你，你不防备，就被撞了一下。就算是北方人也要惊喜的。惊喜之后就要扫雪。北方扫雪和南方浣纱，都不像劳动，像过着诗意的生活的范本。

楼下的店铺都在自扫门前雪。谁都觉得老天应该下雪，谁都觉得下雪很美，但谁都会立刻扫雪，立刻破坏掉那么美的事物，毫不手软。

雪在夜里悄悄地下，送给人一个按照上天的喜好画好的世界；人表达了喜爱之后，还是要小幅度地修改。人用竹扫帚这支笔，对上天的画作做了一些修改。主要是街道上的雪要清除，院子里的雪要清除，地上的人认为这两笔是多余的。其他如山川、河流、田野上的雪，作为人类满意部分，保留下来，不做改动了。

看了一会儿楼下的人扫雪，在用力修改着老天爷的作品，我忽然想到我也有一个院子，院子里也有竹扫帚，我也可以对老天爷的作品小声地提出修改意见，进入那诗意的生活范本里面去。

我的院子在市郊乌拉街，有38公里那么远。往返其间的大巴车平均20分钟一趟。我坐在车上，想我家的老院子，已经盛装好了满满一院子的雪，在等待着我，提出修改意见。

车窗外，漫山遍野，都是白色的了。

老家最大的一场雪，是在我七八岁的时候下的。那么大的雪，不可能白天下。老天爷也知道黑夜下雪是不对的，但那天老天爷就想这么任性一下子，并且没控制住自己的任性，结果那场我此生经历过的最大的雪，就下来了。那是一个特别平常的夜晚。所有人在天黑之后都睡觉了。天上主管下雪的那位神仙，等所有人都睡了之后，看见地上的灯火都熄灭了之后，就把怀里抱着的大雪团扔了下来。再大的雪，也没有一丝声响，像一只蹑手蹑脚的白猫跳上了我家的房顶。像无数只蹑手蹑脚的白猫，跳上了所有人家的房顶。雪神忙了一晚上，凌晨的时候，看看下面的房子只剩下了房脊，他开心地笑了，拍了拍手，回去休息了。

第二天早上，并不是推门一看：啊，山上白了，地上白了，房子上白了，树上白了，这样的平庸之作，而是根本推不开门。房门被雪堵住了。这就不是作品了，而是恶作剧；这就不是瑞雪了，而是雪灾。瑞雪要适量，不多不少，正正好好。

后来，大家都从被封住的房子里出来了。一般是家里最身强力壮的那个人，用力把门推开一道缝隙，然后用铁锹，一点一点把雪向两边推，然后整个人才能走出去，把门后的雪推到一边。听说还有的人家，因为房子太矮，多半个门都盖住了，从里面推不开，一条缝也推不开，只好由窗子出来。

那次扫雪，已经不是扫雪。扫雪得用竹扫帚，雪在地上薄薄的一层，用竹扫帚一扫，刷刷的，一条一条，像写诗。而那次，是所有大人，用铁锹一锹一锹挖出房门通往大道的路，然后大家在街上挖，互相挖通，犹如打通隧道。两个邻居各自挖路，挖通那一刻，两个天天见面的人，好像很久不见了那么高兴，恨不得拥抱一下。而路两边的雪墙有一人高。小孩在里面走，就像走迷宫一样。学校停了一天课。不停也不行啊。所有人，包括老师都无法走到学校去。只有等村民挖通了道路，而那天所有道路都挖通时，太阳快落山了。

　　用铁锹挖雪，那就不是作诗；只有用竹扫帚扫雪，才和作诗特别像。

　　第二天我们去小学校上学，从没顶的道路中通过，担心两侧高过头顶的雪会坍塌下来，把自己埋上。因此我们去学校是一路快跑的，尽可能缩短在雪隧道里停留的时间。到了学校，同学们互相见了面，虽然只有一天没上学，但是大家像好久不见了一样，互相看着。因为我们的世界变了，通往学校的道路变了，大家都留心看彼此，看看人变了没有。那些天，大家都好好上课，谁也不和谁打架了。我们都是战友了，而外面大山一样的雪，成了我们共同的敌人。

　　又过了一天，山上的狍子下山了，这么大的雪，狍子是怎么下山的？因为雪太深了，狍子跑不起来，有的就被村民抓住吃肉了；一些绚丽的野鸡也下山了，山下仍然找不到吃的，野鸡飞累了，就一头扎在雪堆里，被看到的人如拔萝卜般抱回家，吃了肉。那么好看的野鸡，也被吃了肉。

那次大雪之后，我们踢的毽子上的公鸡尾羽，就换成了野鸡的尾羽；我们玩的猪嘎拉哈，就换成了精致、几近透明的狍子嘎拉哈。

让我意外的是，到了乌拉街，看见院子里的雪，我最终没有清扫。竹扫帚和铁锹，都在窗台下放着，我的一腔扫雪的激情，随着我进入院子，发现了雪地上的印章而消散了。我第一次对一院子的白雪下不了手。我发现，那不是一院子的雪，而是上天留给我的一封信，是一篇杰作。我不能增加一笔，也不能删除一笔。那幅作品是神和万物的合作。我能够看到，已是我的幸运了。

当我推开木门，院子像个四方的容器，盛满了雪。这是宏观的样子。当我低头看脚下，自己的脚印印在平整的白雪上，像我的印章。等我再看，这雪地上除了我的脚印，还有别人的脚印。这个别人和我的脚印很不同。我的不能叫脚印，应该叫鞋印。而人家的才是脚印呢。而且和我的脚很不同。我五个脚趾，人家好像没有这么多。但是人家的脚多，应该不少于四个。

我站在门口不敢动，怕打乱了雪地上的脚印分布。脚印是从南面的铁栅栏围墙那开始出现的。它显然不是从大门进来的。大门的钥匙在我手里，就算它有钥匙，也不会开吧。但是人家不需要走大门，一跃，就进来了。不用门，也不用开门。脚印是沿着围墙码放着。我顺着脚印跟着走，走到了西面的围墙那里。西面围墙外就是广阔的玉米地。玉米地外是一条江的支流，再往外有山脉。

脚印有我的拳头那么大。应该是大型动物。应该不是狗。乌拉街的狗，没有一条有四处游玩的自由，都被主人拴在院子里，一刻也不能离岗。后街有两家养羊，羊也圈着，就算跑出来，也不能跳进来。围墙有一米五高。村民的羊都是绵羊，绵羊不会跳墙。家养的就这些，剩下的只有野生的了。这方圆都有什么野生动物，我不知道。这里基本是平原，都是农田、村屯，没有野生动物生存的地盘。也许远处那个山上有，但很远，从来没听说有什么动物。这里早已被人类全盘霸占，野生动物早已不见踪影。

看脚印的大小，应该是和狗大小差不多的，那是什么呢？

脚印从西墙角开始出现，然后沿南墙走，走到东墙，从东墙下，绕过一堆煤，向北去。东北角是一个废弃的羊圈。脚印进了羊圈，然后从羊圈的西北出去，沿着北墙到院子西北角，绕过一堆玉米秸，从西北角消失了。它从西南角进来，沿着院子的四周走一圈，然后从西北角出去了。在院子的中心地带，那么大的地方，没有脚印。来者也是心虚的，不敢大摇大摆，只敢小心翼翼地贴着墙根走。

这样看了一圈，我得出结论：它是冲着羊圈来的。那就是一只能吃掉羊的动物？狼、豹子……

下雪的前一天，有时会有东南风。羊圈虽然没有羊了，但没有打扫，大量羊的粪便都在那里，羊的气味都在那里。这些羊的气息被东南风送到西北那边很远的地方。那个方向有山，而山里有可能已经有狼或者豹子了。它们在夜深人静的时候走过冰封的小河，然后进了村。进村后，它不是谁家都进。它是事先锁定了发出羊的气味的院子。应该先到养羊的那两家去了，那里的羊气更浓郁，更生机勃勃。但那院子里有人，可能还亮着灯，能听见人说话。它想想不敢进去，然后就到我的院子里来了。我们冬天不住这里，只在五月到十月在这里住。院子冬天处于休眠状态。它发现我这院子里没有人，但有个羊圈。羊的气味略显陈旧，但它还是进来了。它小心地沿着墙边走，留下谨慎的脚印，可见是只怕人的野生动物。

我的院子里没有活物，让深夜来觅食的家伙很失望。它那样小心翼翼地，却一无所获。夏天羊圈里还有很多只鸡呢。去年那里还有羊。我看见它走向西北角出去的那一行脚印彳亍犹疑，充满了失望。

我跟踪了它一路，体会了它的心情，在它跃出去的西北角木头墙的缺口处，向北方的那几座连绵的山峰望了有五分钟。然后我回到院子里，再次俯首阅读，那印在墙边的大脚印是这雪地作品的大标题，大标题下，我还看见了四号字那么大的文字，一行行、一对对十分工整。它们沿着菜地竹篱笆一直往房门那里排过去。在平展的雪地上，又像是这雪衣服上的拉链，这个应该是灰八爷（老鼠）的脚印。它快而有序，前后脚印几乎等距，进到屋子里去了。那里暖和背风，供桌上还有馒头水果。灰八爷也是位列仙班，虽然排位靠后，但毕竟排上了，有一席之地。那贡品怎么就不能享用呢。因此从灰八爷的脚印看，它理直气壮，常常因为吃馒头而带倒了酒杯。其他仙家不怪，我亦不怪。

看来这世上没有一座房子是空着的。我这房子如此破旧，仍然热闹非凡。光雪地上的脚印就有好几种。那不留下脚印的，不知还有多少呢。

这房子已有百年，百年里这院子里有多少脚印？人的、动物的。如果把这些脚印罗列起来，那不知有多高。总之这院子里应该已推不开门，进不来人了。

这雪我还能扫吗？我不能。我认为这是一篇完美的作品，我没有任何修改的意见。这雪地上的生命记录，是多么珍贵！多么完美！清扫就是删除，我为什么要删除它们呢？它们是错误的吗？它们是自然，自然无对错，甚至无善恶。天然自在。我感到我是有错误的，那个大家伙，它饿了，到村子里来觅食，并且选中了我家，认为我的羊圈里有羊。那么我的羊圈里没羊就是不对的了。有羊圈就应该有羊，不然这不是圈套吗？

春天雪会化掉，那些脚印也会一点点融化，和水一起渗入地下或蒸发上天空。脚印完整地去了另外的空间。如果现在用扫帚把雪扫除，那些细致排列的脚印，它们会不知所措，乱作一团，像没有得到善终。这种残忍的事儿，我是不会干的。我怎么能把写着重要文字的白纸揉皱了呢？

再下雪，我的院子就会翻开新的一页。那些我看不见的生命，会跑来在这雪白的纸页上用脚趾写下故事。我将选一个晴好的上午，来仔细阅读。

当归，当归

绿窗 / 文

1

悲伤是一种毒。毒袭来时，我就蜷缩成毛茸茸的小松鼠，钻到老树洞里问药，我会变幻任意年龄段，把自己交付给大自然，由着洞彻草木的万千光源，针灸我，修复我。

他来了。黑白照片上，曾祖父六七十岁，黑色棉袍，戴着棉帽子，清瘦，威严，儒雅。

"太爷，我等您好久了。"我毫不胆怯盯着他。我八九岁，大概像《城南旧事》林英子那样，筋箸格道，眼神明媚。而太爷，是我家族民国时代自学成名的优秀郎中。

"重孙女，我知道你，也多次听到你的心灵召唤，只是不同的空间你无法听到我的回音。凡人的伤感总是小的，国医五千年辉煌都免不了偶尔黯淡，信任时间吧，一切走失的终究会回来的。"

我并不惊诧，走了的人就是奔向未来，我们能根据蛛丝马迹追溯祖先的过去，祖先却更似先知，通晓我们的现状与神思。

你来自21世纪20年代，人到中年，何以这样小的年龄和我初见？

小才烂漫天真，无所顾忌，无畏冲撞，倘有不当，亦会得老祖谅解。

他温煦地笑着，吧嗒下二尺长的大烟袋，牵我的手在林间漫游。老橡树下遍布橡果，黄榆密裂着灰黑纵纹，梓椤叶子在风中着了火，老松静默如磐石，深处，獾子狍子狐狸狼不安地眨眼。太爷就是执灯的圣父，教导我，引领我，这是我心中无数次勾勒的喜悦场景。我会刨坛问罐，采药纳言，去理解草木的心，还原太爷从医的初心，体味中医这枚琥珀深邃的痛苦与荣耀。人病，医可以稍解，医若病了呢？

草药何止千万，且取来。

2

植物都是带着使命来的，人也是。神农尝百草，日中七十毒，每种毒都是致命的伤口。他是大悲之人，大悲之人才有大慈。他以另一植物化解，再去尝新。植物既是毒又是药。他尝到一种开黄花的藤本植物，忽然通体透明，黑染，肠烂，因命之断肠草。我也尝过，折断花、叶、茎，黄色浓汁溢出，它在诱惑，毒有迷离的眼，我探出舌尖舔一点，苦涩之味久不去，是北方断肠草，罂粟科白屈菜。

还是这断肠草，牛就可以吃，驱虫，不死，人直接吃有毒性，开水焯了变作美味，全草入药炮制后，就止咳利尿解毒。同一植物杀人也救命，不是植物复杂，是需要我们了解它，如同人性。如同医，中有万象，需要了解。

药王身上的伤口意味着新药面世。孙思邈左手中指被木刺伤，疮面愈发肿胀，他想到蒲公英能治疗疔疮，随即采来内服外敷，很快消肿止痛。先生把蒲公英写入《备急千金要方》。泻火，生土，久服无碍。我咀嚼着蒲公英花茎，微甜，微苦，至贱而有大功。父亲也说过，蒲公英叫黄花地丁，它们是微型向日葵点亮大地，散播希望。

有多少伤口裂开，就有多少的医者在试药。

太爷一定也有很深的伤口，陷入有毒的生活，快四十不惑还迫使他效仿神农，勇做药王。我一点点撕开来看。

3

那时候乡下人大字不识一斗，您怎么能读懂医书，那美而艰涩的文字。

咱家族古居山东，孔孟之乡，祖上也出过举人，男孩都要读私塾。遵大清"借地养民"政策移民塞北，燕山月似钩，祖先就停在钩尖上，接壤内蒙古高原，乾隆御赐"丰芜康宁"，植被茂盛。先祖沿着一条大河往深山里走，一锨一镐刨出村庄来，日子艰难。但族人不曾忘记读书传统，造木屋，凑钱粮，请族中老先生任教，不拘谁家孩子不分男女免费学习，福惠后代。

高山溪谷，林花清岫，天地玄黄，宇宙洪荒，书声清脆盈耳，向荒野宣告人类的不屈与渴望。小太爷记性好，背会了就琢磨玩，他眉清目秀却是淘气大头。先生要上课不见学生，原来跟太爷在树上左枝右杈晃着。太爷早捉个锃亮的猪尖兽放在先生墨盒里，一打开，那物黑闪闪顶着长戟爬将出来。午后大家念得乏困，太爷又抓个大号"撒巴拉"，满堂"飒飒"地飞。

戒尺可不软，小太爷袖着肿痛的双手回家，高祖爷继续教训，门旮旯后挂着牛皮鞭子，令小太爷趴炕沿上，照后背狠抽下去。那鞭痕再也不能淡去，是为鞭策。太爷才认真念书习字，后来行医开方那字讲究，给爷爷们立了榜样，到我父亲叔伯那辈题写毛笔字也毫不含糊，药方小楷端得漂亮。

外面兵荒马乱，深山里还清静，太爷念书好，长大就当了教师，教学，打柴，种地，娶妻生子。

但是太爷没有忘了私塾老师的临终光景，野萨满跳来跳去，他头痛欲裂，哐哐撞墙，呜咽着一句话：乡下无医呀。

这一带原是荒野，基本移民，有文化的秀才、郎中、商人都涌进北京城、承德府，要么县城镇上，方圆几十里竟没有医生，没钱甭想，有钱也未必看得上。

那踉跄的颤音是药引子，刮出曾祖父第一道伤痕。

4

冬天去山上拜谒家庙"药王阁"，路上见一片高壮植物，结着焦黄的豆荚，弟说："这是甘草。"我惊喜，他曾有一段时间跟我父念汤头歌诀，能多识一些草药。冬天漫长干冷，村民多患支气管炎，就指着一包甘草片止咳，虽然甘草酸总难适应，偏有人上瘾。

陶弘景十方九草，"此草最为众药之主，经方少有不用者，犹如香中有沉香也"。李时珍进一步阐释，"甘草为君，治七十二种乳石毒，解一千二百般草木毒"。不愧"国老"，甘草在野，就是菩萨。

搁现代是常识，旧年月哪里认得，都守着山大的药锅子等死。太爷紧皱眉头。

是什么促使您学医？传得最玄乎的是药王爷点化，说您在山上打柴，累了在石盖上眯一觉，一个白胡子老头挑挑儿来了，抓出一把把草药，教您识别，劝您学医治病一方，您聪明，立刻望空朝拜。有鼻子有眼的。

许是有的，但逼迫才是根本。那些悲痛挫折无不面相丑陋，但正是它们凿刻着你的台阶。

我跟随曾祖父的沉思线，到大院里，高祖母得了急病，来不及远处请医，在一片哀声中去了。未得缓过，太爷不到三十岁的太太也病重了，他不再犹豫，牵上毛驴接先生去了。要过两个梁头，再走上五六里大路，才到大庄子郎中家。

苦求是没有价值的，悲伤也没有价值。他付不起出诊费，也赊不起药，他闻得见药香，药躲在抽屉里。他纵是做个贼抢出来，不会用就是毒草。

他悲愤地想，上面为什么不多派医生，一个不来再请另一个，总有好心的救命。

那年，民国正如一根鲜活的银针，将大清这棵腐朽的老树灸进暮霭，我的亲老太太也喘完了最后一口气沉入夜色。太爷的墓碑上写着宋刘氏，镶白旗，梳过大如意头，抽过大烟袋，上炕下地非常能干，生下大爷二爷两位姑奶奶。是我的亲曾祖母。

我爷爷哇哇哭着。他是太爷器重的长子，耿直好学，后来颇有太爷看病风范，号称大先生。我盯着爷爷童稚的脸，浓眉冷峻，有倔强之气。日后他在乡庄行医，几个地主嫉妒贤能，联合嫁祸他犯纵火罪，给下到伪满洲国监狱，那地方十个进去九个出不来，出来一个也废的。灌辣椒水，坐老虎凳，烙铁烫，烧红的铁筷子捅鼻子。爷决不屈服。太爷卖了大片田地、四轮胶车、粮食，换了一袋子洋钱，二爷扛着去救人。奶奶和老姑奶奶也去探监，爷身上遍布烫伤，鼻子肿得老高，但精神尚好，双目有神。谁知不久到煤窑推煤，被马车撞伤去世，肉身不知所踪，时年32岁。爷爷命运竟是这般壮烈，满怀草药医不了人心，死也是悲愤的。

您哭了？太爷也真是命硬，不，是生命的火焰过于旺盛，进门的二老太太生养了四位爷爷奶奶后，也枯萎了，跳过大神求过保家仙，太爷再次牵着毛驴去接郎中。

急急翻山过梁，日头才升起就到了郎中家，他敲门，应声出来一妇，斜视来人布衣粗手，汗泥乱淌，即从牙缝龇出一句，先生还没起床。太爷等了一个小时，敲门，妇人告知，先生正吃早饭。过会儿再敲门，妇人不耐烦道，没看老阳儿太毒害了，先生怕中暑，今儿就不出诊了。太爷跪下苦求，许他家一冬烧柴，门再也不开了。

他沉沉走着，驴和他都穿了铁鞋，锁骨被铁丝穿透，有魔鬼拉着。我注视这被灾难击垮的37岁男人，花容月貌的民国百姓真实的脸，接连失去母亲，克死两任老婆，夭折两个孩子，还将失去大儿，他是个不祥之人，他的悲戚，是被黄连、苦参、苦胆泡透的，呼气是苦的，说出的话也是苦的。他突然像一头冤屈的大叫驴扯起嗓门号哭："老天爷，为何对我这样残酷无情？"只有深沟里的罂粟花送来浓郁的讽刺。

他裸露着巨大的伤口，这丰厚的培养基，迅速聚集了嗜血的，挣扎的、反抗的分子，药王与恶魔在拼杀。

悲伤是一种毒，他中了何止一种，承受，承受，等着被置于死地，他还能做什么？

他茫然过河，往村东元宝山望去，忽然愣怔了。我不放过这个电闪雷鸣的瞬间。

山上有庙，名宝峰潭，道光十五年（1835年）建，刻着一幅好联："风调雨顺资神佑，物阜民康荷圣恩"，供奉龙王爷，烟火旺盛。旁边阔大牛角洞，可纳百余牛羊，洞穴幽深，愈弯愈窄，尖处一泉，水甜清冽，一说海眼。仙地，阳坡开满杜鹃，阴坡赤白二芍，住着一个道士，两对灰鹤。

刚才正是灰鹤排云直上，亮闪闪划破碧霄，那自由蓬勃的生命力震慑了他。

为什么要等着别人救命？为什么不自己学医，医己，医人，医这疼痛的世界。

太爷被血丝糊住的眼睛亮了，他恭恭敬敬对着大山跪拜，请求上苍保佑他自学成医，保家族三代名医，必修药王庙谢恩，必遵誓言"穷人吃药，富人花钱"，不学成决不娶妻。

为何强调保佑三代名医？非是贪图荣耀，《礼记》讲："医不三世，不服其药。"几代积累方能流长。

上苍眼睛是睁着的，中医老祖更有慈悲心，救一人太有限，若度一个人成医，就是普度众生了。

5

龚自珍有诗《远志》盛赞：九边烂熟等雕虫，远志真看小草同。

远志别名小草，柔弱纤细而抱负深远。《本草纲目》说：此草服之能益智强志。人在草木之间，日日吸纳精气，自然避开污浊，心生清气，做得好汉。

您决定学医，也就修改了家族命运史，后辈的思维、志向、远方，都不太会偏离医学殿堂，心怀神圣。您是家族的汉刘邦，元世祖，清努尔哈赤，开基创业打一片江山，当然是中医老祖惠赐。

我升级换代，是北平女学生那样淡蓝小袄，黑裙带襻鞋，清清爽爽。我们坐在大门洞石墩子上聊天，东西场院玉米茂盛，坎下大河清澈，对面炊烟横斜。

步行时代，偏僻山沟无法知道祖国医学一直承受着刀枪剑戟。1879年，清末俞樾著《废医论》，斥责国医荒谬且愚昧。章太炎、吴昌硕门下弟子，咸丰、曾国藩、李鸿章都激赏的人物，大蜜丸养出的豪门舌尖，刺得中医老树些微摇晃。北洋政府挥起了榔头，以为国医杀人比于弓箭。到1929年南京政府捅了大娄子，明令"以四十年为期，逐步废除中医"，不许中医执业，不得承办中医教育，许多大师学者亦劈头盖脸砸下砖头。鲁迅说："中医不过是一种有意的或无意的骗子。"梁启超先生被西医误诊"割肾"，国医得以保命，还毅然发言："学术界之耻辱，莫此为甚矣！"胡适、傅斯年也宁死不信国医。那时西医的两把刷子远闹不过国医的八板斧，有说法是为了推进西医科学，先生做出了自我牺牲。中医保卫战轰轰烈烈。

当然拒不接受西医的先进技术也是错误，两大医学体系尖锐对抗是早晚的事，亦是东西方文化的博弈，你死我活摆开阵势，结局当然是，生命说话。

治好病才是神医。被批判不科学的国医与治病救人的国医概不在一个轨道。太爷要照顾一堆孩子着实不易，仍旧买《神农本草》《黄帝针灸》《素女脉诀》等书，唐代经学家孔颖达以为："若不习此三世之书，不得服食其药。"太爷毫不糊弄，药王爷孙思邈的《千金方》，张仲景的《金匮要略》《伤寒论》也必备。打柴间隙学那神农尝百草，依书中所录图形辨识草药，有时痴迷至晚，遇到鬼打墙，怎么也钻不出林子，又差点被狼掏了，被马蜂蜇被蛇撺，艰辛不可细说。有时背一捆蒿子就回家，高祖爷骂他不务正业，脱下千层底掷过去，太爷额头瞬时戳出青紫大包。正好，尝试炮制活血化瘀方子，连吃带敷，第二天消了。高祖爷说瞎猫碰着死耗子，话说老人家真得了风寒，太爷依方熬一锅锅药汤，竟是硬朗了。

山上植物原来两眼一抹黑，现在都被他叫亮了，黄芩、苍术、远志、防风、桔梗、苦参、地榆、蛇床子、五味子、黄白花败酱，根茎花实，苗皮骨肉，都是身怀绝技的小妖，这个有来有去，那个有去有来，会点灯说话，释放甘酸苦辣，顺着羊肠小道通向愁苦的病人。

敢拼命就必成，太爷又依书学习针灸，在自己身上扎来捻去，逐步研究疑难杂症。他并不吝啬，村人靠拢过来，就一同探究针刺、刮痧、拔火罐，大病小病"一整治"好了。威望日隆，找的人多，地顾不上种了。

苦心人，天不负。太爷自然升级专业郎中，家族行二，尊称"二大先生"，塞外僻壤之地，水准凤毛麟角，十里八村再也不用沙哑着哭诉，有医有药了。

这种自学成医古代也有说法，叫"私淑"，即以仰慕的神医著作为师，遥承该人衣钵，太爷主要研习《千金方》，即在元宝山上郑重打造石庙"药王阁"，供奉药王爷孙思邈。那是日出之山，家族定期拜谒，到山下要先放两根二踢脚，敬山神，让动物们先藏起来。崖畔巨石傲立，空手攀岩亦艰难恐惧，当年是村里猛人二老包，吃了二斗高粱米把石料背上去的。太爷刻意盖三间西厢房居住，每日早课坐在炕桌读书，抬头即见山见阁，是对祖师的殷勤问安，表达忠诚，铭记誓言。

无任何官方、医生帮助，太爷超越自己学成了，足见中医起于民间，活于山野，山野在，中医就能破土重生。也证明中医的根本是源于自然，依靠自然，中医的精神就是人与自然的相知相携，朴素又高贵，古老而年轻，只要山野健康，植物就不会骗人，中草药永远是良药，犹如信仰，以内在的慈悲和意志根植大地。

6

我敬佩古柏之深藏风骨。柏也是药，子能清热安神；叶可止血生肌；树脂可燥湿镇痛。陕西黄陵轩辕庙有古柏，传为轩辕黄帝亲植，又名"轩辕柏"。私以为源远流长的中医药文化就如这轩辕柏，历5000余年风霜，仍仪态万方，心怀正气，救赎众生。

"太爷您升个座，我给您鞠躬。"这回，我换上了白大衣，是基础医学教授身份。"我想看您问诊，马大爷说我双腿单盘，脊背挺直，说话的表情、腔调都像您，我更希望有您的开拓精神与气魄。"

你太爷，那才叫瞧病。现在的医生那都不叫瞧病，啥都是问你，有时病痛复杂真说不出来，一紧张更不会说了，有病难受还挨训。你太爷可不是这样，把病人不知道的，说不出来的，都能说得清清楚楚，没多少钱还治好病。

中医伸出去的是手、眼、耳、鼻、口，叫瞧病，是手功，匠心。西医摆出了仪器，无温无度，叫检查病，查不出来就打发了，但中医则能找到根源，因为感的是脉息神志，看的是内外整体。

你太爷，最拿手的是针灸。"有天晚上后半夜，都睡着了，我家的突然全身抽搐，双目瞪圆，四肢僵直，挺了，我直接裹上大花棉被，扛到二大先生家，哐哐凿门。"

整个大院都震醒了，各屋灯亮起来，见一大卷花被子大炮一样冲进来，惊呆了。

二大先生立刻观色摸脉，问病查情，探得虚实寒热，始净手行针。也无非遵循"盛则泻之，虚则补之，热则疾之，寒则留之，陷下则灸之，不盛不虚，以经取之"。不到二刻，月上斜枝，妇人已哼哼有声。马大爷以为要办丧事了，结果软软乎乎的还是好媳妇，卷起花被子大踏步背回去了，那晚月亮又圆又亮。太爷抢过板斧挑大担的粗手，简直十指唤春风了。

你太爷，那是"穷人吃药，富人花钱"，仁义。老爷子继续赞叹宋氏家族的行医誓言。

富人看病，当场出钱；家穷的，药钱减半，比如四块钱，没有，给两块，也没有，那就一块，还没有，不要了。秋后，有心人一升米一升豆还来，还没有，账就烂掉了。

也有人不爽，瘸腿汉奸齐歪歪多次找太爷的茬。揎掇伪满的官老爷骑着高头大马耀武扬威来叫，把钱袋子摇得哗啦哗啦响，太爷有骨气，大汉奸只会欺负百姓，贵贱不能去。于是早服了泻药，软面条一样奄奄挣命。这些畜生怒气冲冲朝着大门开枪，贴上封条：禁止行医。枪眼至今还在。

二大先生有正气。到镇上解放战争期间，天主教堂医院做临时救护所，急需要医生，来一两个都难，太爷带着七郎八虎就去了，个个拿得起来，中医宋家在镇上扬名了。而遇到打游击战受伤的战士，太爷就拿出樵夫精神，星空月下穿河过桥，为战士看病。太爷威武！

齐歪歪并不甘休，觉着自己身体好着呢，却一歪一晃进了大院让太爷诊脉。太爷郑重诊视，下笔开方：想吃啥赶紧吃，明天日上三竿必见分晓。齐歪歪以为太爷诅咒，破口大骂，半坨身子要点地了，专等明日抄家伙砸招牌。第二天才吃了早饭，歪歪急腹痛发作，满炕打滚，还让老婆盯紧日头，过了三竿咱砸他家大门，话才说完，断气了。

太爷自然不敢乱说。《黄帝内经》写道："大气入于脏腑者，不病而卒死矣。"大气，大邪之气。"夫精明五色者，气之华也。"内脏精气发出的光华映照双目精明和面部五色，失睡之人，神有饥色，丧亡之子，神有呆色。"故色见青如草兹者死，黄如枳实者死，黑如炲者死，赤如虾者死，白如枯骨者死，此五色之见死也。"反之则为生。二大先生熟研经书，通神明，探幽微，实为好意。

齐歪歪搁现在叫医闹，二大先生以德报怨，奇经八脉断得准，反出大名了。

在行医制药上，先生必尊古时医师严谨待药，分四时带着爷爷们上山采药，亲自炮制，奶奶们推碾子磨粉，熬制大蜜丸，没有好药就没有良医。遇有疑难病例，爷爷们可参与病人诊脉，可讨论问答，共同下方，多好的传帮带教育氛围。

今日中医威仪和信任不比旧时，图省事也是缘由，医生不管药的事，不曾亲自采药炮制，只知纸上之味，不尝自然鲜味，也不依四时变化，不识药品产地，不问代谢虚实，不管日月盈亏，实是乱用，治得一时一表，却落下许多内伤。

我教过天然药物学，植物采摘、炮制、药性、成分、功能主治都研究，若不认识植物，还可以用拍照识花，一个手机就万事成了。但是哪怕我都认识，知道药性功能，我也不能看病用药，课堂知识脱离疾病治疗。而二大先生带弟子就是在草药间，在病患中间，在治病救人中学得方药，这是中医最可宝贵的财富，以人为本，以自然为依托，是医道最高境界，必当生生不息。

7

家族流传两个经典病例。大伯很小跟着部队东奔西跑，时常空腹喝大酒，引起胃大出血，说一盆接一盆吐血，止不住，吓坏了城里医护人员，让准备后事了。太爷不放弃，长子长孙再有好歹，怎么对得起早逝的大爷，他命二爷、三爷、四爷、姑奶奶，并我伯、我父、我叔，集体探讨治病方子，草药加针灸并用，愣是赶走了死神，大伯活到八十六岁，念太爷一辈子。

我家哥三岁病重，城里医院不收了，人中一扎一个窟窿，三爷、姑奶和我父商量着开方，灌了药汤，施予针灸，依旧昏迷，父亲把草席都备好了。母亲不放弃，摘下顶针，蘸点水在哥身上刮，后背、前胸、胳膊腿、手脚，旮旮旯旯全不放过，都劝母亲别再折腾孩子了。母亲不停下，眼看小孩皮肤从了无痕迹，到出现血印子，再变成血道道，小孩终于有了痛感，嘤嘤哭了出来。

西医治不了的命，中医往往悬崖勒住了马，千人千方，莲开无穷。我从小就这样深刻感觉了。

有时需急治，有时则要缓，激流猛止会呛哮。但中医也能快治。一三十岁女中风瘫痪，西医没办法让她站起来，找到我父针灸，父说，两个法你选：急治，我一针给你扎好了，但一旦再犯病，就起不来了；慢治，也许一月也许俩月，慢慢扭转，不留后遗症。她选择慢治，一个月后走路，没再犯病。

中医留有后路，就是活路，是绿水青山。

对影成禅，汉字刀兵

张金凤 / 文

汉字之间有着非常微妙的关系，冥冥之中，一个汉字与另一个汉字被一根线连着，像千里姻缘。老人们说，天上一颗星，地上一个丁。每人都有一颗与自己生命相关的星星。汉语江湖里的字总有一个或几个与之血脉相连的字，它们有的面目相像，酷似一人，有的却面孔相去甚远，但是心脉一致。汉字的生长也有根有源，它们既有父母宗族，也有兄弟姐妹。这些有着血缘关系的字，有的一生相携不离不弃；有的却兄弟离散、各自打拼；有的相敬如宾；有的反目成仇。在岁月的打磨里，有些字背离了自己的祖训，它们改头换面，心头的大旗撤掉，从此随波逐流，找不到当初的高贵和坚韧；有的字麻木不觉，模糊了自己的容颜，甚至忘记了自己的出身和使命；有的字坚守在那里，任风吹雨打脾性不改，在岁月的熔炉里越炼越刚。它们有的会相认，执手相看泪眼；有的与自己的兄弟姐妹漠然地擦肩而过，永远成为陌路；有的各执一派，井水河水各不相干；有的一直在厮打，都企图征服对方的灵魂，归到自己的精神领域。

有些字堂堂正正光明磊落，如红日高照，即便是在寒冬深夜，也能被它的精神照耀，僧侣袍衣，翩然来往；有些字衣冠楚楚袖藏机巧，寒光闪烁，冷眼苍生；有些字冰刀雪剑，卧波藏虹，或为磨砺，或为斩杀。

一个汉字孤独地站在汉语的高地，放眼而望，那个与自己对影成禅的字在哪里呢？在天涯尽头守望还是从身边碌碌而过？一旦相遇，我们将是敌是友？拔刀相向还是相拥而泣？

拿与舍

"拿"与"舍"是字形迥异的字，似乎很难有一场聚会把它们同时招呼在一起。

"舍"像个茅舍竹篱的荷锄耕夫，那"人字头"的顶端是他的简陋屋檐，也是他尖尖的斗笠和逶迤的蓑衣。"舍"是一眼看到底的简单身世和大众化的劳碌面相，似乎连裤腿都卷着半截，带着尘土、泥巴。"屋舍俨然"，辞藻丰沛的书生这样说，他看见的是一个村庄，众多的"舍"在其中，没有个性，只是一个统一的概念。"舍人"，指客居者，没有根基的"舍"，一阵风就能刮走。一个人腋下夹着一件包裹，走到哪里都没有根。"这是个舍人。"乡下人俗语里这么说，"舍人"是流徙的，形同于叫花子。"舍"在民间语汇里，不是一个体面的字，而"拿"却是极端体面的，他像个戴着博士帽的瘦高学者，戴眼镜，留短须，古籍书卷夹在肋下，一脸的忧国忧民，满腹的刻板规矩。"拿"，口念着"上善若水"，但它永远是高于尘埃的姿态，总想着去拯救谁。

设若将"舍"与"拿"放进芸芸众生里，这两个字遥相呼应的是两种人生的极致境界，但两个字的境界与它们的外形大相径庭。

"拿"字是上下结构，"合手"即为"拿"。一只手平展着伸出去，是无法拿起物品的。单手拿取物品，必须曲其五指，将张开的手掌合拢，才能握成拳，握得紧方能拿得稳。如果要拿更多更重的物品，需要两只手来拿取，更须把双手向一处合拢。孤掌难鸣，很多时候，我们一只手合掌，拿得起的东西很有限，只有两手齐动，才能拿得更多。但是我们的两只手，没有合作的习惯。事实上，万物一直在教我们合作，如果我们要拿得更多，就需要跟更多的手去合作去合掌。手拉手就是一个团队，团队的协作常常无坚不摧，没有拿不下的项目，没有拿不下的高地。"合手"只是表象，"合心"才是关键。貌合神离的合作最终会溃败。

手若要学会合作，首先要学会鼓掌。鼓掌是双手合十的练习曲，这样一个简单的过程，却需要千百次地反复练习。其实鼓掌不需要任何中介物，双手一合，就是世界上最动听的音响、最高的奖赏。一个会鼓掌的人，一定是世界上最富有的人，因为富有才会给予。

作为孩童，最早学会的两个动作是拍手和摇头，这两个动作简单，蕴含却极丰富，或许祖训中早就勘定了教育的本质：教会孩子鼓掌和拒绝，这是人生最实用最基本的两只桨。如果赞同就用你的双手表达你的态度，如果不赞同就只能摇头，对孩子的教育里没有折中也没有虚伪，"合手"是他以后行走世界最有用的动作。

对内"合手"是鼓掌，对外"合手"是"握手"和"牵手"。

最早的人类人际关系很单纯，或敌或友，当对面站着的是你所认可的人，你伸出手，与对方"合手"就是朋友，而如果是敌人，就需要亮出刀子。"合手"是人对外交际的法宝，这个"合手"的"拿"首先拿出的是自己的真诚，然后用自己的真心把对方的信任和真心"拿取"过来，从而完成了交换，也就完成了交友的过程。

"牵手"是人间最动人的风景，在苍茫世间，当岁月和风雨的皮鞭挥舞着，人类最暖心的动作是抱团。当你学会与别人"合手"，会把更多的敌人变成同道，把更多的陌路变成朋友，把更多的相识变为相知。人类一旦"牵手"，力量就倍增。

"拿"的最高境界是两掌相合，中间空无一物，这是佛家双手合十的佛理。双手相合，如果不是在拿什么，那也必是在渴求什么，比如祈祷和祝福，彼时"拿到"的是心灵的休憩和宁静。双手相合，既是"拿"的姿势，又是对"拿"的恭敬之态！但世间之大，你又能拿走什么呢？双手相合，看起来是空空的两掌相对，在俗世的眼睛里，是佛徒的祷告，在修行者的心中，拿到的是尘世之外无边的境界。

若要"合手"，先须手中是空的，空才能拿起。清空自己的杂念，才能进入更大更高的境界，当世界在你眼里都是空的，都不值得你牵绊和流连，这修为和境界大大超越凡夫俗子，这就是大师、圣人的境界。

我们常见佛家弟子单掌在胸前，口念弥陀，这是否代表着自谦修行尚浅，尚未达到看空万物的境界呢？或许，那单掌辟出的是乾坤一半，另一半在等一个机缘，等一个横空来击掌的人。

人是空手来世的，空着来空着走，俗世的过程就是不停地拿起和放下。拿起饭碗和筷子以图生存，拿起扁担和绳索负起责任，拿起书本叩响知识殿堂的大门，拿起锄头当农民，拿起秤杆做商人，拿起金印当起官……拿起是人生的上坡路，人的大半生都在不停地拿起他想要的和摆脱不掉的一切。拿起后终究还要全部放下，一个人一辈子，不曾拿起过什么的算是空活一场，不舍得放下一切的最终被累死。

舍对自己而言是"放下"，对他人而言是"给予"。无偿给予别人东西叫施舍。"舍"与"合"长相相似，有一脉亲缘维系着两者的骨骼和气质。"合"简单如草舍，"茅屋顶，一口丁"，素衣粗衫，襟袖空空，所以他合掌无所顾忌，不需要腾出手来拎上世间的俗物。"合"是清白而来清白而去的君子，清水白粥的存身，诗书礼乐的气节。与"合"相比，"舍"则不同，同样是房子，它却不是茅屋，至少是个二层洋房，即便不是雕梁画栋，也应该是有些积蓄。舍者必然自己有余，你自己都一穷二白，拿什么周济别人？不管是物质还是精神上的富裕，舍者既不是赤贫也不是白丁，他是隐逸在民间的智者和善人。

终于还是要说到"舍得"。舍得被曲解了好久，那些人絮絮叨叨地说："舍得舍得，多舍多得，少舍少得。"呜呼，好像这"舍"是一剂钓饵，目的在"得"上。一心想合手拿取的人，才会企图以小舍获大得。真正舍的境界是不求得，拒绝得，只问自己为这世界能做些什么，而没想从周遭得到一点便利，即便偶尔得到也心生愧疚：那些我不该得，它应该属于更多需要它的人。平常人只说无功不受禄，而他是有功也不受禄，他只想对世间做功德，即使功德深厚也不索取一毫一厘，这是大舍的境界，不要名利，只求对人有益而不欲人知。如此，"舍"便是"得"，此"得"境界高远，岂是凡夫俗子可以参透的？"上善若水，水善利万物而不争，处众人之所恶，故几于道。"他不处高位，甘为孺子牛，卑微如一棵草，可以为风让路，供蝶栖息，抱紧大地，任岁月收割。他可以向任何人低下头颅，为幼小的孩子系鞋带，也为冷酷的屠夫擦去脚上的血迹。

"若不撇开终是苦，各自捺住即成名。"此联前半句说的是舍，想不开、放不下、舍不得的人生会充满欲望的挣扎和痛苦。"撇开"既是换一个崭新的立场去看事物，更是对眼前纠缠不清的一切进行断舍离。撇开，让它去，让它按照应该有的轨道运行，不贪占，不私藏，就离开了那种患得患失的痛苦。

"拿"与"舍"仿佛是背道而驰的路人，一个忙忙碌碌，一个闲云野鹤，行走在自己的人生蓝图里。"拿"的人一路挥洒血汗，不停地攫取。慢慢地，攫取的一切都在他手掌中变成了空的，拥有了一切，一切却不再重要。他蹲在午夜的十字路口仰天而问，徘徊哭泣，精神空虚，对财富和名利的过分攫取成了他的负累、他的坟丘。痛哭中，突然被迎面走来的风拍了一下肩膀，他一个激灵猛然顿悟，于是转身，追那个一路在"舍"的人去了。

柔与刚

世间事常有针锋相对毫不妥协的对立，汉字也是这样，披甲执锐永不言和，总是站到相对立的两岸。人们习惯于这样的汉字阵营，欣赏着人类斗争在汉字世界里的延续。

其实很多字是用自己的心性欺骗了人类，比如"柔"，人们以为它柔韧无骨，没有原则地任人差遣，其实谬矣。

"柔"是"刚"遥远的对手，但"刚"是个傻小子，"柔"却是个智慧女子。从构字的角度看，"刚"是双重的坚硬，"冈"是山脊，坚硬且尖削如刃，既有硬度又有锐利和锋芒，已经是世间的强手，而"冈"侧带"刂"，就更是所向披靡了。"刚"是把硬度写在外表的坚硬，是让人望而生畏的气场，具有以精神和名号杀人于千里之外的魄力。"刚"太强硬了，因为自己锐不可当，所以认为天下无敌，不藏锐也不讲韬略，树敌无数，迎风叫嚣，傲慢轻敌，认为天下无人配当它的对手。

"柔"在低处在暗处，它如流水沉吟，表面波澜不惊，却蕴含无穷内力或者说心机。"柔"的构字是"趋矛之木"，一棵树怀抱着一支寒光闪闪的"矛"，那支"矛"是从它心里长出来的。一棵树要长成矛，这是石破天惊的大事。一棵树，从一株幼苗长起，看似在草木间没心没肺地随风摇曳，泯然于花草蓬卉，其实它胸怀大志，内心有矛，它一直按照长矛的法度规范自己的生长。一个伟大的理想孕育在生长的年轮里，那时候它还幼小，一阵狂风能摧折它，一场暴雨能掳走它，它不得不模糊自己的身份，与杂草灌木交好，依附着它们的根系和肩膀共同抗击生活的皮鞭。它不露峥嵘，但是争朝夕珍雨露。它不用香艳的繁花招引蜂蝶，那样同时会招引猎手的眼睛。它知道任重道远，必须刻苦修炼。它以一脉清流暗潜冰底的韧度，坚守岁月的沉默，蕴藉力量，生长不息。它爱雨露的润泽，润泽使它挺拔矫健，它也爱风雨的磨砺，磨砺使它坚韧内敛，不可轻易断折；它记得寒暑的嘱托，那嘱托使它宠辱不惊，临危不惧。

"刚"与"柔"是哲学的对立与统一，刚与柔并存在人性中。不同的性格、性别、年龄、境遇，使人们刚与柔的对外呈示多有偏差。一个雷厉风行铮铮铁骨的男儿，疆场之上冷硬刚强，但是战袍一脱，也许就是一位儒雅的书生，吟咏起梅花词，想念起远方的小儿女。看似柔弱的女人，在灾难中、生活的风雨中所呈现的韧性往往是令人慨叹的。刚与柔并存于同一个生物体，缺失了刚或者柔的生命都是不完美的。

刚易破，柔难破。强中更有强中手，世无常胜的将军，针尖对麦芒，总有一方要折断，以柔克刚是世间竞争法则的终极。柔是韧性和智慧，是隐藏的力量，看似无骨，实则有魂。柔是意念化的力量，是潜在的钢刀，它将力消弭于无形，拓宽了气场，同化了世界，以无刃之兵，收服世界的不安与躁动。柔软如蚯蚓，一生隐忍，在坚硬的泥土中穿行。水无骨无形，但水滴石穿，再坚硬的石头，也禁不住风吹雨打；再坚硬的钢铁，也会在岁月中蚀出锈花。风流总被雨打风吹去，坚如冰者，禁不住一阵暖柔的南风，英雄无数，总在飘曳的石榴裙下膜拜。美丽是柔的，可以软化钢刀、销熔利器、湮灭恶念。一个远嫁异邦的姑娘，就能平息几十年战乱，一袭娇媚容颜，可换得万户千家不出兵役不烧纸钱。柔是一袭薄纱，透着欲说还休的朦胧美；柔是一湾清浅溪流，潺潺湲湲，可容尘埃，可鉴天地。柔，常常不争，世界却都在倾向它的博大。

你给世界以刀枪，世界遗你以剑戟。所以，柔下来，低头，把力量藏入胸襟。柔不是卑微，不是屈服，不是懦弱，而是博大的内敛，是厚积以待薄发，是沉淀智慧蓄积能量，是四两拨千斤的待发之势。舌以柔存，齿以坚危。越是向卑贱处低下高贵的头颅，你便越高贵。柔是自保，当以卵的硬度面对石的狰狞，破碎还是将表面的硬度低至棉的软度？当你不够坚硬，何不选择柔和？当你足够坚硬，何须寻找对手？选择柔和，在岁月一角，倾听大自然最美妙的天籁。

"柔"是一种处事的方式和角度。两兵相接必有一折，两虎相争必有一伤，最糟糕的是鹬蚌相争两败俱伤，称了渔翁之意。所以狭路相逢，最先柔下来的，必是智慧之师，那个做出眼前短暂让步的人，也必有了决胜千里的大计。

"柔"是从"刚"的躯壳里破茧成蝶蜕变而来，"刚"是一种气魄，是一种年轻的常态，说谁血气方刚，谁就幸运地在青春的领空上飞翔。悠闲采菊东篱下者，也曾满腹的酸，曾有不为五斗米折腰的"刚"，换得挂印而去，执锄南山；唱大江东去者最为刚烈，平生流转命途多舛，落得个"唯有泪千行"；吟杨柳岸者，也因傲然于世，金榜除名。"刚"如锥，刺痛了别人，也免不了伤害自己；"柔"如棉，贴身生暖。最高境界的柔是绵里藏针，即不卑不亢，隔帘生威，不可轻犯，打磨一把月光般的刀，不动声色地剔除顽疾，守住生命的赤诚与本真。

刚之美硕健，柔之美丰满。人生，需刚强处一定要挺直了脊梁，任骨头被捶碎成粉末，也不溶解于浊流；人生，更是一场弹跳的舞蹈，有曲之美，曲径通幽，撞得头破血流时不妨转个弯到达。天行健，君子自强不息。天和君子都是阳刚的，但天也时洒轻漫小雨、缤纷清雪，填补自己柔美的诗意；男人是刚的，但英雄虎胆也需要儿女情长。地势坤，厚德载物，不争不厉。宇宙有乾坤，万物有刚柔，亦刚亦柔的人生才是完整的、可爱的。刚如密处不透风，柔似疏处可走马。刚柔相济，阴阳互补，才为天地之大美。藏锐趋柔才是人生的大境界。

姜与美

有些字天生就是画，是一幅美人图，比如"姜"，比如"美"。"姜"字是个很女性化的字，打眼一看字形，像"美"。"美"是幅中规中矩的美人图，美则美矣，仪态过于周正端庄，缺了点风韵，而"姜"却不然，它有结构上的小变化，这仕女图就在不失正统的庄重上，衣袂间多了些旖旎的雅致。

或许"姜"是"美"的开放体，是从传统向开放走了一小步，用三寸金莲丈量出的一小步而已，但这微小的差别足以让"姜"春风拂面。其实"姜"字的上半部就是"美"字的上半部，它们初始的构图是一致的，只不过下面的裙角翩跹有别。"美"字的裙似乎是八瓣垂地，衣袂井然，裙裾袅袅，而"姜"的裙角是波浪式的，天生的旋起感，哪怕是静止不动，也似乎波涛暗涌。其实"姜"与"美"的下半部结构都有"人"字，只不过"姜"的"人"字做了变化，比一般的"人"更具体，具有了女人的特征，不像"大"那样支棱着腿站立，那更像一个男人，莫不是"美"在古代专指美男子，女人哪有那样站的？而"姜"之美有了些扭捏，着地的两个笔画交叉一下，成了"女"，矜持娇羞，女性十足。单单一个"美"字头和扭捏的姿态也就罢了，下半部分是个扎扎实实的性别字"女"，姜不就是"美女"吗？或许"美"与"姜"就是当时分别对美男女的最美嘉奖吧，至少"姜"应该是"美"的闺密。所以人们称呼这个"姜"的姓氏常常叫"美女姜"。

人初次见面要寒暄，要自我介绍。我姓李，木子李；我姓张，弓长张。姜姓的人说，我姓姜，美女姜。作为女士这样介绍可以因姓氏而莞尔，可是有些五尺男儿，老是把"美女"二字挂在嘴边，感觉缺失阳刚之气，过于儿女情长，于是对"姜"字的解析，就有了创新。从书写结构看，姜的上半部是个"竖"下不出头的"羊"，说羊女姜自然不中听，可以说"羊角姜"。羊的起笔两个点，在汉语中被习惯叫作"羊角"，所以这个比较容易接受。

作为姓氏，"姜"在历史上是贵族。据说姜姓源出神农氏，炎帝生于姜水，因以水命姓为姜。裔孙姜子牙周初封于齐，到战国中期，为田氏所灭，子孙分散，有以国名为氏是齐氏，或以姓为氏是姜氏。姜子牙在民间的影响力非同凡响，众神都是他列的封神榜所封的，所以老百姓对姜姓很尊重。另一缘起说姜来自"女癸"，姜姓本是女癸所生。女癸是何人？据说是"有人皇部落，居任，任有女癸。女癸，嫁给帝，其所生子皆赐姓曰'姜'"。甲骨文中，"姜"字就是"癸""女"合体字。在汉仪小篆和方正小篆中，"姜"的形体就是"美"字的样子，底部是"大"而不是"女"。

"姜"也是一种植物，这类植物特殊，似乎很难定性为哪一类。作为药，它暖脾暖胃，温阳而养阴，炒姜成珠则可暖宫寒、调气血、防风寒，诸病可治。若以姜入厨房，则去膻腥、提鲜香，便是百搭之调味料。

"姜"的历史渊源深厚，《史记·周本纪》记载，周代的先民后稷，名字叫弃，他的母亲叫姜原。后稷擅长农耕，教百姓干农活，使周代先民脱离那种逐水草而居的游牧生活，进入了定居耕作的农业时代。人们纪念姜原，就将民间驱寒的植物叫作姜。姜一直是民间的宝贝，医家用姜治病救人，即便寻常百姓也都懂得，伤风了要用姜催汗驱寒。

"姜"和"美女"总该有些关系的，要不然对不起老祖宗造字时的暗示。姜在养生学上是美容保健的神器。神奇的姜，既能美颜又能养生，着实是宝物。其实老祖宗在造字的时候早已经洞悉了这一切，民间有"男子不可百日无姜"之说，而"冬吃萝卜夏吃姜，一年不用开药方"的民谚，则表明人们已经认识到姜可以养生祛病。生姜、鲜姜、干姜、老姜，一姜解百毒。孔老夫子说"不撤姜食"，宋代朱夫子说，"姜，通神明，去秽恶，故不撤"。一株植物块茎，与神明世界相通，受民间膜拜是合情合理的。

也许"姜"是修炼成仙的"美"，比美还内敛，潜藏着更有韵致的美。从药典到古经，从宫廷到民间，姜可外用内服，横跨着医药、烹饪、熏灸等多个领域，是人类健康的一贴超值的药贴。"姜"，大美也。

雪蝶

张佳羽 / 文

迎面的风有点温文的冷，像晨光蘸着梦呓向脸上扑粉。地面是湿的，天是灰的，雪朵任性地飞扬着。我走在上班的路上，感受着浅浅的冬意。

回想，今年秋雁南别以后，兰州落过两三场雪。

头次，秋的尾巴还在扫来扫去，突地降温了，雪急急迫迫地来了，被市内压制不下去的余温熨平了层次，一拧一摊水，好不狼狈。但雪不懊丧，在高处编啊编，给兰山编了一顶毛茸茸的白帽子。街面上溜达的人们仰头一望，噢，黄河流水哗啦啦，兰山初雪白花花！

这算是对首雪的总结了。雪后，气温迅速回转，似乎又见秋高气爽时节，天儿蓝，云儿白，风和日丽，满街盛开女人花，一朵一朵，那样淡淡地素衣素锦，那样清丽地十里飘香。人们由此推断，今年可能是个暖冬。

第二场雪，是在立冬后的第二日。很显然，雪是举着令旗来的，有了冬的威威不可蔑兮簌簌不可无，它在兰州城的上空布阵，旗招北风寒，令至雪翻飞。问高楼：接不接纳？高楼抱襟：接纳接纳。问道边树：接不接纳？道边树张冠：接纳接纳。问青青草坪：
接不接纳？青青草坪匍匐：接纳接纳。于是大雪盈盈，铺盖了
城池。

此雪维系了一天，在兰州的大街小巷，生生地描抹出冬的眉
目。躲在树林里的斑鸠一遍遍召开家庭会议，研究一大家子鸟的过
冬问题。我在读者大道的好几处空地上，遇见群鸠席地而围，说着
唯它们能听懂的鸟语。

人们以为冬威临幸，没个两三日是不会撤离的，冬神从此落
户，与大家成邻居了。错，雪的战术是速战速决，来得快，去得利
索，好像戏弄了一下向来还算准确的天气预报，九日扫了金城秋，
十日班师回天都。

这可苦了红叶城的金丝菊、羞女菊、瑶台玉凤菊、美人菊们，
正开得艳艳的，冷不丁一床雪被压下来，虽不到24小时，待晴日，
撩被相看，菊花一点正经的样子都没了，精致的妆容毁了，蓬头垢
面，枝折颜残，东倒西歪。人们摇头，罢了罢了，雪摧秋菊了残
生，从此香艳诀别冬。

但菊花的命运是不接受预言的。暖阳复照一周，又坚韧不拔
了。虽不及始前的冲天竞放齐灿烂，却也娇巧蛾眉犹新发。人们围
着菊园，这样合照那样摆拍，好不惬意满满。

节令不可违。冬天来是来了，扬雪，却不留雪，天象不到刻
意处，穹庐不识薄暮。该明丽的地方，依然明丽。只是银杏的叶子
似乎一夜之间通体金黄，像是一株株挂满金元宝的发财树，招人赞
叹。垂柳还矜持着，欲黄还休，一辫辫长长的枝条儿醉醺醺地绿

着，绿得干渴，绿得混杂，没了少女的纯真和迷蒙感。

到了周日，睡懒觉的人们晨后惊觉窗前薄雾茫茫，园里草尖凝霜。这是今年兰州迎来的第三场雪了。

雪不大，但足以说明降温的濒临。天，阴沉沉的。本想将这一整天交给雪，让它占满三顿饭的时空。谁料，午饭碗筷刚放下，窗上放晴，放眼望，云絮撕破了，天露蓝底了，冬阳探头，照得玉宇澄清万里埃，到处一派和谐相生的画卷景象！

走，出去自助消费不售票的新鲜空气。南河道，雁滩公园，四十里黄河风情线，听人欢鸟叫，看碧波倒影，闻冷颜氧吧。逐放心情，吟成几句诗；回味岁月，哼成百段歌。

随后几日，再见银杏树，轻风习习，金鳞片次萧萧下，遍地余晖瞳瞳明，脚下一层软绵绵，枝头万梢皆成空。老槐也不低调了，青叶解缆慰沃土，满街美眉迎风舞。冬象开元作序，不管你喜不喜欢，接下来要长篇大论了。冬的好处，冬的坏处，公说公有理，婆说婆有理，冬都置之不理。该让落叶树脱衣服的，你不帮忙，它照样宽衣解扣；该让百花卷帘入阁时，你不允，它照次凋残不误。

有了冬的感觉，想每日出门的行头，红蓝搭配，灰白搭配，青黄搭配？搭配来搭配去，把自己搭配得剪不断理还乱。向镜而立，怎么看，都像快要趴窝的冬眠虫。

回想前几场雪，很是疏忽了一件事——观赏，以至于雪是怎么下的，连个囫囵的概念都没有。雪，来来去去，不曾影响我什么，但于冬的形态来说，我很是自责的，没有像恋人一样走心。

今日这场雪，是在后半夜下的。6点的挂钟按惯例唱一曲"大红公鸡喔喔啼，起床上学我第一"，虽已名不副实，我娘还是赶早起来，收拾一下并不杂乱的家务。她撩开窗帘向院子张望，夜幕还未将最后一层拉开，燃了一夜的路灯有些疲惫，耷拉着眼神，只照着周围一掬儿亮。我娘探看了一会儿，忽然扭头朝两个卧室嚷嚷："是不是下雨了？地面好像是湿的。"我翻腾下床，凑上前，没错，灯光下的地面有些泛明。但我肯定地说，不是下雨，是下雪。

到了7点半，天色大亮，我在窗上看到有雪在飞。雪是轻盈的，率性的，零乱的，不多，如入自由世界，有从近前向远处滑翔而去的，有从远方向窗口旋转而来的，有向上可劲努力的，有向下任随陨落的，有互相追逐嬉戏的，有貌似激烈争论相向发怒的……有几朵贴着窗玻璃朝里看，想找个缝儿钻进来，它们顺着玻璃面向上爬，向左摸，向右摸，甚至绕着窗口画圆，虽看不见它们的翅膀，但飞得灵动，飞得曼妙。

我突然冲口而出，冲着它们叫：雪蝶！对，它们是雪蝶，一群有诗性的雪蝶！我要走路去上班，用我热情的对视，去喂养它们的饥渴。它们是冷神的使者吗？那样动漫，那样精灵，那样韵律。

地面湿漉漉的，踩在上面有些清凉，裤脚的风哇啦哇啦地叫，却寻不着一处结冰的地面。空气像过滤过一样，呼吸不到一颗尘粒。东方渐明，城市里的所有空间都辽阔起来，广场东口那两栋玻璃楼浑身嵌满深蓝，远远看去，像包装错了的姐妹牌口红，想给天空重重地涂唇，却打不开头上的封口。

雪一阵大，一阵小。大时，像群蝶赴约，风一吹，朝一个方向倾巢，尤其是柏树、松树和一些别的红叶杂树的高处，它们不顾一切向里钻，最后钻得自己全不见了。我佩服它们对人类的一个词学以致用，前赴后继。前面的进去了，后面的跟着来。小时，几片儿翻飞，那样悠闲，遇着行人，追前围后，通体玉洁晶亮，动作流畅舒展。你捉它不住，它若即若离。你爱它，它吻你；你不爱它，它撩你。我不忍心捉一只在手，怕弄坏它们的翅膀；它们也不忍心沾上我的皮肤，怕激灵我的体温。

就这样，我望着雪，走在读者大道上；雪围着我，送过一程又一程。万物沐浴，叶润肤鲜；四方昂然，气宇非凡。飞啊，雪蝶，与我一路随行。天空，薄云如翼，我生怕急急火火赶来的朝阳，刺破这雪朵的帷帐，使万蝶不复，空留长念。

出门预备了厚衣，多余，身上没一处感到寒冷。呼出的气，微微有些泛白，但白得不浓，稍不留意，就化作看不见的空气。双手潇洒挥动，完全可以旁无所顾地指点江山，从黄河飘来的冷息，在手指上啄一下，既不见伤口，也不见疼。这就是这个逢雪的早晨！

我没有遇到冬雪，我相遇了一群雪蝶。

（伍） 各有渡口，各有归舟

湮远的往昔回想彼时的我们是多么的青春、热炽，犹若熊熊燃烧的火焰；而今年华星霜几许，早已不再是最初的自我，余烬未熄的竟是未曾休止的文学书写。在梦与现实之间纠葛、撕扯，仿佛永生的未竟之旅，这般地决绝。不轻易妥协的悲壮身姿，雪的冷冽，铜的坚韧，留下暗夜微光般的一声感叹，没有其他。

雪境

林文义 / 文

雪停后，他们轻划小舟犹如叶片栖水，趁着余晖可见，先是放下一盏一盏的纸灯笼，漂浮潺潺水流，轻缓地，悠闲地不露痕迹。我伫立在数尺之外积雪的露台，静睨舟人的动作，仿佛身在一首古代的唐诗中。

似乎演示着某种着意的情境，舟人两名，一人划桨另一人布灯，头戴宽大斗笠，身披蓑衣；待夕阳逐渐消隐在前方丘陵那一大片冬季光秃无叶的枝丫顶端之时，流金的最后一抹暗橙炫亮如隐去的金鱼藏身。舟人开始点亮烛光……夜来了，雪的两岸衬出溪流的黑，像墨迹勾勒成弯曲意象，一朵朵烛焰跳跃着暖意。

独钓寒江雪。我忽而油然忆及这句古诗。四下悄静无声，什么时候布灯、点烛的舟人已不见；在我不经意之间，他们早已上岸，如一帖古诗断句歇止在停滞的视野转角，就留下一河的烛影摇红，错觉是夏夜偶遇莲池，一朵朵绽开的花瓣，倾吐着爱的私密或者回忆。

千山鸟飞绝……据说此地一向是野鸟群栖之所，丘陵延绵以一种女体温润、柔美的幅度向高山层叠而去；斜卧托腮的浴后之女，湿濡未干的发绺垂落如溪瀑，凝脂如雪的肌肤泛着暖焰的温泉潮气，许是饮了些酒，酡红双颊映照棱花镜里的绝色，微眯星般双眸，情欲将近的暴烈以及轻柔的解意，像蛇般魅惑……

同样在温泉浴之后的半百男子，仅着浴衣，里头全然赤裸，竟然本能地臆测揣想：冬夜临雪的冷冽，诗以及情欲，都在星空泛漫的幽邈之下，感觉某种复杂的空洞与充实，这是怎么一回事？我兀自反问。问谁？仿佛隐约的回音：问你自己。是内在灵魂吗？裂帛般地忧然，与冬夜一样颜色的乌鸦飞过迷乱的刹那。

诗人年少初集名之：《献给雨季的歌》。那是多久以前了？初夏的花莲美仑溪畔初遇的晚餐，秀异的诗人在佛教医院做心理咨询师，曾是我们诗社同人惜未曾相见，却早已拜读过他早慧的诗作。我们曾经风起云涌却短暂如萤火一闪而逝的诗社呢？他谨慎问起。我怔滞片晌，一时竟失语静默，只有摇头曼声答说，我也不知道。是否诗人多少误认我有所遁避？那时，诗还离我很远，只是爱诗却无能试笔，仿佛依稀地，诗社被干预继而裂解……

湮远的往昔回想彼时的我们是多么的青春、热炽，犹若熊熊燃烧的火焰；而今年华星霜几许，早已不再是最初的自我，余烬未熄的竟是未曾休止的文学书写。在梦与现实之间纠葛、撕扯，仿佛永生的未竟之旅，这般地决绝。不轻易妥协的悲壮身姿，雪的冷冽，铜的坚韧，留下暗夜微光般的一声感叹，没有其他。

终究还是偶尔必须请教诗人，竟非诗的赋格或是韵律，而是生命几近灭顶、绝望之时的寻求告解……专业的心理咨询医师，在子夜电话那端被躁郁的声音唤起，我问说，我怎么办？我那长年来如同鬼魅的梦魇以及绝望。他倾听、理解，耐心地为我评析、释疑；沉定、恳切的声音从远处来。忽然很想贸然地问说，你，还写诗吗？医生与诗人，你的眷爱是什么？

沉定的心理咨询医师，想见洞悉我们这一世代人的深邃苦闷。无明的乱世、破缺的美德、理想的幻灭、迟暮的沮丧……他终于为我们这一世代写下了明晰、透彻的病历表——

这一个世代，就像一群俄狄浦斯，年轻时凭依着自信和正义而弑父一般地贪欲革命，却又遭众神诅咒而自盲双眼，流放于科罗诺斯……

雪夜仰看天空，被流放无尽世代的俄狄浦斯而今飘浮在漫漫星云之间的坐标何寻？雪，悄然无声，轻轻地散落如花飘零，林间虬张的枝丫，想是难以承受堆积的重负……我是凡间流放自己的俄狄浦斯，曾经锐气的短剑早已锈蚀、沉埋，是谁削钝了我的锋芒，是怎般的黑暗掠夺去我朗飒的明亮？年华啊，岁月啊，我再也不再苦思寻索，就让它静谧地如雪落无声。

他们说我文字耽美的坚执是一种逃避。这是三十年前的善意诤言抑或未谙之误认，而当世代的纷乱与黑暗犹若激云奔浪时，我的耽美、孤高不再容许自己闭锁于城堡内里的自怜自伤之际，必须决绝选择毅然的突围姿势，断然一手执笔一手拔剑，毫不迟疑地投向战斗……

青春之决绝，意志之沉定，持花挥戟的奔马扬尘；自以为悲壮而华丽，盔甲银亮，旌旗猎猎，风起云涌的理想争逐……令我想起曾经是幻灭于历史旧页中的摩尔人军队，从何而来，因何而逝？揣臆：北非大漠，亚麻仁色的篷斗飘飞，褐黄战马与砂砾同般颜彩，高举的弯刀灿亮如子夜的月光，奔跃同步于大漠风暴，待海那边的西班牙人看清之刻，已来到眼前。

我是三十年后终于明白宿命，最后的摩尔人的余绪吗？仅以文字建构一座残存的阿尔汉布拉宫，留下汩汩的一湾泉水，却不再是最初的清澈、洁净，而是混浊、凝滞。我的梦呢？我曾引为铁律的巨大信念呢？迷梦的王朝、穿着新衣的国王实质是谎言与贪欲的恶徒，蝮蛇与毒蝎的交媾合体；吹奏着酖毒的笛音，一群迷鼠惑于糖蜜、驯服、蒙昧的投海自溺……

古老的传说、虚构的神话，警世的寓言？我所逆向、依违的生命抉择，我宁取边缘不涉众声喧哗的断然，自是文字之耽美坚执地护持与涤净，犹若孤鲸北汹，冰原之雪那般贞定。

如何精确辨识雪的不同，犹如生命过程明晰人心之多端。漫行过多少冰雪的旅路，平芜苍茫却那般无瑕之白，艰难的举步，留下长长脚印，深陷或者浅显揣度落雪堆积的厚薄；柔软地、轻缓地不由分心，谁知雪下是坚实硬土抑或是裂解的缝隙，如此试探安危仿佛人生。

仿佛人生。此时子夜方临，面溪伫立才知水灯已灭，那一朵朵晕黄的烛火哪里去了？莫非化为花魂等待，春暖到来这里想是群樱绽放、飞鸟齐鸣。我却选择冬寒而来，仿佛自愿迎身逢雪，冷亦是一种自然绝非一次蓄意；单纯的美丽与洁净，我是如此地自在自得，但见疏星闪眨，数千光年之外，是否亦是飘雪纷飞？未知的无垠浩瀚，雪与我却如此之近。

　　静静看雪，仿佛聆听夜曲，读一首诗。

喧闹的不是花

曾郁雯/文

参观类似金阁鹿苑寺（俗称金阁寺）这种重量级的观光景点，永远都不够早，镜湖池华丽璀璨的倒影果然已经挤满游客，因为美得太不可思议而被三岛由纪夫在小说中借年轻僧侣纵火焚毁的金阁寺，即使未曾亲见，早已透过文学永远活在世人心中。

有人爱三岛由纪夫，有人爱小说《金阁寺》，有人爱眼前美景，这些影像常常重叠在一起，而我一直想找个冬天来看看被白雪拥抱、安安静静的金阁寺。

相对于金阁寺舍利殿的璀璨耀眼，位于东北方小山的茶室"夕佳亭"，别有一番风味。"夕佳"，多么美的名字；这个当初为了迎接日本后水尾天皇建造的茶屋，夕阳西下之前可以在此尽享眺望之乐，比"夕阳无限好，只是近黄昏"更怡然自得。茅茸根厚重的屋顶爬满青苔，茶室内南天床柱简单朴素的线条百看不厌；青苔同样蔓生在茶室前足利第八代将军义政喜爱的石灯笼和富士形手洗钵上。岁月是公平的，不论是室町时代北山文化极致之作的金阁寺，或是排除装饰简洁谦卑的数寄屋造茶室，皆如风之过隙，水之倒影。

原以为四月只有迟开的八重樱可以期待，龙安寺山门前却是百花盛开一片喧闹。

这次看到完全不一样的龙安寺。

到处可见壮观无比的踟蹰（杜鹃）和硕大如碗的八重樱，二十枚重瓣层层包裹成一朵朵大轮，纯白、浅粉、深绯成串从天而降。艳黄奔放的山吹（棣棠）像烟火四射，旁边绛红的木瓜（贴梗海棠）兀自在春光中绽放，这般娇艳的木瓜花却因为花期暧昧不明被京都人称为"呆花"，足见京都人对季节是何等的严阵以待。

点缀在翠绿松杉之间还有花瓣肥厚、含苞待放的辛夷（紫木莲，又称木笔），神来几枝就足以闹上枝头。这里还有四月下旬才开花的"御衣黄"，这种樱花特别娇贵稀罕，黄绿色复瓣却显小巧。台湾少见的石楠花，清丽高雅。枝垂樱下落英缤纷，紫藤串串花蕊已经等不及在风中摇曳。

龙安寺四季花卉之美艳名远播。春天，涅槃堂前的红梅、石庭塀墙的枝垂樱。夏天，镜容池畔菖蒲、睡莲等三十多种花在绿意中竞开。秋天，库里前的表参道漫天红叶如隧道绵延。除了枯山水庭园，季节魅力也是龙安寺入选世界文化遗产原因之一。

千万别小看这个庭园，此园还有三个名物，一是方丈庭园外一株丰臣秀吉攻打朝鲜时带回日本，最古老的侘助椿。二是方丈庭园北侧茶室外的蹲踞"吾唯知足"，中间一个口，端看观者心境与上下左右四个偏旁如何交手，禅机十足。若对日本战国史有兴趣，"真田幸村"之墓也在这里，德川家康虽然差点死在他手里，最后还是封他为天下第一神兵。

穿越百花盛开的龙安寺，方丈庭园现前。

英国女王1975年访日特别钦点的名刹龙安寺属临济宗妙心寺派，德大寺别庄，1450年由室町幕府细川胜元开山，应仁之乱烧毁后1499年重建。东西走向的方丈庭园又称"虎之子渡庭"，故事当然与禅宗有关。话说母虎产下三只小老虎，有一天她得背小老虎过河，但其中有只小彪虎特别凶，母虎怕小彪虎趁她不在把另外两只虎子吃掉，只好把彪虎先背过去再回头背另一只，等第二只虎子背过去之后再把彪虎背回留在原岸，第三趟赶紧再把第三只虎子背到对岸，伟大的母虎再回原岸，最后一趟才放心地把小彪虎背过去。这个母虎负子的故事比喻若要从这岸到彼岸求得解脱，修行者必须勇敢克服种种挑战与艰辛，生慈悲，长智慧。

方丈庭园中铺设白砂，十五块被青苔围绕的石头从左至右以七、五、三配置，又称"七五三之庭"，象征浮在大海的岛屿或宇宙的星座。不论从哪个角度欣赏都有一块石头会被挡住，数来数去只有十四块石头，这座枯山水庭园被誉为最能体现禅宗真髓，白砂如同浩瀚海洋，石块象征佛教思想中永恒的蓬莱仙岛，完全表现一沙一世界的意境。

白砂三方朴拙的油塀矮墙甚美，每年春来土塀内那一棵盛开的枝垂樱，直落落由外探入墙头，与素朴的庭园形成强烈对比，丰臣秀吉曾歌曰：

　　樱花枝头降下

　　不合时宜的雪

莫非有心催促晚开的樱

早日绽放

那是个文人武将都爱吟诗作乐的时代。

龙安寺适合静坐，但旅客如织，连走路暂停都很难。一对年轻舞伎在络绎不绝的游客中特别显目，大家频频拍照，这两位面容姣好的女孩撒娇要客人买东西，礼物拿到手时稚气未脱地笑逐颜开，插在发髻上的缨络花枝乱颤，与四周静默不语的枯山水毫不相干，参禅吧！

因午餐后要准时搭船游岚山保津川，我们11点之前就抵达京怀石料亭"吉泉"。

创建于昭和十年（1935年），2014年才刚刚从米其林二星晋身三星的吉泉料亭位于下鸭神社附近，翠绿银杏和盛开的山茱萸静静开在街道两边，隐藏在民宅中的吉泉外表是一座朴素二楼木造建筑，门后微湿踏石一阶一阶把客人往内引，三分头穿着和服的年轻店员笑起来一双单眼皮就像制服上用毛笔写的吉泉二字，神采飞扬。

我们先到茶室翠松庵休息用茶席，床之间"胧月夜"挂轴前插着苍蒲，香也点上了，每人一碗樱花茶，纤细花瓣在光彩夺目的金底茶碗若隐若现，八重樱盐渍后散发淡淡清香一扫疲劳。随后送上甜甜的艾草团子和软饴，正好搭配浓浓苦苦的抹茶。至此，大家已经亲身体验怀石风料理密不可分的书道、花道、香道与茶道，这也是亭主谷河吉已先生的专长，如果吉泉能摘下三颗星，从进门这一刻就得分。

踏进大包厢，已经准备好的先付、八寸、冷汤一字排开，只能用华丽壮观来形容。最吸睛的是豌豆汤，一颗颗翡翠般鲜绿浑圆的豌豆仁浸在宝蓝金边水晶高脚杯中，既纯真又贵气，底下的白瓷盘子牡丹唐草描金，锻造银汤匙留着金属表情，完全意想不到的时髦搭配，手法高明。豌豆汤克服没有油脂仍能入味的问题，淡淡的清甜在初夏时分尝来特别爽口。先付也很美，最底层是透明寒天葛粉鱼冻，铺上春夏之交盛产的北海道金黄色海胆，豪气干云，再叠上一缕深绿色干海草，颜色和口味都层次分明，浓郁海胆配上轻盈鱼冻入口即化，香气却久久不散。向附将当令海鲜分装在六格长方陶盘，生干贝、鲷鱼、软丝、乌贝、小乌贼和鲔鱼，散置野菜、小白萝卜、红萝卜丝，是一首海洋田园交响诗。椀物的干贝真丈放在五彩斑斓波涛流水纹轮岛漆碗中，莺菜连根处理成一弯新绿与红人参（红萝卜）摆得像静物素描，汤汁清爽高雅。我发现吉泉料理善于制造美的冲突，挑战眼耳鼻舌身意五感极限。

亭长谷河吉巳先生是职人料理"生间流"庖丁传人，九岁就发现料理的喜悦并立志走上这条路，到京都学习花道、茶道、书道、香道、诗歌，可谓文武双全。平成十一年（1999年）7月参加电视节目料理铁人比赛，以鳢鱼（海鳗）料理完胜打败当时的铁人森本正治，赢得铁人称号。其实他早就被《纽约时报》誉为亚洲顶尖名厨之一，慕名而来的外国人很多，据说年轻时曾经在台湾省台北市林森北路的日本料理店工作。今天因客人多、时间紧，谷河先生一直待在厨房，否则一定会和客人聊天，健谈的他，像个"顽固老爹"，总是盯着客人确认是否吃对顺序，让客人享受百分百的创作心意。

接下来放蒸物的九谷烧中钵造型独特，有点像香合，彩绘红绿相间的灵芝图案。掀开盖子，这道从来没吃过的蒸寿司，以百花绚烂之姿登场。

南瓜刨成金黄细丝的"南京剑"上，放着艳红姜泥、红白萝卜、樱花和翠绿山椒芽，像座小花园；吃的时候把铺在底下的紫苏醋饭一起搅拌，五彩缤纷又香气逼人。在这么艳光四射之后登场的焚合，马上变身，鲛康鱼肝、六角柱小芋和古意盎然的蕨菜陶皿合为一体，绿油油的碗豆荚上虽然只看到一丁点黄色柚子皮，轻炙过的鱼肝却是浓浓橙香，绵密的小芋头入口即化，唇际余香袅袅，完全是初夏一片晴空的味道。烧物用的是最高级的樱鳟，一旁水晶小吸中鲷鱼子拌紫色荞末，沾一点点味噌就能让烤鱼格外鲜甜。

上留椀时我发现配豌豆饭的香物（腌菜）放在一整片新鲜葵叶上，位在下鸭神社附近的吉泉用双叶葵当象征图案一点也不为过。下鸭神社（贺茂御祖神社）每年五月都会举办日本最古老的祭典"葵祭"，所以吉泉入口处茂盛的葵叶、茶杯、女中的服装都可以看到双葵叶。最后水物蜜柑果冻为这场高潮迭起的盛宴画下完美句点，在大家依依不舍准备上车之际，终于看到满头大汗从厨房赶来与我们道别的亭主谷河先生及夫人，高大壮硕的谷河先生浓眉细眼大头大脸，高挺的鼻子配上一对弥勒佛大耳，活脱脱剑侠现身。吉泉官网上有一张谷河亭主头戴平安时代的乌帽，身穿狩衣，大砧板上躺着一尾鲷鱼，旁置怀纸，河谷摆开阵势，左手执长筷，眼神专注凝视右手的料理刀；这一幕就是平安时代的宫廷在重大节庆举行的仪式，要先表演这个刀法表示祝贺才能上菜。池波正太郎在《食桌情景》一书中描写他到京都老铺万龟楼欣赏当家主人生间正保先生（生间流第二十九代接班人），用生间流独门的"连环刀法"分解鲤鱼。池波形容："那双手优雅流畅的动作、精锐的双眼与那充满气势的身体力道，每一个动作都深具内涵，感觉像是看一场舞蹈。"我们用餐时刚好有一群人在料亭旁拍时代剧，河谷亭主这般气势绝对不输男主角。这么粗犷的男人怎能做出如此细腻的料理？招招式式出手不凡，正中要害，这就是把千利休一期一会的精神，将一生的修炼在一餐饭之间完美呈现。

从九岁走上料理之路至今已经很久了吧？这一路是否时而百花怒放时而曲径荒芜？京都另一家怀石料理名店"木乃妇"的三代目（第三代传人）高桥拓儿在他的《十解日本料理》书中写道："在我出生之前，祖父与父亲便从早到晚站在厨房工作，他们总是很晚才躺在床上呼呼大睡，看着他们的模样，我老是不明白为什么他们总是日复一日做着同样的事情。"原因无他，北大路鲁山人曾说："书法、绘画、陶器、料理皆然，最后呈现出来的是作者的姿态，无论善或恶。显现的是自己。……了解真相之后，就会戒慎恐惧，不敢乱来。"

这是初步的觉悟，高桥拓儿最后体会到"学会形式，再创造自己的形式，最后化于无形"。他认为这种有形无形的暧昧正是日本料理独一无二的精神。"温故知新"就是谷和亭主的料理真髓，享用谷河亭主的料理如武士对决，刀不出鞘就知道功夫有多深。武士之道与料理之道相同，日日夜夜追求修炼，山高水长，只有自己知道功夫有多深，路有多远。

在吉泉，我第一次见到盛开的山茱萸，日本称为花水木，粉的、白的，一朵朵近看像莲花，远观似彩蝶，春色旖旎。

喧闹的不是花，金阁寺、龙安寺前喧闹的是来来去去的人，忙忙乱乱的心，地老天荒，幸好还有一些东西安安静静永远都在那里。

附录

·会席料理的菜单因流派和地域的发展不同而有所差异，目前并没有统一定论，比较理想的组合范例参考如下：

1.先付：开胃菜，搭配餐前酒。

2.向付：刺身，关西雅称御造(Otsukuri)，即生鱼片。

3.椀盛：又称煮物椀，汤品，以水熬煮昆布、柴鱼萃取的高汤，搭配烹调过的当季鱼贝类或蔬菜，以清澈高雅为上品。这道菜最能表现主厨的烹饪功力及料亭的水平。

4.烧物：烧、烤的鱼、虾、蟹等。

5.扬物：又称油物。炸的天妇罗。

6.焚合：不专指一种菜名，而是将数种先分别煮过的食材组合在一起的拼盘。

7.蒸物：蒸的食物，如土瓶蒸。

8.八寸：下酒菜，当季的山珍海味，以摆盘精巧且具季节感为特色。

9.强肴：又称进肴或追肴，劝君更尽一杯酒的配菜(多为醋物)，不一定每次都会出现，主要是客人若还想继续喝酒，才会出这道下酒菜以提高酒兴。装在小钵的醋物，可以配酒并帮助消化。

10.食事：包括留椀（止椀）的味噌汤（意思就是到此为止），
香物(渍物)、饭(或面类)。

11.御果子：和果子。

12.水果子：水物，当季的水果。

注：烧物、扬物、蒸物、强肴会视情况调整，不一定会齐全。

乐在“棋”中

王兆胜 / 文

我与“棋”结下了大半生的不解之缘。

很多人不愿甚至讨厌下棋，它既费时又累脑子。在我，则喜欢其间的智慧、无边的欢乐，还有难以言说的“很有意思”。

从懂事起，我下的是军棋，是由司令、军长、师长、旅长、团长、营长、连长、排长、工兵、军旗组成的那种。内容简单，子力不多，简单易懂好学，这是农村孩子们的玩具，也是一种较高的智力游戏。那时，一有时间，我们几个孩子就到大伯家下军棋，捉对厮杀。因为只有一副棋，只能输者下，赢者守擂，换人上去攻擂。军棋分两种下法：初学者喜欢明棋，两人将双方兵力明摆，猜包袱、剪子、锤，猜对的先手下棋，后者吃亏。有一定水平了，就对明棋不以为意，改下暗棋，即谁也不知道对方怎样布局，相互攻击，由第三人做裁判，最后看输赢。我不是下得最好的，但胜率颇高，这是最早形成的棋瘾。儿子小时候买来军棋，我与他下过，但找不到童年的乐趣，儿子也不像我那样有瘾。

下象棋是农村另一活动，一些干不动农活的老人往往在街头巷尾摆开阵势，特别是春秋时节，阳光明媚之时，也偶有散人和闲人围观，这成为乡村生活之一景。与方块军棋相比，圆圆的象棋太难，特别是下棋人总是长考，半天不走一步棋，不会引起孩子关注。因为爷爷的弟弟王殿尊喜欢下象棋，家住得又近，我就偶尔去旁观一会儿。小爷爷年纪很大，又患有严重的肺气肿，他坐在小凳上，一边不停用嗓子拉长长的胡弦，半个村子都能听见，让人难受至极；一边是吃对手"子"或"将军"时，棋子碰撞得震天响，颇有胜券在握的气势。小爷爷长得与我爷爷王殿安很像，严肃程度也像，我一直怕他们，没留下疼爱我的感觉，只有那声声拉不长也拉不断的呻吟声，让我对象棋留下深刻印象，也知道了一些棋理。后来，偶尔也与人下过象棋，但输多赢少。后来，在济南、北京城里的街头巷尾遇到下象棋的，也会停下脚步欣赏一番，但有时围观者众，要做的事太多，总是看一两局就快速离开。

读硕士研究生时开始接触围棋。那时，学习自由轻松，吃饭时，大家捧着碗到每个房间串门，看看这个，聊聊那个，一顿饭就吃完了。有一次，转到一个房间，发现围了一大圈子人，探头进去，才看到两人在下围棋，一白一黑，在一个木质棋盘上敲得脆响。以前，有过下棋基础，也有兴趣，这样一来二往，我就看会了。后来，我就上了手，与初学者切磋，互有胜负。下着下着，就上瘾了。与军棋和象棋比，围棋更容易学，知道两个眼活棋就行，谁围得棋子多谁赢。当然，这里面的道道很多，水极深，学会容易，下好难。围棋极费时间，有时来了兴趣，我们就下通宵。自从爱上围棋，生活的乐趣与日俱增，但读书学习的时间少了，这是一个重大损失。考上博士，到了北京，因为棋逢对手，对围棋的兴趣有增无减，当时的两位棋友，一是赵峰，另一个是温小郑。最厉害的时候，我与温兄一夜连下三十六局，我俩都有巨瘾，我比他瘾头还大，也更加感性。那次，一局棋厮杀得难分难解，温小郑就让我稍等一下，他自己上床后脑袋朝下，我认为他在向床下找什么东西，结果他说："脑子有点不好使，控一控血。"然后与我继续下。我当时比他年轻，无头脑麻木感，但现在想来，还真有点后怕。可见我们沉溺于围棋有多么深。

毕业后，我被分到中国社会科学院工作。单位有几位围棋爱好者，于是午饭时间成为我们下棋的时间：从单位食堂打上饭，回到摆好棋具的办公室，一边吃饭一边下棋，仍是老规矩，输者下而赢者上。

后来，有同事作星云散，不是调走了，就是去世到另一世界，最后剩下我和王和先生。王和大我十多岁，他的棋瘾大过我。每当吃午饭，他总是第一个拿着碗筷到食堂排队，然后到我办公室催我，立马吃饭下棋。一旦开局，我俩下的是快棋，很少长考，快时二十多分钟一局棋，输赢意识不强，这样一个中午能下好几盘。有一次，我俩越下越快，竟自感胡闹，于是收拾棋子，然后重下。因棋逢对手，所以乐在其中矣！

一旦哪天有事，我没去单位，王和先生就在我办公室等着，将棋摆好，自己还在棋盘上先放一子，然后急不可待给我打电话。我摸准了他的心理，说今天实在脱不开身，去不了单位了，他就鼓点似的催，大有如我不去，他以后再不理我，也别想跟他下棋了之意，可谓气势如虹。有时，我急着赶过去，他就眉开眼笑，高兴得像个孩子，幸福指数明显提高不少。一旦我确实有事，去不了，就听电话那头，他在连续催促后无果，所发出的长长的叹息。此时，我知道他一定饭不香、睡不着，一下午工作都会无精打采的样子。如今，王和先生退休多年，其间他请我下过一次，再后来因为都忙，我们就很少有机会下棋。前几天，王和兄将他的大著《左传探源》上、下册快递给我，一股暖流涌遍全身。

后来，《中华读书报》的祝晓风调到我单位，我们原是棋友，这样更方便下棋，有时他也到我家里下几局。后来，他又从我单位调走，闲时就邀我到中国棋院下棋半日，那是人生中美好的时光。在棋院下棋的人不多，桌椅和棋具一应俱全，又有茶水供应，费用不高。最重要的是，各个房间有围棋高手的书法作品，像吴清源、藤泽秀行的书法，风格迥异，据说都是真迹。与吴清源书法的平和冲淡、清气飘逸不同，藤泽秀行的书风在质朴、笨拙中见厚实与真纯，给人以大力士勇搏猛虎之感，欣赏之余有一种强烈的悲剧感。我与晓风下棋充满更多乐趣和玄机，他总觉得比我的棋高明。

一次，我问他，到底我俩谁的棋厉害？结果他脱口而出："当然我厉害了。"我又问："十盘棋，我俩输赢是几比几？"他毫不含糊道："八比二。"我再问："谁是八呢？"他就毫不谦虚回道："当然是你了。"我不服，于是就开赛，每次都有比赛命名，还都做记录，以免哪个人届时死不认账。有时，我会在一张纸上写道："北京首届学者围棋擂台赛在京举行。"下面写上我俩的名字。还有时，我会写上"世界第一届学者围棋擂台赛在中国棋院正式举行"。更有时，我会将头两字换成"宇宙"。总之，命名越来越离谱，也越来越玄乎其玄。

有趣的是，晓风每局棋都让我写上输赢的具体子数。我就说，输赢半子和一百子没什么区别，不必这样麻烦。此时，晓风就会半真半假道："那绝对不一样。"他仿佛在说："在棋子上输赢的多少，也代表真实水平和实力。"不过，说实话，晓风的棋力虽然整体而言比我强，但说他能以"八比二胜我"，还是有点夸张。通过比赛，他赢我的概率大致是六比四，至多七比三，从而破除了"八比二"的神话。还有一次，晓风手机通知我找地方下棋。很快，他就说已开车到我楼下。当我下去，坐到车里，开车前他突然问我："你知道，我今天为什么提前五分钟，在楼下等你吗？"我说："不知道。"事实上真的不好猜。他就笑眯眯告诉我："让你享受一下副局级的待遇和感觉。"这是晓风说的一句玩笑，与他平时的一本正经形成鲜明对照，这让我理解了，一个人的内心可有多么丰富多彩。

较近一次下围棋，是到王干家里。那次，在作协开完会，王干就问我，下午有事吗，如无事就找几个人一起，到他郊区家中下棋。于是，一行人就乘车进发，一会儿李洁非也来了，于是大家捉对厮杀。最有趣的是，王干与胡平下的一局棋：开始，王干一路领先，胡平陷入苦战，一大块棋被围，面临全歼，只差一口气。当然，王干的棋也只有两气。于是，王干兄开始向大家"谝"，说他曾跟国手常昊下过棋，并取得较好的战绩，那当然不是平下，而是让子棋。但说着说着，胡平让王干注意，他要提子了，因为王干走神，自撞自己一气。结果，两人互不相让：一个说，自己苦苦支撑，终于守株待兔等来时机，必须提子；一个说，干了半晚上，好不容易有一局好棋，怎能因自己马虎，让对方随便提子呢？这是一个难以调和的场面，当时王干用手护着棋局，就是不让胡平提子。在我的劝说下，胡平终于让步，不提王干的子了，风波于是停止，风平浪静了。结果当然是胡平败北。我发现，此时的王干神采奕奕且自言自语道："下盘好棋容易吗？哪能说提子就提子，再说确实是我自己马虎了。"而胡平则变得有些沮丧，仿佛是拾到一个金元宝，却被警察罚了款，理由是："街上的金元宝也能捡？"但如按棋规论，王干不管是什么理由，都不能悔棋。事实上，胡平虽败犹荣，并且占据了道德的制高点，这叫作"有容乃大"。作为旁观者，我们在这局棋中得到的乐趣，显然比当局者要大得多。天快亮了，我们才不得不上车回城，王干直奔单位上班，我则回家睡觉。下了一晚棋，没睡觉，有人还精神饱满，不能不佩服。

现在，很少有时间下棋了，更没有沉迷和醉心于围棋的时光。偶尔也会接到王干兄邀请，我都以有事谢绝。最近，应郭洪雷兄之邀，加入"文学围棋"微信群，里面都是熟人和朋友，像南帆、陈福民、吴玄、傅逸尘等先生。有时看看他们在网上对弈，别有一番情趣。只是时间匆忙，有时只看两眼，有时也复盘一下他们的战况，并非特别认真执着，也是一乐。

前些年，一人还常在午后的阳光下或夜深人静时，盘膝坐于厚厚的棋盘前，对着棋书打谱，领略一下年轻时的狂热。所以在《济南的性格》一文的末尾，我写过这样几句话："风过无痕，雁去留声。我就是那一阵子风和那只孤雁，在飞过、栖息过济南的天空与大地时，现在还能寻到什么呢？不过，我坚信，在心灵的底片上，济南永远清新，尤其在夜深人静、孤独寂寞时，一个人与琴音和棋枰相伴相对。此时，飞去的是超然，落下的是悠然。"如今，连听一听棋子敲击于棋盘上的清脆悠扬之声，也交给想象和梦境了，而不是在现实中。

如计算一下，多少年来，我在围棋上花去多少时间，那一定是个天文数字。不过，至今我不后悔，因为围棋教会我许多人生哲理，也让我理解了天地间的不少密语。更重要的是，它给我带来无穷无尽和无以言喻的欢乐，一种只能面对秋风叙说自己心境的那种感觉。

每双眼睛里都有星空

傅菲 / 文

　　人离开母体，对外部世界的第一感知，是冷。初生婴儿自然地蜷缩稚嫩的身子，皮肤的知觉先于视觉，与外部世界进行接触。婴儿有光感，但看不见外部世界。世界摆出来的脸孔是狰狞鬼魅，还是和蔼天使？是锦绣延绵，还是沧桑破碎？

　　婴儿看到的是天地混沌、灰蒙蒙的一片。这是万物的原始形态，以气体的环流遮蔽了光照下的玩具、桌椅、窗户、树木、河流、山川……奶水肿胀的乳房、自己赤裸的身子。这是否喻示：人的一生是盲目的，在岔路口分辨不出哪一条路回家更近；人的一生注定是以灰色看世界的，色彩会在某一瞬间尽失；悲伤感是一个影子，伴随终身；没有光的时候，影子嵌入肉身。在杏花开遍的山冈，在蔷薇藤蔓密布的河畔，在傍晚薄雾游弋的村前，当我们一个人伫立或独行，茫然无措的伤感像细细阵雨，淋湿全身。

　　一个月，婴儿有了简单的色彩感，视角90度。三个月，视角180度。四个月，婴儿建立了立体感。物象在婴儿四个月之前，都是扁平的、扭曲的，甚至无法辨析大与小。这样的世界，会是怎样的世界呢？整个世界都深深陷在一个窄小的凹镜里。初生婴儿眼睑耷拉，显得睡眼惺忪，处于一种完全无知无觉的状态，睫毛也不闪动：没有惊吓、绝望，没有喜悦、兴奋。一个月后，婴儿每长一天，可视距离就远一米。六个月后，可由近及远或由远及近地好奇看世界。

在江西东北部，七岁以下的小孩不可以出现在祭祖的仪式上，认为小孩有天眼，可以看见故去的老人坐在桌子上喝酒吃饭，老人吃饱喝足后会把小孩带走。一年之中，清明、七月半鬼节、除夕夜，我家是要祭祖的。我祖父在节前一天，交代父亲要准备香、纸、鞭炮和一桌好菜。祭祖仪式设在厅堂，八仙桌摆中间，上了菜，由我洗脸上香，放鞭炮，把大门关上，烧纸，白酒添三次。菜没了热气，再把香送出来，作揖，插在路边。祭祖算是结束了。这个过程，小孩被关在房间里，不可以嬉闹啼哭，更不可以跑到厅堂里。祖父说，祭祖时，小孩能看见先人用膳。大人也能看见先人，但要站在阁楼上，倒穿蓑衣，不能出声，香烧了一半，就可以见先人了。假如先人看见有人看他吃饭，先人会把人带走。但谁也没尝试过倒穿蓑衣看先人吃饭。

眼睛，一个最纯净的球体，一个最浑浊的球体。我们用眼睛去辨别色彩，明晓四季。我们站在山巅远眺潮起潮落。星星紧挨星星，有序深邃的闪烁，使我们多次不由自主地仰望。人面桃花。紧扣的柴扉铺满厚厚的积雪。在河边慢慢消失的背影。布满皱纹的脸。疾驰而来的列车，又疾驰而去。贪夜的大街，秋叶在缓缓飘落。滴着血丝的刀。棕黄色的围巾。渐渐在灌木林中远逝的河流。

认识另一只眼，认识道路，认识陌生，认识体液。瓦蓝的，除了天空，还有什么？龟裂的，除了大地，还有什么？开出来的是花朵，凋谢的也是花朵。亮起来的是光，熄灭的也是光。眼睛所达的是有限，不可达的是无限。眼睛包裹的是爱，也是恨，把无限的世界包裹在眼球里。我们初生时，睁开眼，感光世界里，第一个出现的人是母亲，再出现父亲、兄弟姊妹。这是离我们眼球最近的人。谁可以忘却自己父母的眼睛呢？悲伤的，幸福的，爱怜的，疼惜的，父母的眼光有强烈的温度感和炽痛感。

我出生在大户又贫困的农人之家，在物资匮乏的年代，母亲操持一家吃喝，我现在是难以想象当年缺衣少食所带给母亲的焦虑。在记忆之中，清晨锅里的水都滚热得翻着气泡，她却常常不知下锅的米在哪儿，她坐在灶膛前的板凳上，痴痴发呆。母亲端一个畚斗去借米，借了好几家，都空手而归——有剩米的人家少之又少，哪肯轻易外借呢？

灶膛的木柴啪啪地响，仿佛一种催促声。火光映在母亲的脸上，有灼热感。她目不转睛地盯着灶火，火苗在她眼球里跳跃。她的眼球那么大那么空，以至于容不下一滴泪水，像天空容不下雨。我坐在她身边背课文。我一边背，母亲一边用手抚摸我的头，最后把我抱在她大腿上，紧紧抱着。她的眉骨有些突兀，浓黑的眉毛像古老的屋檐。母亲明澈焦虑的眼睛，是我成长的摇篮，是我阅读生活第一章的必修课。

我们家里的早餐，通常是煮红薯、粟米、煮玉米粉羹，外加辣酱、霉豆腐。每次碾米回家，母亲用筲箕把米匀开，细细地挑拣米堆里的小石子、谷壳等杂物。她的瞳孔里散射一种洁白的光。这种光通过心脏喷出，在瞳孔找到出口。她一遍一遍地匀米，把米抓在手上又放下，放下又抓起来。她的眼睛里，看见了什么？我看到了母亲眼里的星系，在无垠的天幕，把无瑕的亮光滴到我脸上。

现在，我母亲已七十六岁，走路蜗牛一样。每次我回家，母亲以手扶额，辨认来人是谁。她的眼睛有一层薄翳。那是岁月积压出来的云层。她枯瘦的脸多了一份平静、刚毅和从容。她的眼神软软的，呈液态，像水蒸气液化后的形态。这是我的光源。我不知道人的一生，最终坚持的是什么，最终放弃的又是什么。我知道，当母亲的眼睛看着自己，是审视，是寄望，是担忧，我都没有理由不忠实地活着。人子，在母亲面前是赤裸的。母亲不识字，也从不给我做任何的决定。她给我唯一的人生建议是坦诚地活着。我十六岁离家，三十岁结婚，在这个像黄鼬一样挖道、打洞、筑窝的过程里，我几度对生活感到深深的绝望。每次无望至内心即将崩塌时，我默默地回到母亲身边。在厢房里，我把信件、写好的诗歌、日记本一页一页地烧掉。母亲陪着我，一句话也不说。她知道，烧一次，灰烬会掩埋一个人；烧一次，他儿子的青春会短一截。每次烧完，我会抱着母亲恸哭。她坐在竹椅上，她的眼睛像一个深深的洞穴，阴暗，潮湿，有呜呜的气流在萦绕。哎，哎，她用叹气来劝服她的儿子。她用气流涤荡她儿子心中的灰尘。

眼睛是人和动物身上可以感知光线的器官。最简单的眼睛结构也可以探测周围环境的明暗，复杂的眼睛结构可以提供视觉。眼睛主要由眼球和眼副器组成。眼球包括眼球壁、眼内腔和内容物、神经、血管等组织。眼副器包括睫毛、眼睑、结膜、泪器、眼球外肌和睑脂体与睑筋膜。世界上，任何一种科学制造，都不如动物进化而来的感觉器官构造更科学。神性、神秘性、科学性、和谐性，每一种感觉器官都具备，同时具备审美性、象征性、适用性。这些特性表现得最为完美的是眼睛。世界上，没有任何一种物体可以用来贴切地比喻眼睛，比较认可的比喻是"眼睛是心灵的窗户"。《路加福音》这样写眼睛：

> 没有人点灯放在地窖子里，或是斗底下，总是放在灯台上，使进来的人看得见亮光。你的眼睛就是身上的灯。你的眼睛若亮了，全身就光明；眼睛若昏花，全身就黑暗。所以，你要省察，恐怕你里头的光或者黑暗了。若是你全身光明，毫无黑暗，就必全然光明，如同灯的明光照亮你。

我们用眼睛来区分世界的美、丑、善、恶，感知悲、欣、惊、愁。但美与丑、善与恶会互相遮蔽。金庸借用殷素素之语向张无忌说出他的箴言。殷素素说："你记住，你长大了不要相信女人的话，越漂亮的女人越不可信。"我修改一下，告诫我的子女："漂亮的话不可信，打动人心的话更要警惕。"蒙蔽眼睛的不仅仅是美色，还有比美色更隐蔽的言辞。一个眼睛明亮的人，必是一个用心智看人而非肉眼看人的人。一个辽阔的人，必是用信仰看人的人。

因为美，人有了淫念，有了私欲，这是眼睛带来的人性之恶。因为美，人有了修行，有了悲悯，这是眼睛带来的人性之善。眼睛把繁杂的人世，进行归类梳理。而美，呈现给眼睛时，有时过于短暂；或者说，我们对美的停留过于匆匆，我们活得过于物质。相机和摄影机把我们丢失的，或目所不及的，"留"给我们。昨天，我洗了五张照片。是的，我差不多有十五年没洗过照片了，照片作为事件或时间的物证，带给我更多的是不堪。一张是与父母的合影。这是第一次与父母单独合影。在老家的柴垛前，拍照时，我想起十八年前去世的祖父、二十年前去世的祖母，两个长寿的老人，竟然没和我留下一张合影。我对祖父的爱，超过了对父亲的爱。逝去的不再复返，是眼睛永恒的痛。另外四张，是一个朋友的照片。活着，不可以见面。美国诗人艾米莉·狄金森一生枯守在一个庄园里，她有一首名诗《我为美而死去》。

我们用影像、画笔留住流年，留住山高月小，留住昙花，留不住的是定格在我们记忆里的画面，瞬间释放出来的哀绝、幸福、惊惧、战栗。我们苦苦追寻的，是眼神照射出来的光，把枯萎的、腐朽的、僵硬的心脏激活。我们活得过于具体，我们不可能为美为真理而死。我们的眼睛，除了看衣服、食物、楼房、旅游景点、数字，还能看到什么呢？星星，看不到；露水，看不到；寂静，看不到；心跳，看不到；呼吸，看不到……看不到。看不到。看不到。看不到。所以我们只配火化，一生的重量轻于一斤猪肉。

情人眼里出西施。这是一句感情色彩非常浓郁的话。感情能改变眼睛所看到的色彩，对某些事物进行篡改。匕首成了温柔刀。口腔成了陷阱。情人的眼睛是天上的月亮。玫瑰永远不凋谢。雨滴是伤人的泪。折别的柳枝会在手上发芽。

我们相信了这样的真理：恋人的眼睛是世界上最洁美的湖水。我们也相信了这样的谎言：恋人的眼睛是最洁美的湖水。伤情的是离人泪，动情的也是离人泪。想想看，临别的火车即将启动，呜呜呜，鸣笛声在深夜的站台回响。相别的恋人挥手相望，火车慢慢移动，恋人的面容缓缓退到黑暗的中央。而玻璃前总有一道目光追随着远逝的身影，恋人眼里的那一湾湖水肆意流淌。假如走的那个他，永不再出现，她却日日降临于他的梦境，那么他就是一个抓不住春风的人。假如她不来送行，只告诉他，临走之前去看看江水汇流和翻涌，那么她就是一个被旧时光描绘的人。他和她的眼睛里，储藏的东西是一样的，一样的温度，一样的流淌，一样的闪动，一样的晦暗。

　　最阴晦的离别，是彼此知道此后不再相逢，但不言说，只用眼睛看着对方，说许多祝福的话语，声音低沉，一次一次地挥手。这个时候，她若淌下眼泪，一定会烧伤脸颊，嗞嗞嗞嗞，冒烟。那么他一定会留下来，他们一生的轨道会改变。他背转身去，快速走了，消失在另一个拐弯口，狭长的巷道有纷落的人迹，有雨伞吹翻在地，路灯忧伤地照着，天依然黑而高远，世界一片虚无。他看到世界一片灰烬堆积。他情不自禁地失声恸哭。她已在另一个岔口。或许她能听到哭声，或许她听到的是长长的沉默，或许她听到玻璃杯落地的碎裂之声。她的眼睛再一次出现在他清晨梳洗时的镜子里，他注视她，像注视自己。他因为长夜失眠而肿胀通红的眼睛，已经丧失闪动的功能。他知道了留给自己人生最后的答案。

　　体温、瞳孔、心跳是否正常，是医生观察一个人是否死亡的常规方法。濒临死亡的人，瞳孔已经不能聚光和散光。瞳孔仅仅是物理镜片。东湖妈妈死的时候，只有五十岁，患喉癌备受折磨而死。东湖离婚三年，小女孩四岁。他妈妈在床上不吃不喝四天，一直流着浑浊的泪水。东湖拖着小女孩陪妈妈在外求医三年多，最终还是不治。东湖去北京取了药回来，妈妈已经无法言语。东湖把小女孩领到床前，喊："妈妈。"妈妈被人搀扶起来，摸摸孙女的头，手再也没离开。潮水从她身上瞬间退得无影无踪。多少次，东湖和我谈起他妈妈的死，他都说："我一辈子都忘不了妈妈的眼睛，生病时，看着我，像是一种哀求：死神，应该放过一个善良的人，放过一个心里装着有深深担忧的人。妈妈死的时候，眼睛睁得铜铃一样，我叫了一声'妈妈'，跪了下去。妈妈的眼里滚出了泪水，合眼了。"

人死，眼睛的功能是先于其他感官功能丧失的，重新回到混沌的世界。他要见到最想见的人，才合眼。他了无牵挂，会离去得安详，像沉睡。我胆小，没见过死人。我祖父祖母去世，都是我三哥料理入殓。我惧怕那种沁入骨髓的安详。我父亲也是胆小的人，从不看死人。我祖母去世前三个小时，我守候着，她的眼睛有黄白色的液体，一直淌。她把手放在我手掌上，一句话也没有。她的眼睑轻轻盖在眼球上，和熟睡没区别。我二姑和三姑开始失声抽泣。我祖父在另一个房间里，叫："荷荣。荷荣。荷荣。"祖母八十六岁，像一棵风蚀的老枫树。房间里的烛火在摇曳。祖母的身体开始下沉，下沉，沉入冰冷的湖水。她所看到的世界一片漆黑。

每一个人都会死。我不惧怕死。我只希望死得有尊严一些，死得不挣扎。

当我老了，我独坐在书桌前，关了灯，轻轻地闭上眼，回想在一生多变的命运之中，是什么使我暗自战栗和无尽牵挂呢？哪一双眼睛让我常常彻夜难眠呢？这双眼睛留给我什么呢？是一滴眼泪，还是一粒坚冰，抑或空空的眼神？

"冬，大雪。路上拥挤着空空荡荡的黑暗，人迹寥落。列车在不知疲倦地奔跑。我靠在硬卧车窗前，紧紧地盯着窗外一闪而过的灯光。雪光漂浮，像大海摇晃虚幻的景象。有一双眼睛，贴着车窗移动，长长的睫毛在扑闪，它和我隔了一块厚厚的磨砂玻璃。"我打开灯，写下了这些。我放下笔，把镜子拿过来，照见自己水分不多的脸和干涸的眼睛。我的眼睛因长年的焦虑，显得空茫。我已看不见人，被一个不知所终的影子堵塞。我的眉毛发白，接近死亡的慈祥，使我的眼睛看起来，有枯井一样深，不时涌上寒凉的人世之气。我找出那本书，重新把那些美好而破碎的文字读一遍。我画下了当年在院子里栽种的黄梅花，画下屋顶上消散的炊烟，画下手镯和项链，画下眼球，画下玫瑰，画下没有挥别的手，画下宝蓝的颜色，画下羞涩的乳房……这些作为记忆的遗嘱，将留下最后一根火柴，给记忆取暖。

据说，人死的时候，最后合眼时，会有一个最放心不下的人出现在眼球里，一生之中最美好的片段会滑翔而来。这个人这个片段，将是死者恪守至遥远无影无息的秘密。被死亡带走的秘密，没有影像没有形体没有颜色。但他能闻到秘密本身的气味、温度、血流。那时他已无法言语。作为这个秘密的唯一保管者和参与者，他要把钥匙交出来，伸进窄小的锁孔，打开一个神性的房间。让一个将死之人慢慢哽咽或无咽，他的喉结缓缓而费力地蠕动，他把储蓄在体内最后的水放闸到一条幽暗的河流里。他浮木一样漂移。他石头一样下沉。他的眼球里出现了海市蜃楼般的往昔：

这是一个寒冷沉寂的下午，雪渐渐停了，风轻轻地拍着玻璃窗。你穿棉质的布裙，围一条长围巾，坐在窗前。他第一次听到了江水在你心房翻滚的声音，滔滔而来。你说："我已经没有眼泪了。"他看见你的眼睛，像冬天的天空。他抚摸你的头发，把你抱在怀里，说，爱你的白发。他知道，涌出来的泪水是痛，涌不出来的泪水更痛，泪水往体内流的时候，夹带着砂砾，有粗糙感和刀刮感。泪水由百分之九十八的水分、百分之二的血液盐分及其他成分组成。你把挤压出来的盐分又带了回去，像把剔出来的毒又再次注入静脉。你的眼球有深深的凹陷感——火山运动后，火山口塌陷，最后形成湖泊，沧海桑田——所容纳的生活给他巨大的投影，每一缕光都有斑驳的折射。他触摸到了湖面静止又咆哮的风，灌入他心脏，不断回旋交错，掀起漩涡。薄薄的风声，犀利，刀片一样刮。他的手捕捉住了你浑身的震颤和幸福的痉挛……

现在，他带着秘密去了乌有之乡。他将以梦为马，嗒嗒的蹄声，响彻于死寂的长安街，他再次独行。他的体温化为乌黑的墨水，洒在陈旧的书桌上。他多么安详，仿佛一生从未有过遗憾，仿佛他曾经美好的相逢其实从未发生。最后送走他的人，看不到他曾有过悲伤。他的眼睑紧紧地把世界关闭在一个芝麻大的瞳孔外面。三月的油菜花，一条河的上游，从来就是虚幻的桥，墨迹中彼此热烈的呼吸，念念不忘的深夜耳语，对另一个人命运的牵挂，不知疲倦的唇，大雪中紧紧拥抱的黄昏，低沉的略有破碎感的声音，这些曾交织在他体内形成的淤血，彻底从他身体上流走，消失在时间的漏缝里。

我们再也看不到他的眼睛。他的眼睛紧紧地嵌入了一个坚果壳里。

当黑夜来临的时候

陈蔚文 / 文

1

"据世界卫生组织对14个国家两万余名病人进行调查，发现有27％的人有睡眠问题。"这则消息对睡眠障碍者来说，或多或少是个安慰。比如我，当被屡次搁浅在失眠的沙滩上时，至少知道并非所有人此时都在睡眠的波涛幸福游弋，还有不少像我这样被晾在沙滩上的。

各种节日里，每年3月21日的"世界睡眠日"比许多节日离我更近，甚至比"三八"节更近。毕竟，睡眠占据着生命的三分之一。对一名睡眠障碍者来说，一天是否幸福不取决于白天，而取决于深夜。

我的风吹草动的睡眠从很早延续，即使次日开会这类无趣的事，都会对睡眠构成侵犯。和好睡眠的人比起，睡眠表浅到有时像只为了完成这个仪式，如同厌食症患者象征性地坐到餐桌边。

"只要一个人真正有了睡意，埃斯米啊，那么他总有希望能重新成为一个——一个身心健康如初的人"，塞林格的小说《为埃斯米而作》中的主人公在文尾说。

睡，是最接近返回的姿势。

子宫温暖羊水中，放松，无限地放松。瑜伽老师在做完体式后的"休息术"中播放的催眠女声："……放松你的每一根头发，放松你的前额、眉毛，感觉你的眉心正变得舒展。放松你的手腕、手掌、手背、手指……感觉你的身体比羽毛还要轻，从地上飘浮起来……"

这声音真有一种催眠之效，使我短暂地滑入水波，但水性不好，没一会就得探出水面。

我对睡眠的不安感难道部分来自人生苦短的教育？那些中国传统文学中的励志故事：凿壁偷光、夜半挑灯、闻鸡起舞，还有诸多"三更灯火五更鸡，正是男儿读书时"之类金句，它们都传达了一个信息：人生消耗于睡眠中是虚无的，唯只争朝夕才不负光阴。尽管，睡不着我也惯于枯躺，可毕竟神志清醒，没有陷在微腐木棉花般的无意识中。这样，比起昏睡者，即使打了五折，我还是争取了另外五折的人生？

或者，睡意的稀薄是恐于黑夜本身的无常？据说人对黑暗的恐惧是一种进化特征，为的是幸免于夜间活动的捕食者。这种天生的恐惧根植于人类历史中的早期——那时候，人类离食物链最顶端还很远。只有在技术出现之后，人才成为超级捕食者。

进化论认为，人在夜晚的不安源自先祖的挥之不去的预感性恐惧，它将我们置于紧张不安中，对黑暗的害怕就是对未知事物的害怕。

未知的事物，对古人类来说是捕食者。对现代的人类，是不祥的讯息。譬如深夜骤然响起的电话铃，它像一条忽然蹿出的暗处的蛇。

14岁那年夏天，在一座名山和家人小住半月，那时没手机，山中日子唯有松涛泉吟。下山后一到家，电话铃响，传来一坏消息。我的大姨夫，那时才30岁左右，在剧团工作，强壮憨厚的一男子，因好酒，突发严重肝病。这之后，家里常响起电话。大姨打来的，时常是夜晚。她在电话那头哭泣着向我母亲报告一个比一个更坏的病况。

刺耳铃声每次响起犹如敌袭警报，全家都进入戒备状态。这一次，兴许是终极噩耗了！然而，没有，只是更靠近而已。睡前我紧闭卧室门，企图阻挡铃声以及铃声搭载的消息，可它还是不费吹灰之力，破门而入。

我不敢睡沉，睡沉后的铃声愈发惊心。我不敢想象大姨夫此刻在医院的样子——在亲戚们的谈论中，他已逐步滑向死亡的深渊。

这是一个多么憨厚的男人，从小在采茶剧团苦练功夫，成了演员，没有演几年因为腰椎拉伤只得告别舞台，自学了财务，在团里当了名会计。他善良，热心，亲戚中有事总是第一个想到喊他来帮忙，他从不推辞。他好交友，也从不推拒朋友的邀约，这一点也害了他，越喝越高的酒把他的肝毁了。他的女儿才3岁。

从他入院，我再没见过他，"肝病"成为一种探视的禁忌，而且对我父母来说，这属于成人世界的事，孩子们无须参与。其实父母不知道，对一个14岁的女孩来说，"死亡"已不是混沌抽象的事物，它在成长中已然露出坚硬、冰冷的形象。那从人世通往永恒黑暗的甬道，代表停止的钟摆。

那些夜晚的电话，像从强到弱的灯带，串联起一个人生命迹象的渐黯，直至熄灭。

有一晚，竟然没有电话。我睡过去了，是的，或许连日来的疲倦已到极限，不只是体力的，那一晚很安静。我迷糊地想，是不是大姨夫的病况有好转了？我调动了14岁能有的最虔诚的祝愿。

清晨，外婆来家，她进门流着泪说，××走了！××是大姨夫的名字。这个消息出其不意，我愣在那，对"走了"瞬间有点反应不过来。虽然我知道这时刻迟早会到来，但没想到是一个清晨，由外婆带来。我以为这消息会在午夜由一阵黑色的铃声带来，我以为死亡的消息都应当由黑夜来发布，像外公离开的1984年寒冬。

一个寻常不过的清晨，稀饭尚在餐桌。我的眼泪多得出乎亲戚们意料，我的伤心甚至超过自己想象。3岁的表妹从此没父亲了！大姨今后怎么办……为什么大姨夫那样的好人会这么年轻就离开？

死亡的乱码粗暴叠印在空气。

黑夜方便人们离去——这成为我个人词典中对"黑夜"的注释。

2

过了晚上九点半，我通常不再致电他人，因为知晓夜晚电话带给人的惊扰。女友章曾同我聊起，假如午夜两点，遇到绕不过去的痛楚，急需找人分担，拿起电话能打去的朋友有几位？

我们俩的答案一样，一个都没有。

"不光在午夜两点不敢骚扰任何人，事实上，即便在合适的时间，能够随手拨出的电话也越来越少；或者换一种说法，不因为任何事情，仅仅是想打一个电话，这样的欲望本身就日趋减淡。只愿自己面对自己的荆棘，自己面对自己的迷雾，在独自纵深的途中一边困惑着，一边努力辨明星辰方向。"

对她的感受我完全认同——不是对人情的消极，是认识到，成年后的迷雾只能自己穿越。

但总会有些女人与我们不同，对她们，倾诉是首位。有阵子，一位女友总是晚上十点后来电话，只有这时候她才有空。她囿于情困，苦不堪言。她喜欢上使君有妇却不可能为她离婚的男人。她的倾诉，不是为要一个朋友的答案，是再次坚定自己的想法：一意孤行地，在迷途中走下去。

电话接到后来，我什么都不想说了，你无法叫醒一个装睡的人，是这样。有些黑夜，只能自己走完，再去省视星辰方向。

比这个电话响起更晚的是另个女人的来电。有时晚上十二点，或一点，甚至二三点。是先生的一位女亲戚H，她和丈夫关系糟糕，常闹到不可开交。确切说，是她丈夫有了外遇。她跟踪，倾诉，投诉，我先生是家里的老大，H希望我先生能替她挽回这个家。她很爱她丈夫，那种多少有些盲目的、不顾一切的爱。

她当然知道深夜打电话给别人非常失礼，但，那些个夜晚她根本顾不上了，如一个溺水者想抓住些什么。她没有什么可抓，先生是她最后一根稻草，"你的话他还会听，别人的更听不进，我实在没法了……"这是她的信念，所以她仍然会在某个午夜猝不及防地打来电话，或许她和丈夫刚刚闹过，或许全职主妇的她在跟踪、搜集情报活动中有了新发现。

她精疲力竭，也让他人精疲力竭。她不肯离，开头是因为爱，后是因为不甘、愤怒而产生的反抗，她不能那么轻易地输给那个第三者。她和丈夫较量，和那个女人较量，和丈夫和那个女人组成的"他们"较量。

像主持人胡紫薇介绍过的那部美国电影，1987年拍摄的《致命的诱惑》，女主人公为留住所爱的男人，用各种方式，包括以跟踪、自杀要挟，她整个人充满躁郁与惊悚……只不过片中的她是第三者，而现实中的H是原配。

那几年，H陷在一团无解乱麻里，消耗自己、丈夫、孩子以及所有她觉得该参与这事的人。

我们试图把电话在晚上搁起，以免半夜突然骤响，但我父母年纪大了，母亲身体不好，万一父母有事要找我们。况且，就算搁了座机，H一样会打我先生的手机。

H的手机里有若干和她丈夫的合影，当年他们在深圳生活时拍的，H那时年轻，明媚，她丈夫长得像那位香港歌手王杰，后来他和王杰一样发福了，不过不影响H对他的感情。也因此，这婚离得伤筋动骨。对H来说，必定是"我的黑夜比白天多"。

一个人，如果把全部的白天过成了全部的黑夜，是怎样的痛苦？

三四年后，H和丈夫总算结束了。H回了老家，她把与丈夫有关的亲友微信都删了，包括我和先生的，家里再没接到她打来的电话。

3

还接过几次无声的深夜电话，拿起电话，没声，却感觉听筒那头有人。"喂"了几声，依然无声，仿佛电话正陷入一个不知名障碍，或拨号的人的情绪正陷入某种不知名障碍。

搁下话筒，屋内静寂，刚才那声电话似只是出于我的幻听。然而，铃声确是响起过，是误拨还是？我想不至有人浪漫到夜深只想听听我的声音，是的，早过了陶醉"我以食指为桨，号码为船，依次划向你的心海"这类诗的年纪。可即使是误拨，为何不作声呢？

这个贪夜，无声的电话如夜色迷惘。

看过则新闻，一个女人常在睡着后的夜深接到电话，那头传出阴森笑声，有时是低声威胁或粗口。她报警后，发现是个位于城郊的公用电话。警方几番布控后，骚扰者被抓到。是女人的同事！一位看去彬彬有礼的男士，追求她一年多未成，因爱生恨。

白天在公司，两人见面还会打招呼。然而，女人说真没想到，黑夜会让他暴露出这副面目。是的，黑夜似显影剂，会显影出人身上另一个"我"。

是白日里的那个"我"真实，还是黑夜里的"我"更真实？

或许，不认识一个黑夜里的人，不能算真正认识他。

俄罗斯作家谢尔盖·卢基扬年科（他同时是内科大夫与精神病理医生）写过一部长篇科幻系列《守夜人》。战争后，对立的善恶两方代表签署合约，声明彼此不能跨越对方界线，然这界线并非地理界线，仅是一个存于脑中的概念，双方必须严格遵守，不能跨越雷池一步。

小说后来改编成电影。守夜人跟踪黑暗的异己势力，维持善与恶之间的平衡；而守日人则监视光明力量的活动，一旦善恶比例失衡就会引起战争、毁灭甚至全世界的灾难。

谢尔盖要表达什么呢？作为从事精神病理职业的作家来说，他是为人性幽暗开脱么，不，他只是洞察与表达。我想他欲指出的是——善无法独立存在，恶也不一定是绝对的——如同昼与夜相互印证才得以成立。

昼创造了夜，夜也创造了昼。

如同善与恶同时创造了一个人。在同一具生命里，它们没有明确界线，流动着，恶流向善，善也可能抵达恶。而一个人，他以"人"的名义为之要毕生努力的就是让善的流域在体内分布更广。

这个过程，是一个人后天在肉身外的自我进化，是漆暗呼唤曙光。

"黑夜给了我黑色的眼睛，我却用它寻找光明。"诗人说，他找到了吗？我们知道的是，他沉寂于异乡的黑夜。

他写给儿子木耳的遗诗中说："我多想抱抱你/在黑夜来临的时候。"

4

黑夜，解构稀薄睡眠的动静还有什么？头顶的脚步。

我愿意住顶楼，哪怕有一些弊端，但好处足以抵消这些弊端，比如顶楼带给人某种安全感：门前不会有杂沓脚步，头顶不会发出各种声响。顶楼的房子，甚至可假想它是一处城邦中的独立小岛。

一友说他楼上住了位女子，孤身。夜深时，楼上常发出木拖声响，这头到那头，焦躁的，被困的脚步，一直响下去，似乎再不会停下。木拖不是翅膀，无法带女人脱逃夜的黑。

要阻止这脚步真是难事，难道，上楼送她一双软底拖鞋？来来回回的木拖声响也许恰是女人无出路中唯一的陪伴，是她刻意制造的一点声响——她芜杂心中一点点模糊难辨的回声。

黑夜会放大每一点声响，像酒精会产生重影，香水可滋长情欲。

朋友说，住在楼上的女人有些精神障碍，父母离异后各自搬走，那时她还年轻，不到二十，她独自去北京打工，在茶馆当茶艺师，后来不知遭遇了什么，警方在一处色情场所找到她，通知她的家人，将她从北京接回。

再之后，她成了常在朋友家楼上深夜发出脚步声响的人。

她父母早各自成家，很少来探视。也因此朋友对楼上深夜的脚步声越无奈。他后来购了套湖景房，三层楼的顶楼，装修得文艺雅致。重要的是，楼上的脚步声不会再响起了。但我却一直记得他说的那女人，她怎么样了？她仍然说得上年轻，三十几岁吧，之后的漫漫长夜会如何度过？

世间又有多少这样得不着拯救，寻不到出口的深夜脚步声？

5

父亲的夜晚越来越长，他醒得早，有时凌晨两三点就醒了，喝水，看报纸，和我母亲说会话，照顾她吃药。"人老了都这样"，学医的朋友说，老年人缺乏室外活动，甚至是眼睛本身的退化减少了接收到的光照，加上各种疾病，因此影响了自身的昼夜节律。

父亲喟叹说，年轻时总睡不够，肩上全是担子责任，当儿女长大，有空能睡时，年岁却又剥夺了一夜安睡的权利。

睡眠就像过期未用的失效红包。

"失眠，是枕头之上无尽的流浪"，写出这样浪漫的句子的人，也许没有真正失眠过。

另一位长期睡眠不好的女友（最厉害的一次她吞服了十粒安定片也没能睡着）说：睡眠，是意识的停顿和中止，它的本质是死亡——而失眠相当于对死亡的逃遁。

"你可真会自我安慰！"

我和她隔一阵子没见，相互的招呼总从问候对方的睡眠开始，"最近睡得如何？"我们的回答也总是差不多，"老样子吧。"

睡眠就像隔在日常与梦境中的一道门，那扇门对健康睡眠者来说，是可以严密关紧的，对我们却关不拢。昼与夜界线模糊，日常与幻觉勾连，大概也是属于我们的同质。与我同龄的她去年自学西语后去国外留学读研，至今单身，对结婚不肯苟且，一定要找个灵魂能对话的人，这在许多人看来，简直是现实的呓语。我能理解她——两个人的孤独其实远甚于一个人的孤独，孑然一身并不比同床异梦更糟糕。

当你习惯了与夜晚相处，习惯了在窗外最黑的时分却睁开了眼睛，未必不是另种酣睡者无法得着的体验。像看过的一文，作者写他这些年屡次送别亲人，在乡间打谷场的守灵之夜，"一幅奇异的图景把我包围，那图景仿佛在我那个梦里出现过，但又记不起来，是那样的缥缈和温婉"。他说的是在经历死别的若干次痛后，忽然，发现它也可以出离悲伤，谧如梦境。

死的形象都可以转化，失眠亦可成为生命延宕的拟喻。你忆起旧事，回顾来路——怎么那么庸常啊，每一个错误犯得都不那么高级，让你在黑夜中不禁赧颜。你恍惚觉得，"我"只是一个虚构出的形象，如白色羊群的廓影——这世上有多少夜里临时搭建的牧场啊！许是因为羊比其他动物更象征柔软模糊的睡意。它们多数会被数丢，不过没关系，可以从头再数。失眠者有的是时间。

夜色中，你确切地知道，晨曦不久便会来临，此刻你不是夜的囚徒，你正在穿越它，向那终极的静谧飞地又靠近了一步。

布谷，布谷

安宁 / 文

在所有的鸟叫声里，我最喜欢布谷鸟的声音。那能穿越无数个村庄的"布谷布谷"的歌唱，好像来自永远无人能够抵达的茂密的森林，那里道路险峻，野兽出没，群鸟翱翔。它们是大地上的精灵，只需一声辽远的呼唤，就将万物瞬间推进热烈的夏天。村庄里对农事再愚钝的人，听见布谷鸟从大地深处穿越而来的叫声，都会下意识地抬头，看看云蒸霞蔚的天空，自言自语地说一句：麦收就要到了。

但我不关心麦收，那是大人们的事。我只想寻找一只布谷鸟。它的叫声让我在春天里觉得忧伤。它究竟在呼唤什么呢？一声一声，那么执拗。好像它生在这个世间的所有使命，就是为了追寻一些什么。

大路的两边，是粗壮的杨树，也不知是什么年月种下的，一棵紧挨着一棵，枝叶相触在云里，形成两堵绿色的墙，风吹过来，墙便涌动起来，发出哗啦哗啦的声响，像有千万只手，抚过静寂的江河。如果我变成一条小小的蚯蚓，一头扎进大地的深处，一定还可以看到这两排高大挺拔的杨树，它们遒劲有力的根，正热烈缠绕在一起，用力地从泥土里吸取着浓郁的汁液。这是地下暗涌的河流，沉默无声，却又浩浩荡荡。而在更高的风起云涌的地方，正有布谷鸟苍凉的鸣叫，从巨大的虚空中，一声声传来。

我发誓要找到那一只布谷鸟，问问它究竟来自何处？为何每年的春天，都要飞到我们的村庄，站在我从来都追寻不到的地方，悲伤地鸣叫，好像它曾经在这里，丢掉了自己的魂灵。

我于是一直一直走，穿越疯狂拔节的无边无际的麦田。最后，我走到了与邻村交界的河边。那条河叫沙河，每年的秋冬时节，它都会枯萎断流，裸露出河床，于是惨白的太阳下，遍地都是孤寂的沙子。我不知沙河从哪里来，又最终抵达何处。反正很久很久以前，它就环绕住了村庄，成为所有小孩子，捡来的地方。

我问母亲，娘，我从哪儿来？

从沙河里捡来的。母亲顶着满头的豆秸碎屑，漫不经心地回复我。

弟弟也问，那么我呢？

当然也是从沙河里捡来的。母亲拍打拍打围裙上的白面，随口应付弟弟。

姐姐朝锅底下撒了一把棉花秸，不屑一顾地"哼"了一声。她已经16岁了，不懂得死，却朦胧地知道了生。她从骨子里瞧不起我和弟弟，就像我从骨子里，对一字不识的弟弟，也充满了鄙夷。

此刻，我站在沙河边，看到水正欢快地从某一个遥远的地方奔来。这是春天，大地早已解冻，河水在阳光下闪烁着耀眼的光泽，那里一定漂浮着晶莹的冰粒，从冬天历经漫长的跋涉，依然没有融化的冰粒。因为当我蹲下身去，将手浸入河中，我立刻感觉到沁骨的凉。那是来自源头的凉。我想如果我能一直逆河流而上，一定可以寻到一个了无人烟的地方。在那里，村庄停止了脚步，炊烟灭绝了印记，一切声音都消失不见。无边的河流，正从神秘的山谷里喷涌而出。而在山谷的上空，我会看到那只穿越无数的时空，最终抵达我们村庄的布谷鸟。

可是，我却停在邻村的对岸，再也没有向前。

那时，黄昏已经降临，田野里吃草的牛，正哞哞地呼唤着孩子，跟它一起回家。村庄被夕阳环拥着，宛若襁褓中天真微笑的婴儿，向着世界袒露毫无保留的纯真与赤诚。邻村的街巷上，女人们正在穿梭来往，寻找着一天没着家的儿子，或者男人。一群鸭子拍打着湿漉漉的翅膀，排队走上岸边。河水缓慢下来，大约奔波了一天，它们也觉得累了，需要安静地休息一晚，才能在黎明的微光中，继续奔腾向前。

而那只鸣叫了一天的布谷鸟，始终没有出现。

我到家的时候，弟弟正坐在院子里，就着黄昏最后的光，用铅笔刀专心致志地削着一根拇指粗的树杈。母亲喊他吃饭，一连好多声，他都没有回应。他完全沉浸在他的伟大的事业里，尽管我并不明白，他将一根树枝削得溜光水滑，究竟要做什么。

很快，我便弄清了他的意图，原来是要做一把不知用来射人还是打鸟的弹弓。村子里差不多每一个像他这样大的男孩，都有一把弹弓，用榆树或者柳树的木叉，外加一根从旮旯里翻出的废旧自行车车胎，便能够百步穿杨。

你做弹弓打什么？我瞪他。

就是玩。他正打磨得带劲，听见我问，怯怯地回了一句。

哼，你肯定是跟着别人行凶，打了麻雀烤着吃！我一口咬定。

没，我……最怕吃麻雀了……他红着脸为自己辩解。

还狡辩！蚂蚱、青蛙、豆虫，你比耗子还厉害，逮啥吃啥！

弟弟终于在铁打的罪行面前不说话了。他低着头，用力刮着弹弓的手，慢了下来。他并不敢直视我，但我却感觉到他的视线，落在了我的球鞋上。他就这样心不在焉地为他的武器做着最后的打磨，然后在我终于懒得搭理他，转身离开的时候，他"哎呦"叫了起来。

我看见一滴鲜红的血，从他的左手拇指上涌了出来，并渗入到新鲜的刚刚刮掉树皮的榆木弹弓上。

我本想骂他一句"活该"的，看他疼得龇牙咧嘴的样子，便忍住了。母亲正绣着花样，扭头看见，叹了口气，去院子里掐了一小片芦荟丢给他。弟弟将芦荟叶子细细捻着，很快有黄褐色的汁液滴落在伤口上，那殷红的血，便慢慢淡了颜色。而滴落在弹弓上的那一滴，却渗透进去，变成难以祛除的黯红。

天慢慢热起来了。正午的时候，整个村庄的人，都陷入昏睡之中。只有弟弟，每天提着弹弓，在村外的小路上游来晃去。他射杀一切感兴趣的东西：树叶、花朵、苍蝇、蝗虫、蚂蚱、麻雀、斑鸠、鸽子。我在路上遇到过他，一个人隐在一棵粗壮的柳树后，眼睛犀利地注视着茂密枝叶间某个闪闪发光的地方，那里正有一只麻雀在欢快地叫着，丝毫没有注意到步步逼近的危险。

片刻后，我听到一声惨叫。那叫声不是来自麻雀，而是弟弟。因为技术不佳，石子击在了树干上，又迅速弹了回来，并落在弟弟的手臂上。那枚锋利的石子，当然不会轻饶了他。而他的惨叫，也惊动了那只怡然自得的麻雀，让它迅速地飞离，隐没在有万千细碎的金子跳跃的稻田里。

麦收正在逼近。布谷鸟的叫声，也愈发地响亮、频繁，似乎它们就近在咫尺。那叫声催得人心慌，至少让大人们着急起来，好像一场大战即将来临。只有弟弟这样毫无用处又让大人们觉得碍事的小孩子，才会有闲情逸致，每天在乡间小路上四处摇晃。他已经可以很熟练地使用弹弓，看到眼前飞过一只苍蝇，会气定神闲地掏出石子，迅速断其性命。那把沾染过他自己鲜血的弹弓，究竟打死过多少苍蝇、飞虫、青蛙或者麻雀，我并不清楚，但从他看到麻雀时，贪婪地咽下口水的细微动作上，我却知道，他已经迷恋上了这种杀生的游戏。

我忽然间有些恐慌，在一声声激荡着鼓膜的"布谷——布谷——"的叫声里。我怀疑我还没有来得及见到那只神秘的布谷鸟，弟弟就将其残忍地射杀在旷野之中。

到底有多少只布谷鸟，在村庄里啼叫呢？我数不清。但我总是固执地认为，所有的叫声，都来自同一只布谷鸟。每年的春天，它都从遥远的南方，飞越几千里，抵达我们的村庄，只为催熟铺天盖地的麦浪。而一旦使命完成，它就消失不见。没有人知道它们去往何处，就像无人知晓它们来自何方。它们从不像麻雀或者屋檐下的燕子，喜欢扎堆生活。它们总是孤独的一只，在广袤的平原上，在无人注意的高高的大树上，发出悲凉的鸣叫。老人们说，布谷鸟是一个苦命的女人，因被人虐待，哭泣而死，后化身为鸟，在死去的春天里，日日悲鸣。

只是，它们提醒着日渐丰腴成熟的大地，提醒着人类对于五谷丰登生活的向往，却始终与人保持着距离。似乎，传说中生而为人的布谷鸟，在受尽了人间的苦痛之后，再不肯信任人类，于是用高高飞翔的姿态，保持着对这片曾经眷恋的土地，若即若离的忧伤注视。

可是，人类并不因此而放过它们。很显然，弟弟与他的同伴，在布谷鸟可以穿透一切尘埃的啼叫声中，忽然生出了好奇，想要知道这样一种鸟，究竟与麻雀、燕子或者鸽子，有什么不同。于是他们掉转了弹弓的准头，在日头盛烈的正午，大人们都昏沉睡下的时候，满怀着无处发泄的热情，开始了寻找一只布谷鸟的旅程。

而我，坐在偶尔有一两声蝉鸣漏下的庭院里，侧耳倾听着从太阳升起的地方，传来的布谷鸟的鸣叫，忽然生出强烈的预感，早晚，它们中都会有一只，惨死在弟弟和他的同伴的弹弓之下。

这让我觉得绝望。在这个村庄里，难道只有我认为，布谷鸟的叫声，是来自生命深处，来自大地深处，来自我永远不会抵达的神秘的山林深处吗？难道所有人都是瞎子，只埋头于对田地的耕种与收割，而丝毫不关心一只鸟来自何方，栖息于何处，又老死在哪一个角落吗？难道它们不是属于村庄的一个部分，不是抚慰了春种秋收所有人间烦恼的精灵吗？

整个村庄都在烈日下沉沉睡着，没有人听到我的心，正不安地跳动。在村人正午短暂的睡梦之中，就连唤醒大地的布谷鸟的声音，也无法进入。所有的人，都陷入短暂的死亡。除了弟弟。

弟弟是一个人悄无声息地溜出家门的。我听见他的脚步声，幽灵一样消失在南墙根下。一只猫不知是不是做了一个噩梦，忽然从陈年的麦秸垛上，跳了下来，但很快它又神秘地消失掉了。院子重新陷入安静之中，可以听到一只蚂蚁屏着呼吸，踩过一片树叶的声音。一只麻雀，啪嗒一声将"天屎"遗落人间。父亲在房间里，翻了一下身，嘟囔一句什么，又打着呼噜睡去。我回身进屋，躺在凉椅上，看着房梁下两只眯眼睡去的燕子出神。窗外，布谷鸟响彻大地的鸣叫，正一声一声传来。

我在这样的叫声中，想象弟弟带着威严的弹弓，一脸孤傲地游荡在田野里。风一阵一阵地吹过来，撩拨着他脑后细长的"八岁毛"，也撩拨着他嗜杀的欲望。这一次，他想要射杀的，不再是随处可见、永远也消灭不尽的麻雀，而是从未现身过、却将叫声传遍整个北方的布谷鸟。

于是我做了一个噩梦。梦里渗入弟弟弹弓上的那滴已经发黑的血，忽然间变成红色的暴雨，弟弟在没有遮掩的大道上，疯狂地奔走、呼号，却始终没有人前来相救。天地间除了呼啸而至的血雨，就是穿透重重红色雨幕的布谷鸟的悲鸣，复仇一样的悲鸣……

我很快从梦中惊醒。窗外依然是燥热的，天空有些阴沉，好像真的要有一场红色的血雨，倾盆而下。我擦擦额头的冷汗，忽然想去寻找弟弟。

我走遍了整个的村庄，又将东西南北四条大道，都飞快地搜寻了一遍，我还爬到高高的土坡上去，俯视起伏的麦田，试图在金黄的麦浪中，发现苍蝇一样隐匿的弟弟。我又穿过无边的苹果园，寻找那双瘦弱的小腿。可是，一无所获。

事实上，整个的村庄，都陷在沉入湖底一样深深的睡眠中。那些平日里跟弟弟呼来喊去的男孩们，此刻也正在自家的床上，四体横陈，呼呼大睡。

"布谷——布谷——"那嘹亮的叫声，又响起来了。我忽然忆起寻找布谷鸟未果的那个午后，我想我要跟随着这只杳无踪迹的布谷鸟的鸣叫，一直走，一直走。只要跨过那条河流，我一定可以找到梦中哀啼的布谷鸟。当然，更能够找到在血雨中呼号的弟弟。

我最终在一大片桑园旁边，遇到了弟弟。桑园距离沙河，只有百步之遥。有邻村的女人，踩着石头蹚过河来，去村头哑巴家买黄豆芽。又有男人去白胡子家的小卖铺，采购几把镰刀，或者捎一块磨刀石。来来往往的路人里，只有一个背弓的老头，赶着一头黑牛，闲闲地扫了一眼蹲在地上的弟弟。

可惜了一只布谷鸟，叫得好好的，一个石子过来，就没了命。

老头自言自语地一边嘟囔，一边挥一下手中的鞭子，以便让那只试图钻进桑园的黑牛，回归正道。

而片刻前还一脸迷惑的弟弟，忽然就在这句话之后，惊慌起来。

弟弟想要逃走，却一起身，看到幽灵一样站在身后的我。

姐姐……我……想打一只毛毛虫……却……

弟弟涨红着一张脸，支支吾吾地，想要解释一些什么，最后却被我冷冷的逼视，给吓住了。就连他的"八岁毛"，也惊在了半空。

忽然，天空中一阵喧哗。我抬头，见一群鸽子正呼啦啦路过，并朝炊烟缭绕的地方飞去。

就在我仰头注视着鸽子，飞过大片大片晚霞的时候，弟弟已经随着赶牛的老头，一起消失掉了。

我蹲下身去，久久地注视着那只寻找了很久的布谷鸟。它已经奄奄一息，眼中带着知晓自己将不久于人世的哀伤，麻灰的身体，在轻微地颤动。它的小小的脑袋，枕在一块坚硬的石头上。我轻轻地将石头挪开，那上面已经沾染上红色的印记。它的脑袋，很快地低下去。它在这个世间最后的力气，就是那样平静地，孤独地，看我一眼。

沙河的水，依然在哗哗地向前流淌。这是村庄最普通的一个黄昏。牛在大道上哞哞地叫着，粪便从它们的身后，热气腾腾地坠落下来。女人们也在热烈地叫着，呼唤她们的"牛犊"们回家吃饭。夕阳将扛着锄头的农人的影子，拉得很长很长。

没有人为一只布谷鸟的死亡，觉得悲伤。

一切都在喧哗之中。这让人无法喘息的喧哗。

绘事

菡萏 / 文

一

天很阴，约了先生去笔庄取画，再把新临的画裱成片，这是我的功课。每月都得往返几道。

画在案头展开的一瞬，先生说好，比照片上的要好。旁边忙碌的老板娘回身瞥见，也惊呼了声。她是见惯画的，那神情分明无假。

这幅画的确很好，和画廊里所有的画都不同，宁静孤立，淡淡的，像方薄薄的玉。先生每次打开时，也都是小心翼翼的，一手按着画沿顶端，一手轻握圆筒，一寸寸往下拉。生怕美跑掉或遗漏，也怕喜悦或失望来得太早。

所以画的美在于打开而不是悬挂。一旦悬挂，便是亲人。

一幅画的诞生是曲折的，是智慧在不断磨练中增长，尤其工笔，是个漫长的过程。此画已是第七稿，名曰《秋水无尘》，画的是黛玉。黛玉并不好画，成稿的没成稿的在人心目各有框架，艺术的个性被不断超越覆盖，能把那份娟逸灵动表现出来的少之又少。清朝改琦的本子算是个例外，人物纤巧，流丽多风。

先生是我的老师，平生绘事丰富，从油画到工笔再至写意，无所不至。唯独不绘红楼，说高手如云，难以刷新，民间又成定式，袭蹈前人，终是不堪。因我喜欢，常常提及里面人物，亦想画自己心中的红楼，为尔后的小书做插图。说多了，先生也就动了心。先生平和，心如古镜，所绘人物潜气内敛，含蓄典雅，并不飘举或过分怪诞，这是他的风格。他眼里的黛玉是贞静的，故曰《秋水无尘》。取秋水的平静与清凉，以迥异夏之浓丽，冬之萧索。这很服帖黛玉的性格，也契矍儿"龙吟细细，凤尾森森"的寓所。因房里垒满书卷，又改为看书的模样，而非葬花。

画稿简约，一帘一凳一人。帘，画上语言之一，于空间是隔断，于人是含蓄，双层意思，亦代指闺阁或家。方凳为实，无贵胄气，有别商贾官宦。服饰取日常，贴身随意，少些丝绸挂戴，浓妆艳饰，先生设计时舍了又舍。

人物稍加变形，上身和手臂均加长，愈显其秀；眉眼淡淡，只是个符号，并不做特别处理。这是先生的风格，远烟式的女人，也是庚口式的女人。取个意罢了，姿态美方是真的美。

着色以淡墨为主，只头饰、衣缘、唇彩、用朱磦点染。成稿后，先生发来图片，纯而素，通体婉约，有娇花照水之风。我建议能否在帘后加上竹影，以点明潇湘馆。先生说好，不仅丰富了画面，还拓展了外延，把庭院的概念也纳了进来。

我临的时候，又把衣边和长裙，在淡墨的基础上，盖了层三青，呈出玉质的清凉与深邃。我偏爱这种效果，若直接上三青，则流于单薄肤浅。把湖水穿在黛玉的身上，是我的目的，也切《秋水无尘》的主题。

幽致，总是那么令人心动。

我发给先生，先生非常喜欢，说审美再造。让我把袖口也染上三青，并说把这张画送给他，他来收藏。要不把他的那幅也穿上蓝衣服。先生便是这般可爱，童心饱满，常索我临的画保存。

这只是幅小品，在此基础上，先生又扩展成大幅，添了半扇园门和园门外隐隐的竹林，还有一道石栏。帘后的竹子也加了一节节枝干。它们是隐秘的，属黛玉的延伸，风骨所在。我建议先生，把石栏换成木栏，更柔和些，也切景。试想月夜清辉时分，风响竹动，帘外千篁万玉，雨叠烟森，该是怎样的意境。先生又让我把竹子也涂成蓝色，遂满纸清朗，人物空翠，有了通感。

画画是件神秘的事情，内心的锁扣，轻轻一搭，也就开了，里面的千壑万仞着实令人着迷。黛玉也只是个符号，是黛玉也非黛玉。每个人走不出的是自己的内心，而审美是一双无瑕的眼睛，为这个世界订购下的一份高度纯洁。

二

绘完此画，先生对红楼似乎上了瘾，又要绘红楼四条屏，和我讨论画谁。我说四艳吧。

我比先生略熟红楼，也会把自己的理解讲给先生听。四艳绝非单纯的四艳，背后隐藏着琴棋书画四器物，这是种文明指代，也是社会教养。曹侯设计人物非单纯的人物，每个人都是一种现实对应，包括那些不堪的行径与爱好。我建议先生避开其他场景，定位在琴棋书画上，元春弹琴、迎春下棋、探春写字、惜春作画。这样既有独立之美，又浑然一体。元春的丫头抱琴随其入宫，可见琴是元春的命脉，一刻都不能散，至于弦断那是后话。迎春嗜棋，定亲后，宝玉有诗云"不闻永昼敲棋声"，可见下棋是迎春的常态，怎奈她操控不了自己的命运。探春是个书法家，书里多次点染。惜春擅丹青，兴趣所在。她们的贴身大丫鬟均以此命名，抱琴、司棋、侍书、入画。动词起头，实指四姐妹的日常行为。

她们的寓所又分植四种植物，暗示她们的命运和性格。元春是石榴，"榴花开处照宫闱"，石榴多籽，元春却无后，此乃她的衰败之因。迎春居于紫菱洲，菱花苇叶，普通飘零之物，别号也是菱洲。探春喜芭蕉，宽大碧绿，茁壮之物，她自诩为蕉下客。惜春的别号是藕榭，暖香坞毗邻荷塘，惜春喜洁，看似冷酷，却是端坐莲台之人。

先生听后说，以四花为背景，倒也新雅别致。每幅需铺以半扇红门，隐喻红楼，豪门之意。门上纹饰皆不同，各有寓意，元春的最为复杂，以示身份显赫。

至于神情姿态衣饰，花朵的勾勒铺陈均是先生之事，内心自有安排。款用我的红楼小书中，标题的对句，这幅画的初步设计也就基本告一段落。先生说最多用三种颜色，在一个色系里过渡。平日设色只两种或一种，于此我深知，故先生的画简贵，从不杂乱，也不浓饰。初稿出来后，非常隆重，人物古雅，年龄适合，清逸俊朗，端而不失可爱。先生不甚满意布局，又重新起稿，略作调整。

绘画有时是个大工程，即便用浅墨勾勒，返工也大费周折，需从头再来，往往几易其稿。仅凭一腔热爱是不行的，尚要心思机巧，辅以学养。

由书变画，非简单过渡，这种延伸再创作，要难于自由创作。不仅要贴切原著，尚要有自己独立的思维和信息筛选，细节上也要下功夫。看过几款绘红楼的版本，画惜春时，多辅以竹与鹦鹉，此乃黛玉标识，是绘者不深谙红楼所致。

三

与先生学画已有些时日，从一个观者至画者，这种转身是缓慢的，也是飞速的。以前解读过先生不少作品，只是从文化含量，精神角度出发，于技并没真正淘洗。

观者是清闲的，画前驻足，也许只是几秒，即便长久的热爱，也不见得领略全部真髓。和读书一样，看到哪层算哪层，想进入绘者的思想高地并非易事。而绘者是辛劳忘我，绞尽脑汁的。纸上的每一物，都有其必要指代，就像小说，需砍掉多余枝蔓。简与静永远是绘画的标杆，安插也需合理，方能协调。尚要有自己的精神色素，似曾相识之作，你袭我，我袭你，没多大意思。思想的抄袭也是可怕的。

对于画画，我常痴迷，忘记钟表的滴答声，一天不动，不吃不喝不睡的时候也是有的。月夜孤灯，一案相对，已是无人之境。这样的时光是抽离真空，隔绝世俗的。画时并不觉得疲劳，一旦睡下，便云里雾里，累极！

先生性格舒缓，做事从容，不慌不忙中也见雷厉风行。慢是性情，快是技法的娴熟。画画于他老人家是种享受，稿裱在案上，慢慢干，慢慢画，高兴了就涂上两笔，不得闲就放着。我却有点急于求成，想看到效果。世上最有意思的事莫过于创造，这是种魔术。一幅画血肉逐渐丰满起来，魂魄也就出来了，待戏服穿好，山河舞台也就唱了起来。再寂静的夜晚，都是辉煌的。

绘画也是件很私人的事，极致的乐趣，需反复推敲。应景式一蹴而就的，很难有佳品。抛开身上附加的价值，人为的光环，画画极为纯粹，更多地活在自己的目光里，是种心意表达。很多东西都属慢性毒药，阉割的不仅是周遭目光，更是自身的灵气和心胸。所谓的学养，是雷霆不动，往水底下沉的速度和风度。

"水是个好东西"，这是先生常说的一句话。"水利万物"四字，在画纸上最能得到极致体现。轻柔的个性和做人一样，透明度、玉质感靠它呈现；僵硬的界限靠它打破，甚至过渡，痕迹的消失，改错均是它的功劳。它不能浊，一旦不净，画面很难清爽起来，没它却寸步难行，所以我每次一碗碗的清水换。

墨并不是真的黑，它的黑只是偶尔或短暂的，属误读或假象。在画里通常是灰，是雅致，并不十分清醒。一幅画的肋骨和机锋需它显示，远山近水，幽花微雁也需它皴染。衣饰的褶皱，物体的前后，甚至提亮，空间的推远或拉近，也都靠它烘托。它是柔和沉静的，常怀素心，往往以很淡的形式出现，工笔画全靠它打底。

一幅仕女图里，头发是最黑的，但不会直接用重墨，而是一遍遍皴染，有时七八道方能达到理想效果，再勾出细丝。若画里的颜色太艳了，先生会说，盖一道淡墨吧；若背景太浅或花了，先生也会说，上一层淡墨吧。所以绘事和现实生活一样，得有舒缓清澈的节奏，太浓重或坚硬，画纸都难以接受。

　　颜料是浓丽的，一管管浓缩在一起，像压缩饼干，在水的舒缓下才能轻柔起来。水可以使其年轻，还原成童年，比如说大红，可以稀释成淡淡的粉。它们很多时又是母亲，嫁给别的颜料生出不同的孩子。比如二绿和朱磦变成肤色，藤黄与淡墨生成绿色，大红加点头青，便是淡紫，很奇妙的一件事情。它们并不过分坚持自己的个性，知道融合之美，也知道在水的作用下，自己能呈出更丰富的色泽与内涵。这是一种超越与回归。它们本身也并不美，但只要有水，便薄如蝉翼或妍雅异常。

　　它们也有很好听的名字，比如秋香色、雪青、赭石、月白、百草霜、天水碧、松花等。红楼里贾母和莺儿也提起过不少色，这些充满古意的名字，本身就是一幅画。

　　宣，是低微的，草的另种形式。千锤百炼后的白，可以安睡千年的不朽，接纳各种色泽，故爱惜。

四

　　和先生学画，越久愈佩服先生，也会扭转对一些事物的看法，比如审美和审丑。先生并不画美人，那些明眸善睐，水汪汪大眼睛，长睫毛的，先生都不画。以他的技术，要多美就能多美，想画啥就能画啥。但先生往往一扭一个嘴巴，一揪一个耳朵，指甲也是一挑一个，并不过细。眉毛长至头顶，眼睛立起来，皆属常事，但通体和谐，无尘俗气。这是件很神奇的事情，美人不腻，方是美人。

先生总说凡相机能解决，电脑能合成的都不要画。最美的，也是最俗的。美一旦疲劳，便是丑，知性教养才能解决问题，含蓄方远。所以他的画，不管鲜雅还是古淡都是沉静的。且反对绣花样的精雕细琢，觉得过分精工是浪费生命。精而无神，流于板滞。画，情儿，纸上的内心依托，意出来就行了。于秀技，并不爱。

先生随意，把画当玩。但重构思，无思不提笔，造型构图历经数稿，直至满意为止。常做减法，简达意赅，万千丘壑藏于画中。纯写生的东西，多做回避，即便意境动人，有纪念意义的场景，想入画时，也是把空间的前后、动与静、明与暗、冷与暖都考虑进去。且善于用光，把油画的手法带进工笔，变得厚实立体。常嘱咐我，哪里该深哪里该浅，光从哪来，哪里背光，要给头发、门框留出白色，以示光感，包括月光都不能忽略。工笔也非纯工笔，介于工笔和小写意之间，既无工笔的板，也无写意的随便。兼工笔的深思熟虑和写意的概括提炼为一体，往往自出机杼，并不固守绳墨。

刚学画时，曾帮先生绘过一幅长卷《击球图》。下笔谨慎，生怕弄坏了。先生说，怕什么怕，只管潇洒点。我于一端小心翼翼地画，先生于另一端，不见走笔，已刷刷过来。看似轻，却遒劲有力。那时有诸多不懂，见颜色深浅不一，以为潦草，忙去补救。先生却说没事没事，过后方说，衣服敷色不能太均，否则死板一块。

人是动态的，少了气韵，画也只是幅画了。

画画是种兴致，也是种消耗，和写作一样，苦甘自知。书境通画境，作画写文，本一脉，构思，付诸纸布，上色打磨，一遍又一遍。一幅作品需经诸多关口工序。尤其油画耗时耗力，拿身体做代价。完工时的喜悦，是由无数针秒换来的，每幅都是自己的孩子。先生总说物随神游，得到的人能懂画理，明画意，珍爱便好。

先生的画，非一花一叶的浅境描摹，背后有强大的文化和历史作支撑，内里乾坤非每个人可知。初识先生，便有位学养深厚，和先生相知多年的朋友对我说，先生只是囿于这个小城，在这个古城论艺术修养和文学修养无人能及。当我转告先生时，先生却说囿于小城有什么不好，清静，艺术真正的需要。

除画画，先生还习字，十几年如一日，一天不落，真正的日课。说字是功底，非扬名工具，无尘才见艺。

和先生学画，不仅学的是笔墨功夫，更多的是做人的审美与涵养，无尘才见艺。

坡，可以是一个量词

叶浅韵 / 文

　　过了半世光阴，新愁与旧疾像蜘蛛网一样织在我的身体里。有时，死了一只蚊子；有时，死了一些细胞。带着一些疼痛的活，常常会让一些时间变得破碎。医生，就成了修补身体的匠人。

　　我去西河桥头的中药铺子看一个老中医，听说，那些又苦又黑的药汤，可以冲洗我身体的罪恶。排队的人很多，医生的助理禁止看病的人群说话和玩手机。一间小小的屋子里，安静得只有医生口罩上面的两只眼睛是动词，他用探询的眼光，通过脉搏和心跳打量着这些病了的人。有一个漂亮的女孩子手里捧着一本英文版的《老人与海》，我的目光停留在她的头发上，衣服上，眼镜上，书本上。有的病人来自远方，在医生的问询下冒出异乡的口音。在疾病的面前，每个人都像个听话的孩子。

　　那些写着药材名字的抽屉，在一杆小秤的称量中，一开一合。陈皮、知母、灵芝、佩兰、丁香、八角、川芎、佛手、紫苏、女贞子，每一种药名都像是有话要说的淑女，她们从遥远的《诗经》里走来，以粉末坚果和断枝残叶的形态，被安放在一个个抽屉里，散发出不同的气味。诗一样的气味，让人很难与种种疾病相联系。

西医里，来苏水的味道，很容易把人的思绪切换到麻醉后的手术刀上。我的眼睛被一种叫"独活"的药材吸附，如此孤傲的中药，它应该会与什么样的疾病相联系呢。好奇心促使着我靠近它。医生说，别影响其他病人，你需要安静，静静地呼吸，静静地听听自己的心跳。为了让我安心，他说，若是你对它有兴趣，可在午时人少再来。

读书的女孩子一直低着头，仿佛书外的世界都与她无关。如此美好健硕的姑娘，她不像一个病人。正如我外强中干的皮囊下，没有人知道我病了。一些人出去，又一些人进来，像是他们的病灶都被量化进一些药品的克数里，药到病除。终于轮到我时，快要午餐时间了，肚子像被人刮去了一层油。我对着隔壁一个来串门的三岁小男孩手上的烤土豆，不停地吞咽着口水。为了减去一些身体的重量，昨天的晚餐我只吃了一些水果。医生望闻问切之后得出的结论，与我在医院里通过先进仪器检查的结果类似。我补充了一句，最近虚汗、失眠，就连上一个小小的坡，都会出一皮坡的汗。有人向我投来诧异的目光，但这个操着我家乡口音的医生，他听懂了。

我的处方里没有"独活"这味药，怀着一颗好奇的心，我翻阅了一些资料。一种花开伞状，性温苦辛的植物，也许我曾经在某座山上与它相遇过。它归于肾经，治伏风头痛和腰膝痹痛。中药的命名，像一场不经意吹过的风，人们分不清它的来路与去向，就像不知所起的情爱和病由。诗意的背后，隐藏着身体的疼痛。当我在探索这些药材的名称和功效时，我感觉自己走进了幽深的时光，我也像一味中药，被收藏在发黄的书籍里。我下意识地想把生活里的人归进这些抽屉里，还有一些我阅读过的文字，它们是被划定为某种文体的作品。事实上，无论是人或是文字，总是有一些无法被装进恰当的抽屉。人们在有限的认知中归纳平凡，那些已经成为是非黑白的道途，被装在合适的袋子里，成为一种门类。生活中源源不断出现的新鲜事物，需要时间来慢慢鉴别。没有什么会是一成不变的，抗生素被发现之初，惊为天人，至如今，它被人用得泛滥了，也就招人嫌弃和抵抗了。时空的交叠，赐给人类惊喜和绝望，也让更多的无奈，淹没在平淡里。

我的箱子底有一本中药大全的书籍，翻开它就像翻开了外公辛劳曲折的一生。一个读书人带着无限的困顿归顺于生活，被子孙们榨干的血肉躯体，只剩下五十斤的重量了。近十年的时间，他一直躺在床上，像一个瘦弱的婴儿，等人喂养和呵护。他对我说，外公只剩下一张嘴了。吃饱了饭的外公，开始有力气讲药王菩萨，讲唐宗宋祖。记忆力侵蚀着他的大脑，有时，他讲得颠三倒四；有时，又兴致勃勃地说圆说方。只要他坚强地活着，我的母亲就还有做孩子的权利。我一直相信，无论多深的苦难，外公都能在一本药书中找到解药。外公依偎着它，接受了一切眷顾和罹难。他的后辈人中，目前尚无一人向着他的夙愿靠近。文文武武的碎碎叨叨里，他遵从于水的性格，上善，守雌。外公才躺在病床上的那年，他把这个传家宝交给了我。他说，这东西有一天你也许能用上。

许多年前，外公和母亲带我爬过一道世界上最长的坡，从我儿时至如今，它无疑还是之最。他们背上都背着沉甸甸的东西，那是要背到一个叫迤那的小街上去换钱的物品。有时，是家里的蔬菜；有时，是多余的粮食；有时，是从西泽乡街上批发来的饼干。这道坡被称作迤那坡，一路都是瀑布群，大大小小，飞花四溅。彼时，我没有觉得路边这些风景有多么美好。我背上的小篾篓里，有几公斤物品。在平路时，它们是轻松的，一到了坡上，它们就阻碍了我攀爬的脚力。汗水从我的头发渗淌到脸上，我的喘息已经盖住了瀑布的声音。在我的叫喊中，它们一再被减轻，到最后几乎只剩一个空背篓了，那道坡还看不到尽头。细碎的小石头不仅硌得脚底生疼，常常在不小心之间就会让人滑倒，母亲形象地说它们是梭脚石，走一步，梭回两步。吃奶的力气都用光时，我终于可以沐浴到高山上的阳光了。在换得几块零钱后，母亲大方地给我和外公买上一碗豆花饭，而她是舍不得吃的。看我们吃得酣畅淋漓，她笑得跟阳光一样暖。

在我的心底还收藏着一个小秘密，如果是母亲背着饼干上坡，不小心摔了、绊了后，就会有些饼干碎了。不能卖的，自然就到了我的嘴里。有饼干吃的日子，那就是最甜蜜的日子呀。母亲一边递给我，一边心疼说，这八分钱一个的饼干粑粑，卖一角钱一个，一个才赚得两分钱，这碎了真是可惜了，可惜了。母亲眼中的可惜，与我对饼干的渴望，它们不在一个频道上。但我们都生活在一道长长的坡上。鉴于我对一道长坡的恐惧，母亲曾在我不听话时，扬言等我长大了，要把我嫁到迤那坡。坡，让我的未来充满了风险。

许多年后，我终于可以确定自己已经逃离迤那坡了。但另一道坡又像被设置的一种游戏关卡，横陈在我的面前。这座小城的地域标记里有一个著名的地方叫高坡顶。它是一道坡，一道斜斜长长的坡，比起我小时候爬过的迤那坡，它只能算是一个小小巫。然而，这却是一道神奇的坡。不仅与一段革命的辉煌历史息息相关，更是成为一种"高顶樵歌"的悠闲景致。人们通过这道坡，抵达心中的远方。宣威人的口头禅里有一句：你有本事就爬过高坡顶。仿佛过了高坡顶的宣威人，就能迅速地实现从一条虫到一条龙的变身。那些有头有脸的人，在这道坡的后面留下了无数的传说，他们变成了故乡的一面面旗帜，被当作生活的教材。不管是祖坟上冒过青烟的厚德人家，还是努力攀登的草根寒民，从这道坡上走出去的达官贵人，它们是光耀门楣的领路人。事实上，想要从身体上翻越它，那是一件轻松的小事，可要从精神上翻越它，却成了一生要努力的方向。宣威人依着这种信念，在耕读里靠近理想。它是一座城市的精神坐标，被一代代人用心丈量着。

在我从小到大的教义里，向上是一种主流。没有飞翔的翅膀，就匍匐在地上，手脚并用。爬上一个又一个的坡后，一些人累倒了，而站着的另一些人正在抒发一览众山小的豪迈胸怀。人人都忙着攀登自己心中的坡，它们甚至被具体到钱和权。以为到达了某一种数字或得到某个头衔，就能从精神上抵达高坡顶以上的标准。光鲜蒙蔽了一切尘垢，却很少有人去追问小我活着的意义。像是每一个人都是不快乐的，在你追我赶中疲于奔命。健康这个名词被压榨变形了，还在被一双双无形的手推着向前。然而，生活总是那么残酷，再出类拔萃的人都有可能被取代。

我常常活得很困顿，甚至分不清楚是自己的身体病了，还是精神病了。生活中的悲剧每天都在不同地方上演，从公交车上的十九条生命到从高坡顶上面那个城市的天桥上赤身裸体跳下的年轻女子，处处都是时代的新伤。而我作为一个卑微的个体，连呐喊都要被人捂上嘴巴。失眠的夜晚，露珠和月亮都在醒着。人们所要努力向上攀爬的坡，是为了想让自己和家人生活得更加美好幸福。可是，许多人在爬上了一个坡之后，就忘记了自己的出身。就像那些从人民中来，又背弃人民的暗流。

我的脑子常常像一个凌乱的中药铺子，我不知道袋子里装着的这些药是否治得了我的病根。让自己活得清醒些的代价是无数痛苦的叠加，许多人在加力上坡的途中，早已忘记了自己的初心。我在许多公共场所，看见种种的冷漠、自利、焦虑、不安、戾气，觉得这个社会都病了。他们很惊诧，辩解自己是一个正常人，有着健康的体魄。而有一些人，他们把川剧中的变脸在台前幕后运用得炉火纯青，精致的利益后面，隐藏着无数幽深的黑洞。只有看到孩童们脸上纯真的笑时，生活才有了一些纯净的质感。大多数成年人往往不知道自己是真病了，还是在装病。如果我是一个医生，我只愿意选择儿科。这个世界上也只有孩子不会装病，但凡他们还有一点儿玩的力气，就不会用来生病。

中医的望闻问切，让生命更接近于自然本真，然而老祖宗留下的东西都快要被人盖棺了。药店里那些价格便宜效果又好的药品已经被商业利益覆盖了，比如一元钱一瓶的清凉油，它比那些天花乱坠的药膏效果神奇多了。那些年无论是人病了还是鸡病了，土霉素、四环素一用，疾病就像被道家贴上了灵符。这些都已远去，疾病都变脸了，"寿终正寝"已是一个奢侈的成语。人类要谨防明枪暗箭，躲过天灾人祸，还要过得了自我的关卡，才能得善终的生命。更离奇的是，药品也玩起了促销活动。老祖宗那句话：药不求售，医不叩门。还有那副对联：但愿世间人常春，不惜架上药生尘。如今，都成假货了。

像是人人都在背负着通向成功的行囊，攀爬一个又一个坡，只是走着走着，就把自己丢了。灵魂和身体成了一对分家不公的兄弟，一辈子都在妯娌纠缠不清的闹剧中不得安宁。是的，每一个人迟早都是要死去的，谁也不知道会何时死去怎么死去，但在死之前都想好好活着，活好。然而，在不能烧开的水壶面前，我们都舍不得倒掉一些水，来将就有限的柴薪。索取无度之后的痛感，只有在面对真正的死亡时，才会有滴血的教训。但愿这些，都不要太早来临。

在横看竖看的地方，每个人都有自己的不容易，他们却很难彼此珍惜。一旦为了利益而相互撕咬的时候，相对善良的一方就要以受害者的身份，控诉对方的无情。他们钱权相交，贫富陌路，也免不得要相互陷害，人人自危。因为利己主义的选择，因为优胜劣汰的残酷，因为阴差阳错的命运，人与人就有了千差万别。于是，贪嗔痴的本性就被无限放大。即使在自我修塑的过程中被抢救被整治，也无法彻底治好。在人性的幽暗里，中医和西医都是束手无策的庸医。

至于那些在西医的手术刀下，失去钱财和生命的魂，像前赴后继的被革命者，死，只是一种让亲人们获取道德感的必然程序。有尊严地死去，还只是一种呼声，且声音不够响亮，亦无多少附和。

在没有真正面对切肤之痛时，许多人都是装睡的。在你真睡不着的时候，已经没有人愿意为你的失眠买单了。世界总是这样的，像是沉默的大多数实现了利益最大化。当雪崩真正来临的时候，再说哪一片雪花有罪都是无用的。生者的幸与不幸，与死者的幸与不幸，都成为前车之鉴。能不能成为后事之师，都是一个未知的悬念。人与自然的主观客观互为牵制，就像才德的配位，才会远离灾祸。

然而，生命的平等，只有在医生的诊断书上才是最有效的。无论是天鹅还是蝼蚁，无论是竹子还是草芥，它们都在所处的圈子和平台被划分出高低左右。在生与死之间的活着，就连一只蜗牛都想往塔尖上爬，用一生的辛劳去缩短飞鸟振翅的高度。即使作为一个庸常的普通人，也会在某天某时滋生出一些奇怪的念头，在潜意识里去刻意对比什么。自生的许多不愉快，便在横向纵向的比较中生根、发芽、开花，有时甚至构成戕害别人和自己的利剑。我们总是习惯拉扯攀爬在离我们最近位置的人的后腿，而对可以仰望的人滋生崇拜的心理。

我常在遭遇痛苦的时候，幻想自己是一条鱼，鱼只有七秒的记忆。一旦痛苦过去，就立即希望自己掌握爬树的本领。事实上，人类的许多痛苦都是自己想象中制造的妖孽，它们大多数都不会发生。尤其是女人，她们常常愚蠢得像一根理不清头绪的藤子，头上有数不清的三千丝烦恼，偏还想用浑身的力气拼命缠住菩提树。我在医院里看见被病魔缠身的人，像是把一切都看淡了，那些一地鸡毛的争吵和法院的财物纠纷都成为笑话。一旦他们踏出医院的大门，法院的财物纠纷又成了过不去的坎，甚至一些无厘头的计较，他们看得比生命还重要。

在生生死死的面前，疾病就是反复无常的小人。门庭若市的地方永远不是天堂，而是医院。在永不停歇的生死场里，洞见，梦见。医院的选址应该不会成为城市规划师们的难题，无论多偏僻，都会成为疾病的闹市。就像我眼前这间十平米的小诊所，在不起眼的小巷子深处，却不影响人们对它的广泛认知。

在小病小灾过去之后，人们迅速遗忘，争相进入上坡的模式。在我们通常的思维局限内，对于不是亲人的生死时，都会以为那是别人的事儿，因为我们大多数人都是渺小的，即使你丢失了一整天，真正担心你，满世界找你的也只有亲人。我们都是多么地热爱生命呀，一个轰轰烈烈的生命，一个平平静静的生命，都在我们日渐萎缩的身体里站着，躺着，睡着，醒着。都在说这个社会已经进入互害模式，天天呼唤爱惜生命的我们、你们、他们，究竟是做了谁的同谋？愚昧和惯性，早已把我们规训整齐了。在一个来源不清白去向不明晰的当下，麻醉自我已不需要任何药品，这个远比失眠更能令人轻松。

其实，我不大喜欢说这些沉重的话题。我身体上的不安生，在我看来，依旧是一种小恙，它无关性命之忧。作为一个女人，我是喜欢像茶花那么明艳的。但最近越发短暂的黑夜，让我有时间去思考一些近在眼前或是远在天边的事儿。嘿嘿，谁知道呢。人至中年，不要那么糊涂地活，也许有利于提高一点生命的质量。我父亲去世的时候，只有53岁，突然的疾病夺走了他的生命。我在很长时间里悲痛得不能自已，眼泪哭干了，身体哭坏了，我还是哭不回我的父亲。十几年过去了，在此期间，我一次次地失去亲人、朋友。他们让我明白，爱与食品一样都是有保质期限的，感恩和悲伤也有了期限和界限。有一天我忽然就顿悟了，觉得父亲的走是多么地有福气。无痛无苦地离开，对我们是残忍的，对他也许真是一种福气。自那时候起，我就不再害怕死亡，我只是害怕有一天会痛苦地死去，把留在世间的所有亲情都折磨成厌恨。而这些厌恨，我都在人间亲眼看见过很多。

即使明白了这些道理，我也没有成为一个厌世的人。我努力上扬，像是在一段长长的坡上，做一个拉车的人，车上拉着我的亲友和理想。一些人上来，一些人下去。唯有理想的重量与我的灵魂相等，据说那是一个可以忽视的重量，不会成为摩擦的阻力。巴菲特先生爬上了财富的顶峰，他可以扬扬得意地宣扬滚雪球原理，说势能和复利的魅力，遍布全球的信徒们激情满怀，他们信的都是成功。我说什么，除了我的亲友们会信，或许他们也持怀疑的态度，因为我没有足够的成绩作为任何理论的支撑，许多就成了废话空话。被表达欲望的驱使，我又不得不继续说什么。这种东西，常常被别人称为才华。其实，这点所谓的文学才华，就只是个屁，放完就完了。在钱与权那里，它们不是一路货色，却也是一路货色，都不是什么东西。最大的作用就是，穿上它可以活得人模狗样些。

许多人的野心被才华做大了，但不是所有的才华都能做大野心。庸人自扰和作茧自缚都会成为不请自到的客人，他们大声嚷嚷说，那些经常说着要面对经典和文学史写作的人都是妄想症患者。他们活着的时候，不忙着管好活着的事情，却要去操心死后的事情，简直比秦始皇炼丹药想长生不老还可笑。放在历史的长河中检验，连石头都有可能被冲洗为沙砾。偶然中的必然，必然中的偶然，都是哲学领域的事儿。

好在，许多东西并不是因为有用才去做，而是因为喜欢才去做。若是因为喜欢，你就非要有个结果，那你又错了。就像你爱上某个人，无论你做出多少努力，甚至不惜以命相抵，但人家不爱你。错位，便有了失去的永恒和美好。事情往往是这样，坚持的过程远比结果优越多了。拔高了说，是品质。在低处，也能称其为一种个性。

每当我怀揣别人口中的才华默默耕耘时，我就想起了这个意味深长的字：坡。它可以是南京一座美术馆的名字，它收纳一座城市的文化。可以是爱伦·坡，可以是苏东坡，还可以是六祖慧能的"出坡"，亦可以是云南某个偏僻的小村落，它的名字叫魏家窝坡。我在那里出生，长大，至现在成为我永远的精神居所，我每一次的怀乡病都在它的怀抱里不治自愈。当我站在北戴河联峰山上一道长长的坡上，不到两百米海拔的山，对于一个动辄在两千多米海拔的高山上大跑大走的人来说，倒真是不算什么。

一座山被赋予的意义令人好奇和感慨，这世界上所有的高度都是相对的，如果你站在巨人的肩膀上，摘取星月就会成为美好的意象。如果你坐在阶下，还有心情说什么"天阶夜色凉如水，卧看牵牛织女星"呢。这一生走过了无数小坡，我在路途中也经常看见一些叫小坡的地名。就连我家乡山歌里的词也这么唱：隔河望见妹爬坡，头发辫子往后拖。坐老的山坡，不嫌陡，过了一坡一坡又一坡。坡坡坎坎的山脊梁，就像坡坡坎坎的人生。我一直觉得自己还在上坡的路上，一坡又一坡，即使回到家里也还是魏家窝坡，一出门，就有一个三五米的陡峭小坡，我坚信无论我有多老，我都能爬上这个坡。似乎是一种宿命，我的一生也离不开这个字，它已是我无法绕开的法门。

写下这些东西之前，我刚煨了一碗中药喝下，苦涩的味道里有些忧伤的情愫。一道道坡，可以量化出一些人的成就感。走得太匆忙的人们，又何时能停下看风景的脚步。我与大多数人一样，以为自己能活很久。不惜健康的代价去攀登一个个坡，只为换取别人口中的认证。在人设的标准中，可能是某样头衔，某种身份。或者是被更精准的量化，成为银行卡上的一个数字。许多当下人，都在从一个场域奔赴另一个场域，做一些自己不喜欢的事，说一些言不由衷的话。只要这些能增加走向成功的坡，它们都只是一时的运用工具。当身体被预警的信号忠告时，只要还不危及性命，我们都有足够的理由不以为然。然而，太多的不幸，没有任何的征兆。

好几年前，我曾有过这样一次经历，医学仪器探测到我的身体里潜藏的肿瘤，后来被判定为良性的，我知道它们不会危及我的性命，医生却时常提醒我定期监测。这感觉有点像头上悬着的剑，即使它不够锋利，也成为一种隐性的威胁。其实，对于身体的隐患我更愿意做个无知的人，顺其自然地活着，或是死去。

我有一个热爱徒步的朋友，在许多人担心这样那样的交通工具不安全的情况下，她去世界各国徒步，走最烂的路，看最美的风景，也经历各种危险和刺激，活成了最高级的"瘾君子"。我曾被她的话深深打动，她说，即使有一天我在这条路上失去了生命，那我就是一颗露珠，一片叶子，一粒沙，一棵草，一棵树或者其他什么植物都行。那一刻，我分不清热爱和生命的关系，它们是莫逆之交。这种爱也许便是人间最高尚的爱，它可以是对一个人，也可以是对一件事。对一个人时可以是"士为知己者死""问世间情为何物，直教人生死相许"的懂得，对于一件事时是"生命诚可贵，爱情价更高。若为自由故，二者皆可抛""生当作人杰，死亦为鬼雄""人生自古谁无死，留取丹心照汗青"的壮烈。然而，个人的命运与历史的交集常常是偶然的，对于一个普通的人，只要是遵循自己内心的天道，生命就有了光亮的裂痕。

我再次回到迤那坡时，在飞流的瀑布下，顿生了一种豪迈的诗意。行走在那道长坡上，我产生了一种深深的错觉，坡，是可以作为一个量词使用的。我刚刚用它重新丈量了一下我走过的路和未走过的路，测量的数据游离于虚妄与现实之间。在我与它们未产生隔阂的时候，活着，就只是从一个坡过渡到另一个坡，让身体与灵魂一直在一起。

图书在版编目（CIP）数据

人间值一笑 / 贾平凹等著；卞毓方主编. -- 北京：
北京联合出版公司, 2021.9（2023.10重印）
ISBN 978-7-5596-5244-7

Ⅰ.①人… Ⅱ.①贾… ②卞… Ⅲ.①散文集 – 中国
– 当代 Ⅳ.①I267

中国版本图书馆CIP数据核字(2021)第069170号

人间值一笑

作　者：贾平凹　苏　童　李一鸣　徐则臣等
出品人：赵红仕
图书监制：马利敏　孙文霞
责任编辑：李　伟
策划编辑：孙文霞　李　辉　陈艳芳
封面设计：舆书设计工作室

北京联合出版公司出版
（北京市西城区德外大街83号楼9层　100088）
北京时代华语国际传媒股份有限公司发行
唐山富达印务有限公司　新华书店经销
字数220千字　880毫米×1230毫米　1/32　10印张
2021年9月第1版　2023年10月第5次印刷
ISBN 978-7-5596-5244-7
定价：59.80元